夢ノ町本通り

ブック・エッセイ

沢木耕太郎

新潮社

夢ノ町本通り

私が、毎朝、家から仕事場まで四十分ほど歩いて通うという生活を始めて四十年になる。その間、仕事場は三カ所ほど移ったが、結果としてどこも家から歩いて四十分ほどのところになった。

さほど健康のために気を使うというところのない私が、とりあえず薬やサプリメントの類いをあまり口にせずに暮らしていられる理由のひとつに、日々この距離を歩いて往復しているということがあるのかもしれないと思う。

片道四十分だから、往復一時間二十分。私の歩速は一分間で約百二十五歩なので、これはまったくの偶然ながら、一時間二十分を歩くと一万歩になる。

いまの仕事場は駒沢公園の近くにあるが、以前は小田急線の経堂《きょうどう》駅と東急田園都市線の三軒茶屋駅の周辺に仕事場があった。どちらの部屋にも不満はなかったのだが、一カ所は建物の取り壊しのため、もう一カ所は地上げによって転出せざるをえなくなってしまった。

現在の仕事場へは、駒沢公園の、欅の美しい並木道を突っ切って歩いて行くことになるが、それは、どんな季節でも、日々、新鮮な幸福感を味わうことができるということでもある。その意味で、交通の便のよい駅の近くから移ってきたことを後悔はしていない。

しかし、ただひとつ、以前の仕事場にあって、現在のこの仕事場にないものがある。

それは、近くに手頃な商店街がないということである。

かつての私の一日と言えば、外国を含めた遠方に長期の取材に出掛けていないかぎり、こんな風なものだった。

朝食後、家から仕事場まで歩いていき、着くと窓を開け放って空気を入れ替え、おもむろに仕事を始める。

午前の仕事が終わると、昼食をとるため外に出る。

経堂でも三軒茶屋でも、そうしたときに訪れることのできる店が豊富にあった。

和風の定食屋、中華料理屋、洋食屋、ラーメン屋、トンカツ屋、スパゲティー屋……。

そして、それらのどこかで食事をした後は、馴染みになった二、三の喫茶店のうちの一軒でコーヒーか紅茶を飲み、帰りに新刊の書店と古書店に立ち寄って、二、三十分ほど時間をつぶす。

新刊の書店では気になる雑誌を手に取って眺め、買いたい新刊書があれば買う。

棚のどのあたりにどのような本があるかということを知悉《ちしつ》している古書店では、店番をしている主人も、入ってきた客が私だとわかると、まったく関心を示すことなく机の上の新聞や本などに眼を落としてしまう。

その店の中に前日と変わった何がある訳でもないが、それでも、日によっては、棚から、あったはずの本が一、二冊欠けていたり、新顔の古本が差し込まれていたりすることがある。

私は、そうした本の背表紙を眺めたり、長いあいだ気になりつづけている本を抜き出しては、飽きもせず数行読んだりする。

たぶん、そこで、そのようにしながら、私はぼんやりとさまざまなことを考えたり、夢想したりしていたのだろう。

今度の本は何というタイトルにしようか……。暇になったらどこを旅しようか……。ここにあったはずの本を買ったのはどんな人なのだろうか……。

棚をひととおり見て満足した私は、その古書店を出ることにする。

寒い季節だったりすると、ガラス戸によって閉め切られていることがあるので、そこを開けて出ていくときに、私は意味不明のひとことを残していく。

「どうも……」

すると、古書店の主人は何も言わずに微かに頭を下に動かす。

そこから仕事場まで歩いて戻り、午後の仕事を再開する。

そして、夕方になると、机の上のものを片付け、窓のカーテンを閉め、仕事部屋を出て、家路につくことになる……。


いま思うと、とりわけ昼食時のルーティーンに近い決まり切った行動が、午前の仕事と午後の仕事を分けてくれる大事な区切りになっていたことがわかる。

ところが、現在の私の仕事場には、近くにこうした昼休みがとれるような商店街がない。そこで、必然的に、昼食は自分で作ることになった。どこかに食べに行ったりしていると、午後いっぱいがつぶれてしまいかねないからだ。

最初のうちは、生のラーメンを茹でてちょっとした具材をのせるという程度のものだったが、やがて、蕎麦やうどん、さらにスパゲティーまで、さまざまな麺を、さまざまに調理して食べるようになって、ぐっとレパートリーが増した。

さらに。

溜まっている仕事を一気に片付けようと、一週間とか十日とか仕事場に泊まり込んだりすることがあると、昼食だけでなく、夕食も作るようになった。面倒だが、自分の食べたいものを食べたいように作り、しかも食べたいだけの量を食べられるというのは魅力的だったからだ。

おかげで、料理の腕はいくらかましなものになったと思う。もっとも、ましなものになったといっても、「男の料理」風の、高価な食材を買い揃えて立派な料理を作るといった腕ではなく、そのとき冷蔵庫にある材料で何でも適当に作ることができるようになった、という程度のものではあるのだが。

しかし、私はこの「腕」を獲得するために、仕事場における昼食時の心楽しいひとときを失うことになったのかもしれない。

一方、私が住まいとしている家の最寄り駅は、田園都市線の桜新町《さくらしんまち》という駅で、「サザエさん通り」なるものがあることで知られている。そこは、『サザエさん』の作者である長谷川町子が暮らしていた町なのだ。

この最寄り駅の桜新町で、去年、私にとって大きな出来事が起きた。

いままで曲がりなりにも新刊書店として機能していた店が、一種のスポーツジムに模様替えすることによって、ついに駅の周辺に新刊の書店が一軒もないということになってしまったのだ。

かつては、駅前に昔ながらの小さな書店があり、そこが閉店してからも、映画や音楽作品のレンタルをしている店が、文房具と並べて新刊の書籍を置いてくれていたため、かろうじて「本屋のない町」にならずに済んでいた。

ところが、ついに、そのレンタルショップも、しびれを切らしたように業態変更の道を歩みはじめてしまったというわけなのだ。どうやら、経営側が、書籍の販売ではあまりにも経営効率が悪すぎると判断するようになったらしい。

私がこの駅を最寄り駅として使いはじめてからかなりの年数になるが、その最初期には、まだ個人商店が多く存在していた。

しかし、それらは、次々と廃業していき、とりわけ飲食店は、チェーン展開をしている、だからどこの町にでもあるような店ばかりが幅を利かせるようになってしまった。

最近も、町のパン屋が不意に廃業して、いきなりハードパンチを食らったかのような気持にさせられた。

町のパン屋というのは、アンパンとかカレーパンとかチョココロネとかが普通においしく、それを普通の値段で提供してくれさえすれば文句ないのだが、そうした役割を果たしてくれていた店がなくなってしまったのだ。

その結果、商店の並ぶ通りはあるのだが、ますます私が好む商店街の姿からは遠ざかるようになってしまった。

私が好む商店街、私が夢見る商店街とはどんなものか。

たとえば、将来、ひとりで暮らすという状況に見舞われないともかぎらない。

そのような場合には、もう、住まいと仕事場とを別にする必要もなくなっているだろうから、朝から晩までの生活にとって理想的な商店街ということになる。

朝食は、いまと同じようなパンを中心とした野菜サラダと卵料理と果物だけの簡単なものになるだろう。そうだとすると、午前の仕事を終えた後の昼食は、やはり外に食べに出ることになるような気がする。

どこかの食堂で昼食をとると、私が好きな昼休みのルーティーンを一通りこなしてから家に戻る。その帰りに夕食を作るために必要な食材を買っていくことも考えられるが、午後の仕事を終えてから、あらためて散歩がてらその商店街で買い物をしたいような気がする。

その商店街は、夕方のある時間帯に限ってでよいから、人が通ることを優先して、車の乗り入れは禁止されていることが望ましい。

かりに車が通るにしても、一方通行で、小型の商用車くらいまでということにしてくれるとありがたい。そこを、歩いて買い物をする人やせいぜい自転車に乗った人が行き交うことになる。

では、そんな商店街に、存在していてほしい店舗とはどんなものだろう。

まず、飲食店としては、和洋中とジャンルを特定しないオールラウンドの定食屋。どんな料理も中華鍋ひとつを用いて強い火力でさっと仕上げてくれるような、いわゆる町の中華料理の店。キムチがおいしい焼肉屋。カウンターに座ると、手頃な値段でほどほどのものを提供してくれる寿司屋。それと、店の棚にスポーツ新聞や漫画週刊誌が並んでいるような喫茶店。

次に、いわゆる総菜パンが豊富なパン屋。店先でコロッケやメンチカツなどの揚げ物をしている精肉店。何種類かの刺し身のサクを常に並べておいてくれる鮮魚店。洒落た名前の野菜は売っていないが、あたりまえの野菜と果物ならなんでも揃う八百屋。それと、少量のおかずを買えるような総菜屋……。

と、そこまで考えてきて、不意に『ローマの休日』のアン王女の台詞を思い出してしまった。オードリー・ヘップバーンの映画『ローマの休日』には、ヨーロッパ各国を歴訪していたアン王女が、最後の地であるローマで記者会見に臨むと、どこが最もよかったかという問いに対して、最初のうちは背後の侍従の言うとおり、どこもそれぞれによいところがあり……と口移しに答えていたが、途中ではっとして、やはりという思いを込めて、「ローマ！」と答えるシーンがある。ローマは、つかの間ではあったが、忘れられない恋を経験した土地であったからだ。

もちろん、私にアン王女ほどのロマンティックな意味合いがあるわけではないが、夢の商店街にあってほしい店舗をあれこれ並べているうちに、やはりという思いを込めて、「ローマ！」ならぬ「本屋！」と答えたい自分がいることに気づいたのだ。その商店街には、新刊の書店か古書店、いや、新刊の書店と古書店の二つが、やはり欲しい、と。

飲食物などは、自分で作ったり、淹《い》れたりすることで何とかなりそうな気もするが、空間としての新刊書店と古書店の二つだけは、そこにないかぎり、どうにもならないと思えるからだ。

私はこの年齢になるまでに、恐らく万を越える冊数の本を手に入れてきたが、そのほとんどはさまざまな町の新刊書店と古書店で買い求めたものである。本と買った書店の記憶は強く結びついていて、その本の表紙を見れば、買った書店の店名ばかりでなく、買ったときの状況すら甦ってくるように思える。

これからも私は――以前とは比べものにならないくらい少なくなるだろうが――やはり書物を手に入れようとするだろう。そのとき、できれば、ネットの通販ではなく、買った本と買ったときの自分の状況が連動して甦ってくるような実店舗で手に入れたいと思う。

その新刊の書店も、さほど広い面積は必要ない。店の真ん中に棚がひとつあり、その下の平台に雑誌が並んでいるだけというような小さな店でいい。古書店もそれよりさらに狭いところで充分だ。

どうやら、私の夢の商店街には、たとえそれがどれほど小さく狭いものであってもいいから新刊の書店と古書店のそれぞれひとつずつが存在していてほしい、ということであるらしい。


しかし、と一方で思わないわけにはいかない。

かりに、新刊の書店と古書店の二つの店が揃った、「夢ノ町本通り」と名付けるような望みどおりの商店街があったとして、私はどうしたいのだろう。

果たして、その商店街の近くで暮らすため、いまの住み慣れた家を引き払ったりすることができるだろうか。

たぶん、「夢ノ町本通り」は、夢に見ているだけで終わるような気がする。そして、その通りは、私の夢の中にだけあればいいのだろうと思ったりもする。

（23・9）

夢ノ町本通り　ブック・エッセイ　目次

本を売る　345

夢ノ町本通り　ブック・エッセイ

本を買う

貌《かお》のある棚

この年末から正月にかけての一週間、一冊の本を読んで過ごしていた。正確に言えば、上下二冊になっているものがひとつのケースに入った一冊ならざる一冊である。その本とは、清水邦夫の『清水邦夫全仕事　1958〜1980』で、「署名人」から「あの、愛の一群たち」までの二十三の戯曲が収められている。

正月休みには、なにかをゆっくり読もうと思っていた。しかし、正月休みに入る直前まで、その「なにか」がこれになるとは思ってもいなかった。

暮れ近く、久しぶりに世田谷の経堂へ行く用事があった。駅前での用事が簡単に終わり、時間が少しあったので、すずらん通りにある古書店の遠藤書店に寄った。

その半月ほど前、遠藤書店から喪中につき年末年始の挨拶を遠慮させていただきたい旨の葉書が届き、そこにこうあった。

「本年四月に父正太郎が九十歳にて永眠致しました」

そうか、六代目の三遊亭圓生が眼鏡をかけたような、いかにも謹厳実直《きんげんじっちょく》そうだったあの御主人が亡くなったのか、と感慨があった。

以前、私は経堂に住んでいて、ほとんど毎日のように遠藤書店に顔を出していたことがあった。顔を出すといっても、やはり常連だった植草甚一のように帳場の横の丸椅子に坐って話し込んでいくというようなことはなく、ただ棚をさっと眺めて出てくるということが多かったが、それでも御主人とは本を買ったおりに一言二言、言葉をかわすくらいの親しさはあったように思う。

その日、遠藤書店に入ると、帳場にはなるほど御主人はおらず、かわりに奥さんとも違う若い女性が坐っていた。

私はどう挨拶していいか迷ったまま、遠藤書店の古書の棚に向かい合った。

以前の記憶にある棚とはもちろん並んでいる本が違っていたが、その並び方にどこか懐かしさを呼び起こすものがある。ここに日本の小説、あそこに海外の小説、その奥には文学評論や哲学書、そして振り返れば紀行や山岳関係の本が並んでおり、棚の裏に回ると演劇や映画関係の書物がある……。

そこに佇んで、棚にぼんやり眼をやっているうちに、最近、自分がなんとなく本を読んでいないなという感じを抱いていた理由がわかってきた。

もちろん、仕事に必要な本を探すため、神田の古書店街を歩いたり、各種の図書館に行ったりはする。あるいは、新刊の書店に立ち寄り、本を買うこともある。しかし、そのようにして、週に何冊と本を読んでも、本を読んだという気がしない。それはどうしてだろうと不思議に思えてならなかった。

ところが、久しぶりに遠藤書店の棚に向かい合ったとき、図書館や新刊の書店の棚と向かい合ったときとはまったく異なるときめきを覚えたのだ。そして、思った。ここには「貌」がある、と。

最近は、新刊の書店にも意欲的な棚の並べ方をするところが増えてきているが、基本的には流れていく本を置いていることに変わりはない。棚の構成も新しい本が出るたびに変化させていかざるをえない。だが、街の古書店には十年ものあいだ同じ棚の同じ場所に置かれているような本がある。それはどことなく哀れさを誘う光景だが、同時にそうした本が棚の貌、その店の貌を形作っているのだ。

そのような馴染みの「貌」の中に、不意に目新しい本を見いだしたとき、たとえそれが刊行されてからあまり年月が経っていないものであっても、新刊の書店にあったときとはまったく異なる光を放ってこちらに迫ってきたりする。

そういえば、家から駅への往復の途中で、日々こうした古書店に立ち寄っていた時期は、決して毎日ではなかったが、何日か、何十日かに一度は心を揺さぶられるような本との出会いがあったものだった。

古書店とは、本との思いがけない遭遇をさせてくれる場所であるということを私も認識していなかったわけではない。しかし、ここ数年、そうした本との出会いを用意してくれる街の古書店への出入りが極端に少なくなっていた。

私は遠藤書店の懐かしい棚をゆっくりと見てまわったあとで、三冊の本を買った。

マリオ・ファンティン編『ヒマラヤ巨峰初登頂記』あかね書房
ジャン・フランコ『マカルー』白水社
清水邦夫『清水邦夫全仕事　１９５８～１９８０』河出書房新社

前の二冊はどちらかといえば仕事に関わる本だったが、最後の一冊は違っていた。そのタイトルと、二冊が黒いひとつのケースに入った姿を見た瞬間、そしてそれを手に取り、ケースから上巻を抜き出して目次に眼を通した瞬間、これを読みたいと強く思ってしまったのだ。清水邦夫にこのような本があることは知っていた。新刊の書店でも見かけたことはある。確か、一九八一年以降の作品も同じようなかたちでまとめられていたように思う。しかし、その上巻には「真情あふるる軽薄さ」が収められていたのだ。

それは大学四年のときだった。

私は、映画がはねたあとの「新宿文化」をぐるりと取り巻く行列、清水邦夫の戯曲を蜷川幸雄《にながわゆきお》が演出する「真情あふるる軽薄さ」の開演を待つ行列の中にいた。開演は九時半だったか、十時だったか。その行列の中に、あまり親しくなれなかった高校の英語教師がいて、意外に思うと同時に、もう少し話をしておけばよかったとほんのちょっぴり後悔したりしたのをよく覚えている。

正直に言えば、その芝居を細部まで覚えているわけではない。しかし、最後に若者が死ぬと、見ている私たちもジュラルミンの盾を手にした警備員に取り囲まれているという幕切れには、強く揺さぶられるものがあった。そこで発せられる台詞のひとつひとつにまでは理解が及ばなかったが、その劇を書いた人物とそれを演出した人物の、いわば青い「客気《かっき》」とでも言うべきものに強く感応したのだ。

私はすでに就職先が決まっていたが、このまますんなりと丸の内に本社があるような会社に就職していいものかどうか迷っていた時期でもあった。どこかに別の出口はないものかと思っていたが、具体的に何ひとつ思いつかなかった。

清水邦夫が『清水邦夫全仕事』の中で書いている。

《以前、同年輩の劇作家別役実《べつやくみのる》となにかで対談し青春時代を回顧した時、彼の口からこんな意味のことばが出たのに驚いた。「自分は映画青年であり演劇青年でもあった。どっちへ進んでもよかったが、いわばはずみで演劇の方に傾いていった……」別役君がそんなふうに思えなかったのでちょっと驚いたのだが、同時にわたしもまったく同じ感想をこの時期に抱いていたので意表をつかれたわけである。しかし落着いて考えてみれば、また時代的に見れば、わたしや別役君のような〝状態〟はごくごく普通だったように思われる》

私は清水邦夫や別役実とは世代を異にするが、少年時代から映画や芝居をよく見ていたにもかかわらず、その世界を自分の未来と重ね合わせて考えたことはなかった。

ところが、夜の「新宿文化」でこの「真情あふるる軽薄さ」を見たとき、私の内部のどこかにスイッチが入ったのを感じた。「演劇」というものが、初めて自分が携わるものとして浮上してきたのだ。

だから、その直後、友人に、ある大劇団の試験を一緒に受けてみないかと誘われたとき、「真情あふるる軽薄さ」の世界からは最も遠くにありそうなその劇団の演出部の試験を、好奇心半分で受けてみる気になったのだ。

もっとも、テストには合格したものの、たった二週間でやめてしまうことになる。それは、その劇団が自分に合いそうになかったからというだけでなく、芝居という集団で築き上げていく作業が自分には向いていそうもないと思ったからでもあった。しかし、そのときの「演劇」の発見は、以後の私に大きな意味を持つことになった。それを契機として、演劇に関わる多くの同世代の若者たちと知り合うことになったからだ。

結局、就職先を一日でやめた私は、若い自衛官を取材したルポルタージュを書くことでジャーナリズムの世界に足を踏み入れていく。さらに私は、二番目の作品の題材としてアンダーグラウンド演劇の世界に生きる若者たちを描くことを選んだ。そこが当時の私にとっては最もよく知っている世界であり、住人だったからである。

そのルポルタージュが雑誌に掲載されると、それを読んだ「調査情報」という放送雑誌のスタッフから仕事依頼の電話があり、そこから私のノンフィクション・ライターとしての人生は本格的にスタートすることになる。

もしそうだとするならば、その出発点を用意してくれたのは、清水邦夫の「真情あふるる軽薄さ」だと言えなくもないのだ。

私はそうしたことどもを、遠藤書店の懐かしい棚で『清水邦夫全仕事』を見いだしたとき、一気に甦らせてしまった……。

代金を支払うときに帳場にいた女性にお悔やみを述べると、店を継いでいる息子さんはいま古本市に出かけているということ、そしてその妹だという彼女が替わりに店番をしているということがわかった。街にいい古書店がなくなりつつあるがここは大丈夫らしい、とひそかに安心した。

そして、この正月休みは清水邦夫の作品を読みつづけることになったわけだが、このようにゆったりした気分で本を読むことができたのは実に久しぶりのことだった。それは、ようやく「沢木耕太郎ノンフィクション」という著作集が完結したことが大きかったかもしれない。「沢木耕太郎ノンフィクション」は、あの若い自衛官たちを描いた「防人《さきもり》のブルース」や、アンダーグラウンド演劇に関わる若者たちを描いた「この寂しき求道者の群れ」を書いてから以降のほとんどすべてのノンフィクションをまとめたものだ。三カ月に一冊のペースで刊行されたが、途中一度の休みをとったこともあり、全九冊を出すのにほぼ二年半かかった。

最初はごく気楽に考えていたが、刊行が開始されるといささか負担に感じられてきた。ゲラのチェックに手間がかかることは覚悟していたが、個々の作品について記すノートや巻末に連載したエッセイに予想外の時間が取られることになったからだ。しかし、それ以上に気重にさせられたのは、これが未来に向けての開けた仕事ではなく、過去に回帰する閉じられた仕事ではないかという窮屈な感じが強くなっていったからである。

ともあれ、いまはすべてが終わって、心地よい解放感を味わっている。

三十年あまりかけて書いてきたものがわずか九冊に収まってしまうということに、ある不思議さを覚える。少ないという気もするし、多すぎるという気がしないでもない。

だが、いずれにしても、すでに次の歩みは始まっているように思える。どこに向かうのか、どこに向かおうとしているのか、自分でも定かなことはわからないのだが。

（05・2）

ブレーキ？

ここ数カ月、まったく本を読むことがなかった。ヨーロッパからアフリカへ、さらにアメリカから東南アジアへといくつかの国を転々としているうちに数カ月が過ぎていた。

その間、まったく本を読まなかった。一応、旅先で読むつもりで二冊ほど本は持っていった。エルモア・レナードの『ゲット・ショーティ』と岩波版『中国詩人選集』の「陶淵明《とうえんめい》」の巻だ。どちらも、これまできちんと読んでおらず、しかも小ぶりで軽いということもあってバッグの底に入れておいた。ところが、旅の途中には十時間を越える飛行機での移動が何度となくあったにもかかわらず、ついに一度も手に取ることがなかった。これほど長く本を読まないでいられたということが自分でも意外だった。

数カ月ぶりに日本に帰り、またいつものような生活に戻った。しかし、これまでなら、何をおいても本屋へ行っただろうが、一週間が過ぎても本屋に行こうと思わない。かといって、家にある本を読もうという気にもならない。

活字中毒というほどではないにしても、最近まで本を読まない日常というものが存在するなどとは考えられなかった。しかし、本は読まなくとも日は過ぎていくようなのだ。

もっとも新聞は読んでいたから、完璧に活字から遮断されたわけではないが、暇さえあれば活字を眼で追うというようなことはなくなってしまった。

どうしてだろう。どうしてこのようになってしまったのだろう。ひとつ考えられるのは、旅先のアフリカで、サハラ砂漠に初めて足を踏み入れたことである。そこでの一週間は私にとって特別な時間だった。しかし、それが原因のすべてだというほど単純なこととも思えない。

そのようにして十日余りが過ぎたある日、仕事場から家に帰る途中で、町の小さな本屋に立ち寄ってみようという気になった。

だが、店に入り、新刊本が並んでいる台を見ても、読みたいと思う本が一冊もない。それは、ここが小さな本屋だからではないかとも思った。もっと大きな本屋に行けば、読みたい本が見つかるかもしれない。

そのとき、ふと、何日か前に見た新聞の広告欄に、一瞬だけ心が動きかけた本があったのを思い出した。読みたいと思ったわけではなく、何となく気に掛かったという程度だったのだが、あれは誰の何というタイトルの本だったのだろう。

本屋の棚を茫然と眺めながら思い出そうとすると、タイトルや著者名ではなく、上・二、二〇〇〇円、下・二、〇〇〇円という定価が浮かんできた。

そうだ、あれは確かに上下二巻に分かれている本だった。

私は思い出しかけたのが嬉しくて、平台にその定価の本を探した。二巻本というと、正面に渡辺淳一の『失楽園』がでんと並べられている。だが、これではない。その横には妹尾《せのお》河童《かっぱ》の『少年H』が並んでいる。しかし、これでもない。

ということは、翻訳物だったのだろうか。翻訳物の棚を見てみると、プーラン・デヴィの『女盗賊プーラン』が入っていた。間違いなく二巻本だが、やはりこれでもない。日本人の作品ではなく、かといって外国の翻訳物だったという印象もあまりない。あのとき、一瞬、私の眼に留まったのは、誰の何という作品だったのだろう。

著者は、日本人でもなく、外国人でもないが、作家だったような記憶がある。日本人作家でもなく、外国人作家でもない……作家。私は、なぞなぞを突きつけられたアリスのような不思議な気分のまま、店の中を歩きまわりながら考えた。そして、単行本から文庫本の棚を過ぎ、雑誌のコーナーに差しかかったとき、突然ひとつの名前が閃《ひらめ》き、小さく叫びそうになった。

カズオ・イシグロ！

そうだ、あれは確かカズオ・イシグロの本だった。カズオ・イシグロの新作の広告だった。カズオ・イシグロだから、日本人作家でもなく、外国人作家でもないという印象が残ったのだ。もちろん、厳密にはすでに日本人ではなくなっているが、私には、いつの日にか彼が、日本にアイデンティティーを求めるようになるのではないかという予感がある。しかも、私にとってカズオ・イシグロの『日の名残り』は、ここ何年かで読んだ小説の中で最も心を動かされた作品のひとつだった。さりげない虚構の中の精緻な細部。そのカズオ・イシグロの新作の広告だったので私の眼に留まったのだ。

著者名はわかったが、タイトルが思い出せない。タイトルがわからないまま探してみたが、その店にはカズオ・イシグロの本そのものがなかった。タイトルがわからないのは何としても気持が悪い。ここから十分ほど行ったところに別の本屋がある。もしかしたらそこには置いてあるかもしれない。

　私は探し物をしているときの妙に昂揚した気分でもう一軒の本屋まで歩いていった。前のところよりひとまわり大きいその本屋にも、新刊の平台に目指すカズオ・イシグロの本はなかった。ところが、翻訳物の新刊を並べている棚を順番に見ていくと、最上段の中程にカズオ・イシグロの本が二冊並んでいた。タイトルは、『充たされざる者』という。まさにそれが私の探している本だった。

　上巻を抜き出して、パラパラとめくり、さらに下巻を取り出し、二冊重ねてレジに持っていこうとして、突然、足が止まってしまった。

　私は本当にこれを読もうと思っているのだろうか。読みたいと思っているのだろうか？

　自分に問いかけると、単になぞなぞが解けたことが嬉しいだけだったのではないかという気がしてきた。それに、私は『充たされざる者』というタイトルがどうしても好きになれなかった。

　結局、私は何も買わずにその店を出た。私の行動を逐一見ていたらしい店主が、怪訝そうな面持ちで見送っているのが眼の端に留まった。

　これでまたしばらくは本を読むことはないだろう。本を読まない生活、本のない生活はいつまで続くのだろう。

　これは単に、長距離のランナーが時に見舞われることがある、ブレーキのようなものなのだろうか。しばらくすればまた走れるようになるのだろうか。それとも、走る筋肉そのものが消滅し、永遠に走れなくなっていくのだろうか……。


（97・11）

秋に買う

1

いまは秋。それも晩秋だ。もうすぐ冬が来て、年が明ける。

だが、去年の晩秋のことを思い出すと、それが一年前のことだとは信じられない気がする。もう何年も前の、はるか昔のことのように思えてならない。

たぶん、そんなふうに感じられるのも、この冬から始まった新型のコロナウイルスによる世の中のざわつきが原因しているのだろう。記憶がその以前と以後に大きく分かれ、以前のことがことごとく遠い昔のことのように思えてくるようになってしまった。

しかし、それが一年前の晩秋のことだったのは間違いない。


去年の十一月のある日、私は大阪に行くことにした。

旅をするためだ。

なぜ大阪だったのか。

これまで、私の住む東京から大阪へは恐らく何百という単位の回数行っているはずである。だが、それらはすべて何かの用事をするためであり、純然たる「旅」ではなかった。

長いあいだ、いつか大阪を気ままに旅してみたいという願望を抱きつづけていた。しかし、その願望もかなり漠然としたものであり、大阪のどこをどのように旅したいのかというところまではっきりしていなかった。なんとなく、大人の修学旅行のようなものとして、京都ではなく大阪に行ってみたいと思っていたのだ。

そんな私が、まずは大阪の、あそこに行ってみたい、と具体的にイメージできるようになったのは近年のことである。

――天神橋筋商店街の近くに宿を取り、何日か滞在してみたい。

どうしてそんなことを思うようになったのか。

その発端は、去年よりさらに溯ること七、八年前の夜のことだった。

ある晩、知人と青山の寿司屋に入った。そこで、落語家の笑福亭鶴瓶と出会った。

直角になったカウンターの短い辺のところに座っていた鶴瓶さんと眼が合うと、「失礼ですが、沢木耕太郎はんですか」と声を掛けてきてくれたのだ。

そこで、初対面にもかかわらず話が弾み、気がつくと三日後には大阪に行き、上方落語の本陣ともいうべき「天満天神繁昌亭」で彼の落語を聴くことになっていた。鶴瓶さんだけでなく、私とは旧知の落語家である桂南光と、私の同世代で上方落語の重鎮になりつつある桂文珍も登場する特別な落語会があるというのだ。

その夜の「繁昌亭」で、私は久しぶりに上方落語を堪能した。南光さんや文珍さんは相変わらず達者な古典落語や創作落語を聴かせてくれたが、新鮮だったのは鶴瓶さんの噺《はなし》だった。漫談と落語の中間のような創作落語なのだが、私小説ならぬ私落語とも言うべきもので、高校時代のひとりの老教師との交流を、最後は一種の人情噺に仕立て上げて終わるという鮮やかなものだった。落語会が終わったあと、打ち上げと称して、鶴瓶、南光、文珍のお三方が私と付き合ってくれ、深夜まで楽しい宴会が続いた。

その折のことだった。「繁昌亭」の楽屋から外に出て、表通りに出るとき、商店街の長いアーケードを通った。

南光さんが「ここが日本一長いアーケードなんですわ」と説明してくれた。聞けば、天神橋筋商店街という名前らしい。

見ると、広い通りの向こうには、どこが最後かわからないほど奥の奥までアーケードが続いている。

もっとも、そのときは、夜遅くで、すでに多くの店が閉まっており、なんとなく寂しいような印象を受けたこともあって、なるほど、そうなのか、と思っただけだった。

ところが、それから何年かが過ぎた一昨年、山陰へ取材に行く途中、大阪に立ち寄ることがあって、突然、その天神橋筋商店街が「気になるところ」になってしまった。

大阪に立ち寄ったのは、朝日放送ラジオの『おはようパーソナリティ道上洋三《どうじょうようぞう》です』という早朝の番組に出るためだった。

これは四十年以上続いている長寿番組で、私が若い頃、新しい本を出すたびに、少しでも関西で売れるようにとよく出演させてくれていた番組だった。

貧乏暮らしをしていた私は、朝日放送の社屋の前にあり、早朝の番組に出演する人のための宿舎に利用されていたホテルプラザに泊まるのが楽しみだった。

出演の前日の午後に東京を発ち、夜は同世代の若いディレクターたちと酒を飲み、ホテルプラザの気持のよい部屋に泊まり、翌朝番組に出演し、そのあとで道上さんを含めたスタッフと朝食をとる。

しかし、そうした日々も、みんなが少しずつ齢を取るにつれて間遠になっていった。

それが二年前、久しぶりに出演の依頼があり、もちろん、と山陰取材の前日に喜んで立ち寄らせてもらうことにした。

そのときの大阪行も、いつもの「用事を済ますための大阪行」のひとつのはずだったが、東京を早めに発ったおかげで、出演前日の午後はたっぷりと自由な時間を持つことができた。

どうやって時間をつぶそうかと思ったとき、ふと、天神橋筋商店街のことが思い出された。日本一の長さを持つというアーケードを歩いてみようという気になったのだ。

長い年月のあいだに朝日放送の社屋は移転し、ホテルプラザはなくなり、早朝の番組に出演するために前泊するホテルも変わっていたが、私はあらかじめ若いディレクターに指定されていたホテルにチェック・インすると、地下鉄の谷町線に乗り、南森町《みなみもりまち》駅で降り、天神橋筋商店街に足を踏み入れた。

すると、落語会が終わったあとに、鶴瓶さんや南光さんや文珍さんたちと歩いた夜とは異なり、びっしりと並んだ商店は店を開いており、びっくりするほど賑やかだった。

人通りも多く、「自転車に乗っての往来をやめてほしい」という放送が、お笑いタレントのような男性の柔らかい関西弁に乗ってエンドレスに流されている。

だが、私がもっとも眼を奪われたのは、飲食店や服飾、履物、アクセサリー、薬品といった店の並びの中に、何軒もの古書店があることだった。しかも、その周辺に多くの喫茶店がある。それも、スターバックスのようにチェーン展開しているコーヒーショップではなく、いわゆる昔風の「純喫茶」的な喫茶店なのだ。こういう喫茶店なら、古本を買い、それを読みながら何時間でもコーヒーや紅茶を飲んでいられそうだ。その上、一本裏の道に入ると、昼間からやっている居酒屋が何軒もある。そうした立ち飲みの店の一軒には、まだ午後三時前だというのに、すでに大勢の客が入って飲み食いしている。

これはすごい。こんな通りは他の都市にはありそうもない。まったく夢のような通りではないか。

そして私は思ったのだ。いつか、この近くのホテルに泊まり、思う存分、ここで本を買い、喫茶店でその本を読むという日を送りたい、と。そして、もちろん、夜は居酒屋だ。

2

去年の晩秋のその日、私はいよいよ天神橋筋商店街での二泊三日の小さな旅をするため世田谷の家を出た。

午前九時、渋谷駅で品川から新大阪までの新幹線のチケットを買ったが、旅に出ると何につけても貧乏性を発揮することが多くなってしまいがちの私は、急げばギリギリ間に合うという時間の「のぞみ」を選んでしまった。別に何時に着かなくてはならないという約束があるわけでもないのに、できるだけ早く着いて、自由な時間をたっぷり確保したかったのだ。

山手線で品川駅に向かう途中、恵比寿駅で、見学だか遠足だかに出掛けるらしい大勢の小学生と出くわし、電車への乗り込みに時間がかかってしまう。ハラハラさせられたが、それでも、品川駅に着き、構内を急ぎ足で歩く程度でなんとか乗車予定の「のぞみ」に間に合わせることができた。

幸い、進行方向の右端の席が取れたため、馬込のあたりで車窓から富士山がちらりと見え、得をした気分になった。

その富士山は、熱海駅を過ぎ、新富士駅に近づくにつれてしだいに姿を大きくしていく。

さらに嬉しくなってきたが、その姿に白い雪の部分が少ないことに意外な感じを受けてもいた。私の仕事場からも晴れた日には富士山が見えるのだが、麓から六、七合目までは手前の丹沢山塊に隠れてしまうため山頂に近い白い部分しか見えない。だからだろうか、この季節における私の富士山の印象は真っ白というものなのだが、新富士駅付近から麓を含めた全体を見ると白い部分はまさに冠という程度でしかないことがわかる。

それでも、富士山が見えているあいだ、不思議な幸福感が続く。それは、私に独特のものなのか、多くの日本人が共有するものなのだろうか。

新大阪からは地下鉄の御堂筋線に乗り換えた。

いつの頃からか、大阪でもパスモが使えるようになって、乗り換え時にいちいちチケットを買わなくても済むようになった。

大阪でパスモを使うたびに、この交通系ＩＣカードの出現を自分ほど喜んでいる者はいないのではないかと思ってしまう。

それは定期券を使える人にはわからない幸福感だろうと思う。大学を卒業して以降どこにも勤めたことのない私は定期券を持ったことがない。そのため、電車で移動するときは常に券売機の上に掲げられている路線図を見ながら、目的の駅までの値段を調べなくてはならなかった。しかも、鉄道会社の異なる線の乗り換えには、いちいち買い求める必要があった。

それがカード一枚でどこまでも乗っていくことができ、自由に乗り換えられるようになったのだ。最近では、関西だけでなく、九州や北海道でも大きな都市ではこのカードで簡単に乗れることになっている。

旅先で、首都圏の交通系ＩＣカード、私の場合はパスモを使うたびに幸せになる。

ところが。

この日は、新大阪で大阪の地下鉄に乗って、思わぬ失敗をしてしまった。

新幹線のホームから階段を下り、パスモを使って地下鉄の改札口を簡単に抜け、御堂筋線のホームに駆け上がると、なんば方面行きの電車がすっと入ってきて、ラッキーとばかりに乗ってしまった。

席に座ろうとして、何となく違和感を覚えた。車両全体がなんとなく明るい色で満たされているような感じがする。

——どういうことだろう？

車内を見回し、もしかしたら……と思った。もしかしたら、これは女性専用車両なのではあるまいか？

確かめると、間違いなく女性しか乗っていない。だが、腕時計を見ると、正午を過ぎている。もう女性専用車両としての役割は終わっているのではないか。少なくとも東京の、私が頻繁に乗る私鉄の線では午前九時半を過ぎると、女性専用車両は一般車両になる。

関西では違うのだろうか。

私は焦りながら、何かの表示はないものかと見渡すと、荷物棚のあたりに、この車両が女性専用車両であり、それは運行するすべての時間に適用されると記された印刷物があった。

私は、急いで、連結部分から隣の車両に移った。

女性専用車両と比べるといくらか乗客は多いが、座るところはいくらでもあった。

少し落ち着き、私は自分の失敗におかしくなったが、電車が進んでいき、次の西中島南方《にしなかじまみなみがた》の駅に着いたとき、いつものことながら今度はその駅名に笑い出したくなってしまった。

西中島南方。

まったく、何度この駅名を見ても不思議だなと思う。

中島という地名が、たとえば島の中央を意味するものだとすると、西中島はその西の方ということになるはずだ。すると、西中島南方は、島の中央の西の南、ということになる。そこはいったいどういうところなのだろうとおかしくてならないのだ。

そんなことを考えているうちに本町《ほんまち》駅に着き、地下鉄の中央線、堺筋《さかいすじ》線と乗り換えて、目的の南森町駅に到着した。

3

午後一時、予約してある南森町のビジネスホテルに向かった。

そこに泊まることにしたのは、天神橋筋商店街に近いというだけでなく、以前、若い友人が勧めてくれていたからだ。そのホテル・チェーンは、高層階に温泉の大浴場があって、なかなかいいんですよ、と。

しかし、レセプションでチェック・インしようとすると、まだ午後三時になっていないから、とあっさり断られてしまった。もしかしたら、空室や清掃済みの部屋があったら融通をきかせてくれるかもしれないと期待していたが、それほどのフレキシビリティー、臨機応変さのあるホテルではないらしい。

私がホテルに求める最大のサービスは、余計なアメニティーのグッズが用意されていたりすることなどより、チェック・インの時間を固定化せず、状況に応じて柔らかく対応してくれることなのだが、仕方ない。背中にデイパックを背負ったまま、天神橋筋商店街をぶらぶらすることにした。

とりあえず、すべての発端である「繁昌亭」に行き、そこから街歩きをスタートした。

大阪天満宮の前にある「繁昌亭」からほんの少し歩くと、天神橋筋商店街のアーケードの屋根の下に入る。

そこが天神橋筋二丁目。さらに北に向かうと、すぐ曾根崎《そねざき》通にぶつかり、そこを渡ると天神橋筋三丁目のとてつもなく長いアーケードが始まる。

意外なのは、歩いている人の多くが、昼食を終えたり、これから食べようとしているサラリーマンのグループであることだった。近くに、かなりの数のオフィスビルがあるらしい。

その天神橋筋三丁目のアーケードに入って、本格的に古書店めぐりを開始した。どんな土地の古書店でも、初めての店に入ったときは、どこにどのような本を置いてあるのかを把握するまでに少し時間が掛かる。しかし、その時間が最も楽しいときだとも言える。この店にはどんな本があるのか、そして、それらがどのように扱われているのかが徐々にわかってくるからだ。

一軒目から二軒目に移動すると、私好みの本が店の奥まで並んでおり、夢中であれこれ見ているうちに、気がつくと午後二時半を過ぎ、危うく食堂のランチタイムを逸してしまいそうな時間になっていた。

慌ててどこかで昼食をとることにした。

その古書店を飛び出る前に、念のため本を一冊買っておくことにした。料理を注文し、待つあいだに読むものが必要だったからだ。

店頭にある文庫本コーナーをざっと眺めると、日本画家の鏑木清方《かぶらききよかた》の自伝『こしかたの記』がある。値段は五十円。それを買って、店を出た。

さて、どこで何を食べようか。

候補は二軒あった。一軒は「繁昌亭」の近くにあった「昼間だけの中華料理屋」である。どうやら、夜には酒場になる店を借りて、昼間だけランチを提供する中華料理屋を開いているらしい。

その謎めいた店の在り方に惹かれるものがある。店の外に定食のメニューが出ていたが、どれもおいしそうだった。

もう一軒は、二軒目の古書店の近くにあったステーキ屋だ。手頃な値段でステーキランチを提供するとある。

迷った末に、やはりステーキランチを選ぶことにした。

なぜ「やはり」なのかというと、私には大阪イコール肉料理というイメージが抜きがたくあるせいなのだ。

二十三、四の頃、初めて大阪に取材に来たとき、あとから追いかけるように来てくれた雑誌の編集長が、夕食に連れていってくれたのが道頓堀の有名なすきやきの店だった。この店のすきやきは、父が子供のころに連れて行ってくれた浅草の入れ込みのすきやき屋とは異なり、黒光りするような廊下から案内された座敷で、仲居さんに霜降りの肉を一枚ずつ調理してもらって食べるというような料亭風の店だった。

たぶん初めての経験だったということもあったのだろうが、そのときのすきやきのおいしさは忘れられないものになった。

それから数年経って、また大阪に取材に行くことになったとき、イラストレーターの黒田《くろだ》征太《せいた》郎《ろう》が紹介してくれた心斎橋近くの店に行った。なんでも黒田さんの友人の店であるらしく、小体《こてい》だが洒落た造りの鉄板焼き屋で、そこで食べたサーロインステーキがとんでもなくおいしかった。

若いときのその二回の経験は決定的で、私にとって大阪は肉料理のおいしいところと強く刷り込まれてしまっていたのだ。

だが、天神橋筋商店街のステーキ屋のステーキランチはさほど感動的なものではなかった。値段が千円台なのだから、店側としてもそんなに期待されても困るだろうが、私には「可もなく不可もない」という、中途半端なものに思えた。

それでも、充分に空腹状態は解消され、古書店めぐりを元気に再開することが可能になった。

三軒目の古書店は古い文芸書の初刊本が揃っているところで、嬉しくなった。椎名麟三《しいなりんぞう》、武田泰淳《たけだたいじゅん》、埴谷《はにや》雄高《ゆたか》といった第一次戦後派から福永武彦、中村真一郎、加藤周一らのマチネ・ポエティクの面々、それに三島由紀夫もかなりの点数がある。

私が手に取ったのは『私の遍歴時代』の初刊本である。奥付を確かめると初版だが、にもかかわらず、値段は五百円と安い。

私はそれを見て、ある種の感慨に耽ってしまった。

かつて私が大学生だった頃、一種の初版本ブームとでもいうものが起きて、古書店では人気のある作家の初版本が軒並み高値をつけるということがあった。中でも三島由紀夫の初版本は別格で、どれもひどく高かった記憶がある。

あの時代だったら三島由紀夫の『私の遍歴時代』の初版本がこんな値段などということはなかっただろう。

もちろん、私は『私の遍歴時代』を読んでいる。もしかしたら、三島由紀夫は小説家としてより、あるいは戯曲家としてより、随筆家としての方がすぐれていたのではないかと思えるほど、エッセイや評論に印象的な作品が多い。中でも、この『私の遍歴時代』は、自己を語る上における明断さにおいてずば抜けており、三島由紀夫を論じる際の、一級の資料としても用いられるものになっている。

私は『私の遍歴時代』を数度にわたって読んでいるが、この初刊本は持っていない。私が持っているのは、三島由紀夫のエッセイを集めた一巻本の分厚い『評論全集』で、そこに収められた一編として『私の遍歴時代』を読んできていたのだ。

もっとも、この初刊本の『私の遍歴時代』も何本ものエッセイを集めたものである。そもそも東京新聞に二十回にわたって連載した文章である「私の遍歴時代」は、ページ数にして六十ページ足らずのものにしかすぎない。

しかし、私はこの『私の遍歴時代』の初刊本が欲しくなってしまった。箱入りだが、すべてが薄手にできており、手に取りやすく、読みやすくできている。あの千ページを超えるような『評論全集』で読むのとは、読み心地が違うように思える。

それだけではない。箱の外側に、本来なら帯に印刷されるような「最も魅力的な三島由紀夫神話」という推薦文が記されている。なんと、書き手は大江健三郎だ。互いにまだ思想的に大きな乖離《かいり》が生じていない時代のものだろうが、たぶん大江健三郎の第一エッセイ集である『厳粛な綱渡り』にも収められていない文章だと思われる。

この希有の才能の自伝は、性犯罪者の告白さながら、そのような自分を発見し、そのような自分を信頼するに到る、時に傷ましく、時にヒロイックな感動にみちている。三島由紀夫をめぐる数しれない神話の森から、作家自身の伐りだした、明敏で犀利《さいり》で豪胆で愉快で、後進への実用的教訓にもことかかない、この自伝が、たとえもう一つの新しい神話にほかならぬにしても、それが最も魅力的な三島由紀夫神話であることは確実であろう。

これが読めるだけでも「儲け物」だ。私は買うことにして、それを手に持ち、店の奥にある、いかにも「帳場」というような雰囲気のところに持っていこうとして、迷ってしまった。急に、その隣にあった本も欲しくなってしまったのだ。

そこには、同じ三島由紀夫の『剣』の初刊本があった。

奥付を見ると、これもやはり初版本である。値段は『私の遍歴時代』と違って、いくらか高めの二千円に設定されている。

しかし、迷ったのは、その値段ではなく、すでに同じ本を持っているからだった。ただし、私が持っている『剣』は外箱が少しつぶれている。それがいつも気になっていたので、きれいな外箱のこの本に取り替えようかと思ってしまったのだ。

三島由紀夫の小説の中で、私の最も好きな作品がこの『剣』だった。

高校生のとき、大森の臼田坂《うすだざか》下にあった山王書房という古書店で、古い文芸誌の「新潮」を五十円で買い、その中に載っていた「剣」を読んだときの衝撃はいまでも覚えている。そのときの私にとっては、文学作品としてというより、主人公の若者の生き方、いや死に方に強い衝撃を受けたのだと思う。

のちに、単行本になっていた『剣』を別の古書店で買ったが、それは外箱が少しつぶれているものだった。

気になりながら、何十年と書棚に収まりつづけているが、これを機に買い替えることにしよう。

それをあらためて抜き出し、二冊まとめて「帳場」に持っていこうとして、また迷ってしまった。これを買うと、いま持っている本をどう処分するかという問題が出てくる。引き取り手はないだろうし、廃棄するのはしのびない。

私はふたたび『剣』を元の棚に戻し、涙を呑んで、これは「パス」とすることにした。

その古書店を出ると、久しぶりに『私の遍歴時代』を読むための喫茶店を探すことにした。

少し歩くと、地下と二階を兼ね備えた三階構造の喫茶店が見つかった。いかにも昔風の喫茶店で、喫煙可能の席があるという。私は煙草をすわないが、なんとなくその寛容さが好ましく、入ることにした。

私は誰もいない二階で紅茶を頼んで読みはじめた。

やはり面白い。三島由紀夫において文学者としての自信が最もみなぎっていた時期の文章であることがわかる、気負いと同量のキレと輝きがある。

そして、何度目かのこの読書で、いままで気がつかなかったところが眼に留まり、「ほぅーっ」と思わせられた。

三島由紀夫は、自らの「遍歴時代」の最後に、当時は珍しかった世界一周の旅に出たときのことをもってきている。

今回、初めて私の眼に留まったのは、その旅に出発したのが二十六歳のときだったというくだりだった。

一九五一年、私は二十六歳、いくら何でももう一人歩きできる年齢に私は達していた。

私がユーラシアへの長い旅に出たのも二十六歳のときだった。もしかしたら、やはり二十六歳というのは大きな旅に出るのにふさわしい年齢なのかもしれない。

本には「私の遍歴時代」以外にも、「天下泰平の思想」や「贋作東京二十不孝《がんさくとうきょうにじゅうふこう》」といったエッセイが収められており、その香具師《やし》の啖呵のような筆の勢いに、思わず笑いそうになったりしていたが、ふと気がつくと午後五時近くになっている。

ホテルにいったん戻り、チェック・インしておくことにした。


レセプションで鍵を貰って部屋に入ったが、ビジネスホテルのシングルなのでかなり狭い。

ホテルのテレビでしばらく夜のニュースを見てから外に出た。どこかの居酒屋で軽く飲み、ついでに腹の足しになるものを食べようと思ったのだ。

天神橋筋三丁目のアーケードの、一本裏の路地を歩くと、会社帰りの人たちで、どの店もあふれんばかりだ。それも若いサラリーマンのグループやカップルが多い。

そういえば、この日は金曜日だった。やはり、いまでもなお、金曜の夜は、若い勤め人にとっての黄金の夜であるらしい。

店を吟味しながら通りを流して歩いたが、これはと思える店は満員で入れない。

それでも一軒だけ気持の上でキープしておいた店があったが、道の途中から戻ってくると、眼の前で若いカップルに先を越され、その時点で満員になってしまった。やむをえず、次点と思える店に入ったが、これがまた「可もなく不可もない」居酒屋だった。おでんはまずまずだったが、あとはあまり感心しなかった。

これで昼も夜も「可もなく不可もない」店を選んでしまったことになる。

だが、そういう日もある。明日の夜には当たりの店を見つけるぞと思いながらホテルに戻った。

4

翌日は、ホテルの朝食を楽しみにしていたが、これがまた「可もなく不可もない」ものだった。それでも和風の副菜をいくつか選び、ご飯とみそ汁でなんとか朝食を済ませ、食堂から部屋に戻った。

本来なら、すぐにも古書店めぐりをしたいところだが、この日の日中はそれを諦めなくてはならない。午後から司馬遼太郎記念館で講演をする約束になっていたからだ。

そのため、午前いっぱいをかけて、どんな話をするかのメモを作りつづけた。

テーマは「司馬遼太郎の旅」というもので、司馬さんの『街道をゆく』の中で、一冊丸ごと青森を扱った『北のまほろば』を取り上げることにしていた。

私が司馬遼太郎記念館で話をするのは、数年前に『キャパの十字架』という作品で司馬遼太郎賞をいただいたからである。授賞式は東京だったため、司馬さんのホームグラウンドである大阪の方たちにも挨拶をする、というつもりで記念館からの講演の依頼に応じたのだ。

講演開始は午後二時からということになっていた。

正午にホテルを出て、南森町から鶴橋を経由して近鉄奈良線で河内小阪《かわちこさか》という駅まで行った。駅を降りてからは、人に訊ね、訊ねしながら初めて訪れる司馬遼太郎記念館へ向かった。私はいわゆるスマートフォンを持っていないので、グーグルマップを見ながら歩いていくというわけにはいかない。いや、かりにスマートフォンを持っていたとしても、グーグルマップに頼ったかどうかわからない。私はどこに行くのにも、人に訊ねながら行くのが好きなのだ。旅先では、人に何かを訊ねるところから新しいことが始まるということを知っているからでもある。

それでも存外あっさりと着いてしまい、ちょっぴり拍子抜けしてしまったが、安藤忠雄設計の司馬遼太郎記念館は予想外の大きさだった。内部に入ると、実に多くの木が使われている。それも、安藤さんの設計した建物としては珍しいような気がして、驚かされた。

講演会場である「ホール」と呼ばれる空間も、内部のほとんどが木で満たされていて、なかなか気持がいい。

時間が来て、前の演台に出ていくと、百五十人は入るという会場には空席がないほどの人が集まってくださっている。

ここに集まっている方の大半は司馬さんの愛読者であるらしい。

そこで、私はいささか挑発的に講演を始めた。冒頭から司馬さんのファンを刺激するような話から入っていったのだ。

――司馬さんの『街道をゆく』における旅というのは、出版元が何もかもお膳立てした上で、編集者や記者、挿絵画家、その土地に詳しい方などが案内人として参加し、マイクロバスなどを仕立てて行くというものだったそうです。私は、それは「旅」というより、「大名旅行」ではないかと、ちょっぴり冷ややかに眺めていました……。

こう話し出すと、聴衆は少し戸惑ったような、固い雰囲気になっていくのがわかった。

さらに、何年か前、坂本龍馬の「脱藩の道」と喧伝されている高知の檮原《ゆすはら》街道を歩いたときの経験を話すと、さらに空気は強ばってきた。

——私は、司馬さんがマイクロバスで「大名旅行」のように移動した檮原街道を、坂本龍馬が仲間と歩いたと同じように徒歩で愛媛まで抜けていきました。すると、坂本龍馬たちが藩の境を越えたときに互いに向かって「これからは、おら、おまん（おれ、おまえ）でいこう」と言ったという言葉の意味がよくわかるように思えてきました。それは、これからは上士も郷士もなく平等の立場でやっていこうという宣言である前に、苦しい山道を共に突破してきた仲間同士の安堵の嘆声だったような気がするのです。それは、マイクロバスに乗って越えたのでは決してわからなかったであろうことでした……。

しかし、ここから、本題に入って行くことにした。

——そんなふうに司馬さんの紀行文に対してはなはだ無礼な感想を抱きつづけていた私でしたが、最近、必要があって『北のまほろば』を熟読して、一挙に自分の浮ついた見解を打ち砕かれることになりました……。

そして、『北のまほろば』の重層的な奥の深さについて語っていくうちに、しだいに聴衆の方たちも、静かに、しかし熱く聴き入ってくれているという印象を受けるようになってきた。

司馬遼太郎記念館からの帰りは、私ひとりではなく、二人の男女と一緒だった。この講演会のために、わざわざ二人の知人が聴きにきてくれていたのだ。ひとりは東京からの週刊誌の若い女性記者、もうひとりは大阪に住む知り合いの新聞記者である。

二人は互いに知らない者同士だったが、誘って、一緒にどこかで軽く飲むことにした。

当初は、大阪在住の新聞記者にミナミのどこかの居酒屋に案内してもらうつもりだったが、難波駅の構内に、手頃なビヤホールがあるのが眼に留まり、そこでソーセージなどをつまみながら飲むことにした。

二人からさまざまな感想を聞かせてもらったが、それとは別に、奈良に長かった新聞記者の、ドイツから来て僧侶になったという男性の話が印象的だった。興福寺のドイツ人僧侶が、法相宗《ほっそうしゅう》でも難試験中の難試験である「竪義《りゅうぎ》」と呼ばれる口頭試問に合格したという。

日本人がキリスト教の牧師や神父になることに対してはさほどの「疑い」を抱かないのに、欧米の文化圏から来た人が仏教の僧侶になったりすると、本当に彼らは理解できているのだろうかと疑念を抱いてしまう。しかし、もしかしたら、彼らの方が、はるかに仏教の深部に到達しているかもしれないのだ。

ジョッキでビールを何杯か飲んだあとで二人と別れ、天神橋筋商店街の古書店に行こうと地下鉄に乗ったが、時計を見ると、もう午後六時近くになっている。それと、久しぶりに酒をかなり飲んでいるため、これから古書店めぐりをするのが億劫になってきてしまった。

すんなりとホテルに戻るつもりになったが、ふと、古本ではなく新刊の書店に寄ってみようかと思いついた。

梅田駅で降り、紀伊國屋書店に入った。

本の配置などが以前とはかなり変わっていることに驚きながら、一方で、懐かしいなと思ってもいた。

もちろん、ここでは何度かサイン会をさせてもらっている。しかし、私が懐かしいと思ったのは、だからではない。私は、二十代の頃、ここで販売員をしていたことがあるのだ。

といっても、売り場に立っていたのは数日のことで、それは当時日本で最大の売り場面積を持つ書店として有名だった「紀伊國屋書店の梅田店」について書くための取材の一環としてであった。

その数日によって、店で使われる符丁を覚えたり、非常事態が起きたときのアナウンスの言葉がわかるようになったり、さまざまな癖を持った常連客の見分けがつくようになったりしたが、最も印象に残っているのは、毛利四郎という伝説的な老店長の存在だった。

毛利さんは店員に恐れられているだけでなく、取材者である私にとっても、見られているだけでなんとなく威圧感を覚えるほどの人だった。しかし、その取材を終えたあと、大阪に行ったついでに立ち寄ると、コーヒー好きの毛利さんはよく馴染みの喫茶店に連れて行ってくれた。そして、コーヒーを飲みながら、新宿勤務時代のことや社長の田辺茂一《もいち》のことなどをさまざまに話してくれたものだった。

司馬遼太郎記念館での講演の帰りに紀伊國屋書店に立ち寄った私は、久しぶりに店内をぶらついた記念として新刊の本を一冊買うことにした。

何にしようか考えたが、ちょうど眼についた、『それまでの明日』を買った。原尞《はらりょう》の私立探偵物の最新作である。いや、原寮にとっての最新作というのに間違いはないが、出たのは一年半も前のことになる。買おう買おうと思っているうちに時間が経ってしまい、ようやく買うことができたというわけだ。

ホテルに戻っても、することがないので『それまでの明日』を読むことにした。

「来週の土曜日にまたお会いします」と言って、彼は私の事務所をあとにした。

依頼人の望月皓一《もちづきこういち》に会ったのは、その日が最初だった。そして、それが最後になった。

いつも通りの主人公の沢崎が登場してきて安心したが、読み進めていくうちに、困ったなあと思う箇所が出てきてしまった。

沢崎が新宿の金融機関で二人組の強盗に遭遇し、事件に巻き込まれてしまう。一人は逃亡し、一人は自首して危機は脱するが、捜査に訪れた新宿署の警部が沢崎と因縁のある人物だったことから、別の困難に見舞われることになる。

私が困ったなと思ったのは、その警部が、金庫から何かが盗まれていないか検分するところに、沢崎も同席させてしまうことだった。すると、盗まれていないどころか、あるはずのない大金が残されていることがわかる。そこで事件の本当の意味が明らかになる。

だが、『名探偵コナン』の目暮《めぐれ》警部ではないのだから、いくら旧知の仲だからといって、警部が事件の重要な「現場」に本質的には無関係の「私立探偵」を立ち会わせるはずがない。

読むのをやめようかと思ったが、もう少し読んでから判断しようと思い返し、先に進むと、今度は別の刑事が、重要参考人になるかもしれない男の部屋を捜索するのに「私立探偵」の沢崎を中に入れてしまうという場面が現れた。しかも、そこで、風呂場に死人が浮いているところを見させてしまうというおまけがつく。

ここまで来て、私は読みつづけるのを諦めることにした。すると、急に腹が空いてきた。ビヤホールで食べた量が中途半端だったらしい。そこで、ラーメンでも食べようかと、ホテルを出た。

天神橋筋二丁目の商店街のはずれに気になっていたラーメン屋があったのを思い出し、閉店間際の店に入って食べたが、可もなく不可もない味のラーメンだった。

またもや、「可もなく不可もない」だ。

この旅はどうしたのだろう。すべての飲食店が「可もなく不可もない」ではないか。こんなことはまったく珍しい。私の嗅覚が鈍ったのか、カンが衰えてしまったのだろうか。

軽くショックを受けながらホテルに戻った。

5

朝、午前六時前に眼が覚めた。

それは自然の目覚めではなく、起こされてしまったという不本意な目覚めだった。

前夜、部屋の壁が薄いせいか、隣室の客の鼾《いびき》がうるさくてなかなか眠りにつけなかった。

参ったなと思い、いっそ明かりをつけて本でも読もうかと考えはじめたが、あまりにも凄まじい鼾に、これはある種の病気であり、隣室の客は一種の病人なのだと思うと怒りがすっと消え、いつの間にか眠っていた。

ところが明け方、また凄まじい鼾で起こされてしまった。

さすがにもう眠ることはできない。仕方がないので、起きることにし、高層階の大浴場で温泉に入ることにした。

夜が明け切っていない早朝のせいか、他に入浴客はまったくおらず、長い時間ほとんど貸し切り状態で、ゆっくり温泉を楽しむことができた。

鼾も悪くない、と逆に隣の部屋の客に感謝したくなった。

午前七時に「可もなく不可もない」朝食をとり、荷物のパッキングを始めた。

といっても、洗面道具をまとめ、寝巻を畳むだけのことで、あとはすることがなくなってしまった。


午前十時にホテルをチェック・アウトし、レセプションにデイパックと買った本を入れた布袋を預け、最後に、もう一度、天神橋筋商店街を歩くことにした。

古書店は十一時からの営業らしく、まだどこも開いていない。それまで大阪天満宮の境内を散歩して時間をつぶし、開店した頃合いを見計らって気になる古書店に一軒ずつ入ることにした。

一軒目では黒澤明の『蝦蟇《がま》の油』の文庫版を百円で買った。

次の店では、松浦寿輝《ひさき》の『不可能』を買うつもりだったが、あるはずの棚のどこにもない。

天神橋筋商店街の古書店めぐりを始めた最初の日に、松浦さんの本が数冊並んだ棚があった。

松浦さんとは何度か酒席を共にしたことがあるというだけでなく、最近の大長編『名誉と恍惚』が近来稀な面白さだったので、それ以前の作品をぽつぽつ読みはじめていた。しかし、その棚の数冊の中にあった『不可能』という作品はまだ読んでおらず、三島由紀夫の「その後」を描いたものだというアイデアも気になり、最後の日に買って帰るつもりになっていた本だった。

　この店ではなかったのだろうかと思い、何軒かの店の棚を捜したが、どうしても見つからない。そのうち、どの店のどんな棚で見たのか、記憶が曖昧になってきてしまった。

　――はて、どこだったろう？

　不思議だ。しかし、消えてしまったことが逆に面白いという感じもしないでもない。

　消えてしまった『不可能』の捜索を諦め、しばらく、老夫婦がやっている喫茶店でコーヒーを飲みながら『蝦蟇の油』を読むことにした。

　この『蝦蟇の油』は傍題に「自伝のようなもの」とあるように、少年時代のことから記されている。中でも印象的なのは、植草圭之助《うえくさけいのすけ》との交流である。小学生時代に出会い、成人してからは監督と脚本家として共同作業をする。『素晴らしき日曜日』と『酔いどれ天使』は植草圭之助との共同脚本だったらしい。やがて、二人は袂を分かつことになり、植草圭之助は忘れ去られることになる。

　だが、植草圭之助は、一九七〇年代に『冬の花　悠子』で直木賞候補になって復活する。

　私も、文藝春秋から出た『冬の花　悠子』の薄手の造りと淡い色の美しい装丁をよく覚えている。確か、あれは、早世した編集者の萬玉《まんぎょく》邦夫の手になるものだったと思う。

　昼になり、「繁昌亭」の近くの、「昼間だけの中華料理屋」でランチを食べようと思ったが、行ってみるとやっていない。

考えてみれば、この日は日曜日、サラリーマンのランチ需要を当て込んだ店なのだろうから当然だった。

残念ながら、中華料理を食べることは諦め、新幹線の中で駅弁を食べることにした。ホテルに戻り、荷物をピックアップして、新大阪に向かった。

これで、晩秋の天神橋筋商店街への小さな旅は終わりになるが、なんとなく中途半端な感じがして物足りない。とりわけ、あの「昼間だけの中華料理屋」でランチを食べられなかったことが残念でならない。

でも、いい、と自分をなだめた。心を残しておくと、また訪ねられるから、と。

6

それから十日も経たない十二月のある日の午後、私の仕事場に電話が掛かってきた。受話器を取ると、桂南光ではないか。

「突然、すんませんな」

南光さんの用件は対談の依頼だった。南光さんによれば、毎日新聞で「南光の『偏愛』コレクション」という対談ページを持ち、月に一回のペースで連載しているが、それに出てくれないかという。

南光さんの頼みなら断るわけにはいかない。わかりましたと答えると、さらにこう続けた。

近々、東京に行くつもりなので、そのとき時間を作っていただければありがたい。

そのとき、反射的に、これはいい機会だと思った。南光さんに東京に出てきてもらうより、こちらから大阪に行こう。私は天神橋筋商店街にまだ「心を残して」いる。もう一度訪ねる理由ができたことを幸運と思うべきなのだ。

そこで、わざわざ東京に来てくれなくても結構です、こちらから大阪にうかがいますと応じた。いや、申し訳ないので、こちらから……と南光さんが言いかけるのを抑えて、私は言った。

「天神橋筋商店街に用事があるんです」

「天神橋筋商店街に？」

「ええ、あそこにある古書店に行きたいんです」

私が言うと、南光さんはまさに打てば響くように応じてくれた。

「天牛《てんぎゅう》でっか」

確かに、私が天神橋筋商店街で最も長く滞留した古書店は「天牛書店」という名の店だった。

実は南光さんはとんでもない読書家なのだ。そもそも私が南光さんと知り合うことができたのも、本が機縁だった。『敗れざる者たち』という私の本を読んで面白いと思ってくれた南光さんが、大阪で講演をする私に会うためわざわざ足を運んで来てくれたというところから付き合いが始まったくらいなのだ。

結局、「『偏愛』コレクション」の対談は私の希望を容れて東京ではなく大阪の毎日新聞本社で行うという話がまとまり、日にちが決まると、しばらくして毎日新聞の担当の記者からこれまでの記事のコピーが送られてきた。それを見て、「おっ」と思った。

対談の相手には、あの笑福亭鶴瓶をはじめとして何人かが登場してきていたが、その中に安藤忠雄がいた。

そのコピーを見て、私は思った。そうだ、この二人だったのだ、と。

安藤さんとはかつて私も対談をしたことがあった。

そのとき、この人の話し方は誰かに似ていると思った。誰だろう……。なんとなく気になったが、そのまま対談は終わり、そんなことが気になったなどということも忘れてこのときまで来てしまっていた。

それが、南光さんとの対談の記事のコピーを見たとき、そのときのことが一気に甦り、安藤さんの話し方に似ていたのは南光さんだったのだと気がついたのだ。

太く、人によってはダミ声と評するかもしれない、潰れたような声。実によく似ている。

そんなことがわかったからといって、別にどうということはないのだが、何年も前に気になった「謎」が解けたということが嬉しくて、これは南光さんと会ったときにぜひ話さねばと思ったことだった。

7

翌年の一月のある日の午後、私は、やはり「心は残して」おくものだ、と浮き浮きした気分で大阪に向かった。

この日もよく晴れていて、新幹線の車窓から富士山がきれいに見えた。それも浮き浮きした気分を増してくれる。

新大阪からは、女性専用車両に乗らないように気をつけ、西中島南方を通過するときは笑いをかみ殺し、しかし、この日は、南森町ではなく、天神橋筋商店街とは少し離れた難波のホテルに向かった。

予約してあったのは、完成したばかりのホテルで、老舗デパートの建物を利用して作られたという。ホテルの予約サイトで調べていたところ、偶然、オープニング記念のバーゲンセールをしているのを発見し、面白半分で泊まることにしたのだ。

難波駅からよりも日本橋駅からの方が近かったということはあとから気がついたが、そのときは難波駅からせっせと地下道を歩いてホテルの近くまで行き、地上に出てからはいくぶん雑然とした通りを抜けて、ホテルに辿り着いた。

建物の外部も内部も洒落ていて、カードキーを貰って入った部屋の中も七千円台の部屋とは思えないほど広い。バスルームとベッドのエリアが離れているのもありがたく、デスクもついていて、至って使いやすそうだ。室内が綺麗なのも当然で、オープン以来、客もたぶん数えるほどしか泊まっていないはずなのだ。

しかし、部屋でゆっくりしている暇もなく、梅田の毎日新聞の大阪本社にタクシーで急いだ。いつもなら、当然、地下鉄に乗るのだが、難波からホテルまで予想外に時間を食ってしまったため、約束の時間が迫ってきてしまっていた。

なんとかギリギリで毎日新聞に着くと、玄関で南光さんが担当の記者らしい若い女性と待っていてくれた。

すぐに高層階にある会議室で対談ということになった。

私はさっそく安藤さんと南光さんの声の質がよく似ているという「大発見」について話しはじめたが、あまりはかばかしい賛同を得られなかった。そして、すぐに、南光さんは、私の父の俳句について語りはじめた。

私は、かつて父の死に際して、遺された句をもとに小さな句集を編み、それを知人へ送ることで葬儀に参加していただくことの代わりとさせてもらうことにした。南光さんもその句集を読み、いくつかの句を気に入ってくれたらしい。

差引けば仕合はせ残る年の暮

とりわけその句を褒めてくれ、私としてもとても嬉しかったのだが、この日は、なんとなく父のことはどうでもいいような気がして、あまりその話に深入りしていかなかった。

そのため、私が用意した話題も、南光さんが切っ掛けとしてくれようとした話題も不発に終わり、気がつくと、一挙に「人から話を聞くこと」という、二人にとっての中心テーマに入ってしまっていた。

そしてふたたび気がつくと、予定の時間をはるかにオーバーしており、担当の記者の方によれば、紙面的には充分すぎるほどの話を録音することができたという。

そこで対談を終了することにし、あとは「夜の部」として南光さんの案内で北新地に行くことになった。

向かった先は、南光さんの馴染みの店らしい料亭風の和食屋だった。

その店には、南光さんの友人で、私ともすでに何回か酒席を共にしている二人が来てくれていた。南光さんの対談の欄の担当をしている若い女性の記者も交え、五人の宴会が始まった。

いつもながら南光さんと二人の友人との掛け合いが面白い。その二人というのは芸人などではなく、ひとりは画家であり、ひとりは大学の教師だが、ひょっとしたら南光さんより面白いのではないかと思える瞬間があるほど、いわゆるボケとツッコミの役割を自在に行き来しながら場に笑いを生んでいく。「普通の人」がこれなのだ。笑いにおいて、関東人が関西人に歯が立つわけがないと思えてくる。

南光さんの案内でさらに二軒ほどバーに行き、十一時過ぎに解散ということになった。最近は、このような梯子酒をすることは珍しく、私は上機嫌のまま難波のホテルまで南光さんのタクシーで送ってもらった。

まったく至れり尽くせりの一晩だった。

翌朝は素泊まりのため朝食をどこかで食べる必要があった。

ホテルの近くでおいしそうなパンでも買い、部屋で紅茶をいれて食べようと思ったが、レセプションで教えてもらったベーカリーはまだ店を開けていなかった。

仕方なく、街の小さな喫茶店でモーニング・セットなるものを食べることにした。珍しいことに、和風の朝食もあるという。しかし、出てきたご飯と味噌汁と鮭の塩焼きというセットは、可もなく不可もないものだった。前夜の店は南光さんの行きつけのところだったので除くとすると、大阪で飛び込みで入った店の「可もなく不可もない」地獄はまだ続いているらしい。ただ、その喫茶店にはスポーツ新聞が各紙そろっているのが嬉しかった。無理に一面にもってきたような阪神タイガースに関する記事を読みながら、食後のやはり「可もなく不可もない」コーヒーをゆっくり飲んだ。

ホテルに戻り、チェック・アウトして、日本橋駅から南森町駅に向かった。

天神橋筋商店街に着くと、店はすでに開いている時間になっており、私はさっそく古書店めぐりを始めた。

まず、松浦寿輝さんの『不可能』を買っておこうと一軒、また一軒と歩いたが、どうしても見つからない。三軒目でいったん探すのを中断することにした。井上陽水が「夢の中へ」で歌っているように「探すのをやめた時　見つかる事もよくある話」なので、ひょんなときに見つかるかもしれないというところに賭けたのだ。

すると、てきめん、目的の『不可能』ではなかったが、店頭にある文庫の百円コーナーで鏑木清方の『続　こしかたの記』を見つけることができた。

前回の古書店めぐりの際には、別の古書店の五十円コーナーで鏑木清方の『こしかたの記』という自伝を買った。しかし、そこには、私が鏑木清方に関して知りたいと思っていることが書かれていなかった。それも当然で、私が知りたかったのは鏑木清方が昭和期に描いた「築地明石町」という絵についてだったが、その『こしかたの記』は明治末年までの記録だったからだ。ただ、その本によって、『こしかたの記』には続編があるということを知った。いつか見つけたいと望んでいたが、まさかこんなに簡単に手に入るとは思っていなかった。

ラッキー、と喜んだ。

その店では、もう一冊、田村栄太郎《たむらえいたろう》という人の『実録小説考』なる本を、そのタイトルに惹かれて千円で買うことになった。

店を出ると、急に腹が空いてきた。時計を見ると、午後一時を過ぎている。

前回はついに食べることができなかった、酒場を間借りして昼だけ開いているという「昼間だけの中華料理屋」に行くことにした。

曾根崎通を渡り、天神橋筋二丁目のアーケードを少し歩いて店の前から奥を覗くと、カウンターに席がひとつ空いている。

私はそこに座らせてもらい、麻婆豆腐定食を注文した。

出てきた麻婆豆腐を食べながら、私は中国の四川省を旅しているときに食べた麻婆豆腐を思い出していた。それは、唐辛子のヒリヒリするような辛さだけでなく、ピリッとした山椒の辛さがしっかり利いているからであったのだろう。食べ終わったあとで、口に軽い痺れを覚える本格的な麻婆豆腐だった。

おいしかった。私は、最後の最後に「可もなく不可もない」地獄を脱することができたのを、ひとり密かに祝した。

しかし、聞けば、この店は今月で閉店するのだという。もしかしたら、昼も夜も開ける場所が見つかったのかもしれない。「昼間だけの中華料理屋」は、ついに「幻の中華料理屋」になってしまうのだ。

曾根崎通を渡り、また天神橋筋三丁目のアーケードに戻ると、ひとつの建物の外階段の下に、これまでまったく眼に留まらなかった看板があるのに気がついた。どうやら、階段を上がった二階に古書店があるらしい。

二階に上がると、なるほど二軒の古書店が向かい合うように並んでいた。

その二軒目の古書店に入って驚いた。そこに、私が長年探していた本があったからだ。

少年時代、貸本屋で借りて読み、感動した覚えがあるものに『佐《さ》倉《くら》宗《そう》五《ご》郎《ろう》』という本があった。しかし、詳しい内容をすっかり忘れてしまい、いつか読み直したいと思っていた。ただ、「名著」というのでもないらしいその本は、図書館でもなかなか見つからなかった。

記憶では、赤い地に何かの模様をあしらった表紙で、講談本のシリーズの中の一冊だったような気がする。

その店の棚のあいだをすり抜け、いちばん奥の棚の前に立ち、ふと下の方に眼をやると、無造作に積んである本の中に、赤い表紙の本が十数冊あるのに気がついた。顔を横にするようにして背表紙のタイトルを読んでいくと、一番下に『佐倉宗五郎』というタイトルの本があるではないか。抜き出してみると、それは記憶の中にある本の表紙そのものだった。値段は千円。もちろん、私は買うことにした。

ラッキー、と内心で、この日二度目の快哉を叫んだ。そしてこのとき、天神橋筋商店街の古書店をめぐる小さな旅をようやく終えることができるな、と思った。

帰りの新幹線の中からも富士山がよく見えた。

しかし、私は車内でずっと読んでいた『佐倉宗五郎』から顔を上げ、富士山を眺めながら不思議な思いに打たれていた。

さすが義心鉄心の宗五郎も、子供に心を引かされてか、ふたたび家へ入ろうとするのを内からおきんが、

『旦那さま、ご未練でございましょうが、少しも早く』

と、門の戸をぴたりと閉める。

この戸が親子の別れの関。宗五郎この一言に励まされ、心をさらに取り直して、菅の雪折れ笠をすっぽりかぶると、そのまま水神の森を指して、降り積む雪を踏みしめ踏みしめ急いでまいりました。

――これがあれなのか。これが少年時代の私が感動した本なのか。いったいこれのどこに感動したのだろう。そもそも、総ルビの、講談調のこの奇妙な文体の物語を、少年の私は読み通すことができたのだろうか……。

あるいは、感動したのは、このシリーズの他の作品だったのかもしれない。あの赤い表紙の本の山の中には『岩見重太郎《いわみじゅうたろう》』というのもあったし、『鼠小僧次郎吉《ねずみこぞうじろきち》』や『赤穂義士銘々伝《あこうぎしめいめいでん》』というのもあった。

近いうちにもう一度行って確かめてみよう。そのときには、行方不明になっている松浦さんの『不可能』を捜し出すことも可能になっているかもしれない。それにしても、終わったと思っていた天神橋筋商店街への旅は、実は終わっていなかった……などと考えながら、私は窓の外の富士山を眺めつづけていた。

もちろん、このときはまだ、日本もまた一気に新型のコロナウイルス流行の波に呑まれていくという未来は見えていなかった。

「近いうち」は、いまに至るまで来ていない。

（20・12）

本を読む

熱すぎず、冷たすぎず

高田宏『信州すみずみ紀行』

読み終わって、紀行文とはこのようにも柔らかく書けるものなのか、と新鮮な驚きに打たれた。ひとつの県を十六に細分したテーマと道筋に従って紀行していく。それも出身者や居住者としての特権を持っていない「他所者」が、である。私ならその手前のところで怯《ひる》んでいただろう。ところが、高田宏はいとも楽々と旅に出ては帰っていくということを繰り返す。

あるいは、紀行文は最もその人の背丈が現れやすい書き物のひとつと言えるかもしれない。それは旅そのものが人の背丈を正確に映すものであるからだ。この『信州すみずみ紀行』からも、高田宏の背丈、すなわち広義の「教養」がくっきりと見えてくるようなところがある。

たとえば、志賀山でワシタカ科の鳥を目にした高田宏が思い出すのは、スタンダールの『赤と黒』の一シーンだ。夏山でハヤブサの飛翔に見入っているジュリアン・ソレル。《山の静寂のなかで、猛禽の静かで力のこもった飛翔が彼の心をとらえる。いまはもう生のたそがれにいる私だが、若い野心家ジュリアンの心のたかぶりが、ふっと自分のなかにも感じられた》

もちろん、この紀行を支えているのは、そうした文学的な教養だけではない。

この旅には、いたるところに木があり、山があり、川があり、湖があり、池があり、雪があり、湯があり、道がある。そうしたものを前にして、素直すぎるくらい素直に感受し、思索する高田宏がいる。いわば、自然に対する教養とでもいうべきものに裏打ちされた叙述であふれているのだ。

だが、なにより印象的なのは人間に対する教養、つまり想像力である。

たとえば、「八ヶ岳縄文村紀行」では、泊まったペンションの奥さんから遺跡発掘のアルバイトの話を聞かされる。発掘はむずかしいが農家の奥さんたちは馴《な》れて上手だと聞き、高田宏はこう書きつける。

《もしかすると農家の主婦たちは、彼女たちの直接の祖先の暮らしを掘り出しているのかも知れない。もしもそうだとしたら、掘り出される石器や土器をつくった遠い御先祖様たちが、どこかでにっこりほほえんでいそうな気がする》

この何げない思いの巡らし方が、読む者の心を軽く解き放つ。それは人間に対する視線の温かさが感じ取れるからだ。最終章の「奥信濃一茶紀行」では、小動物を好んで描いた一茶について、「同じ生きものとしての、まるで自分の分身のような、親身なものを感じている」という金子兜《とう》太《た》の言葉を引いているが、それはそのまま、この紀行に登場する「人間」への、高田宏の感受性の在り方を指し示す言葉であるようにも思われる。

熱すぎず、冷たすぎず、この作品は、著者である高田宏の、対象である信州へのほどよい距離の取り方によって、絶妙な温度で仕上がることになった。

（94・5）

チャンピオンのグラス

ピート・ハミル『ドリンキング・ライフ』
高見浩訳

十七年前、『ニューヨーク・スケッチブック』を初めて読んだときの驚きはいまでも忘れない。一編わずか十枚足らずの短さの中に、ニューヨークに生きる男女の出会いと別れ、夢と追憶、獲得と喪失といった瞬間のドラマが、鮮やかな一閃で描かれている。凄い、と思った。

その思いは私だけのものではなかったらしく、ショートショートの名手である星新一も、酒場で会うとよくこんなことを言っていたものだった。

「ピート・ハミルは巧い。いつか僕も『ニューヨーク・スケッチブック』のようなものを書いてみたい」

だが、私にとって衝撃的だったのは、一編一編の仕上がりの見事さ以上に、それらが夕刊紙のコラムの欄から、つまり最も猥雑なジャーナリズムの現場から生まれたということだった。しかも、すべてがこちらの心に響いてくる瑞々しい「センチメント」を持っている。

やがて、そのことは作者であるピート・ハミルに対する強い興味を生んだ。彼はどんな人物で、どうしてあのような作品を書くことができたのか。

ひとたびそうした関心を持ってみると、さまざまなところでピート・ハミルの名前を見かけることに気がついた。

たとえば、ノーマン・メイラーを読むと、チャンピオン・ボクサーのホセ・トーレスを一流のライターに仕立てたのはピート・ハミルだとあり、シャーリー・マクレーンの伝記を読むと、同棲までしていた恋人として彼の名前が出てくる。

ますます興味を掻き立てられたが、手に入るのはどれも断片にすぎず、ピート・ハミルという人物の明確な像を結ぶまでには至らなかった。

しかし、ここに『ドリンキング・ライフ』という自伝が出て、私の長年の渇きはほぼ癒されることになった。点が線、線が面になり、ひとつの立体的な像が形作られるようになったのだ。

そして、なぜ『ニューヨーク・スケッチブック』のような、読む者の心に深く沁み入ってくる作品が生み出せたのか、という疑問への答えも明らかになった。彼もまた、『ニューヨーク・スケッチブック』の登場人物と同じく、多くの「痛み」を持った者だったのだ。

ブルックリンの貧しいブルーカラーの家に生まれ、名門高校に進学したもののドロップアウトせざるをえなくなり、海軍工廠《こうしょう》の工員をはじめとしていくつかの職を転々とし、恋愛と結婚と離婚を経験していた。

この『ドリンキング・ライフ』は、酒をひとりの女性と見立てれば、そのあばずれで深情けな恋人との出会いと別れを縦糸に、最終的な訣別が行われた三十七歳までの半生を描いたもの、ということになる。

とりわけその「恋人」との別れのシーンは、全体の極めて抑制された筆致の中では例外的にパセティックに描かれている。

ある晩、酒飲みの「チャンピオン」だった彼は、シャーリー・マクレーンと行きつけの酒場でウォッカ・トニックを飲む。すると、タバコに火をつけようとしている自分の手が震えていることに気づく。そのとき、彼は一種の幽体離脱のような現象に見舞われる。酒飲みを演じている自分を少し離れたところから眺めている。彼は、トイレに行き、帰ってくるとグラスに入ったライムの一片を眺める。

《そして独りごちた。こんなことはもう絶対に止めよう。

私はグラスの酒を飲み終えた。それは私の飲んだ最後の酒だった》

こうして、ピート・ハミルは「酒に関してはチャンピオンのまま引退した」と称するようになる。しかし、その彼に対しては、こんな戯《ざ》れごとを言ってみたい気がしないでもない。

それは、一日に一合の酒と一冊の本があれば満足だった私の父親が、飲めば果てしなく飲むが飲まなければ一カ月でも飲まなくて平気という私に向かって、よく言っていた台詞だ。

「結局、お前さんはそんなに酒が好きではないんだな」

恐らく死ぬまで飲み続けたピート・ハミルの父親も、ニヤッと笑ってその台詞に同意するかもしれない。本当に好きなら、なんとか飲み続けられる細く長い道を探し出しただろうから。

（99・9）

立ちすくむ

松下竜一『松下竜一その仕事18　久《きゅう》さん伝』

松下竜一の『久さん伝』は、大正時代のアナキスト和田久太郎《わだきゅうたろう》の生涯を描いたものである。だが、「生涯を描く」といっても、和田久太郎にさほど多くの資料があるわけではない。彼が残した書簡と、アナキスト系の紙誌に書き残したいくつかの文章と、運動の周辺にいた人が和田をスケッチした文章くらいであり、それも量的には限られたものでしかない。

しかし、にもかかわらず松下竜一は和田久太郎を描こうとした。実は、その理由は明確には述べられていない。

《大杉栄と伊藤野枝の四女ルイズこと伊藤ルイさんを主題にして、私は二年前（一九八一年）に『ルイズ――父に貰いし名は』（講談社）という作品を書かせていただいたのだが、その執筆にあたって眼を通した関係文献の一つに、和田久太郎の獄中書簡集『獄窓から』があった。アナキズムの研究をしたこともなかった私は、そのときはじめて和田久太郎を知り、深く心を惹かれるものがあった》

だが、なぜ心を惹かれたのかについては明瞭に書かれていないのだ。いや、この『久さん伝』一冊でそれを説明しているのだという言い方もできないではないが、読み手にとっては必ずしも十分とは言えない。人によっては、「ここにこのような人がいた」という書物の域を出るものではないと思うかもしれない。

この『久さん伝』が「ここにこのような人がいた」という驚きから出発していることは間違いない。しかも、その叙述のスタイルは平明であり、奇を衒《てら》った新説などまったく提出されておらず、重要な発見資料と思われる「福田大将狙撃事件記録」もさりげなく挿入されているため、読み手は、単に和田久太郎を紹介するという情熱以上のものを感じ取れないまま終章まで頁を繰ることになるかもしれない。だが、その終章で、『久さん伝』が「ここにこのような人がいた」という紹介以上のものになる瞬間が訪れることが誰の眼にも明らかになる。

それは、和田久太郎の敬愛する望月桂夫人の妹であり、和田久太郎が獄中にあっては、形式上の妻となるまでしてその手紙の受け取り手となった望月しげと、筆者である松下竜一との取材をめぐるやりとりによってである。取材を依頼し、断られ、さらに手紙での質疑応答を依頼した松下竜一に対して、しげと同居している望月桂の長男、つまりしげの甥が、代筆というかたちで返事をよこす。その手紙の文面が、それ以前の『久さん伝』全六章に拮抗《きっこう》する重さで登場してくるのだ。とりわけ、なぜ取材に応じたくないのかを説明した文章に含まれる次の数行が、それまで松下竜一が多くの努力の末に述べてきたことを粉砕するかのような力を持って迫ってくる。

《アナキストにはアナキストのもつ、それなりの過去から現在に至る過程から生じた意地みたいな「緘黙《かんもく》」がそうさせているのかも知れません。而《しか》もそれは当人達にとって大切なものなのです。御理解いただければ幸いです》

ノンフィクション、とりわけ他者を描こうとするノンフィクションにおいて、取材を拒絶する言葉を投げかけられることは必ずしも珍しいことではない。だが、この数行には、単に被取材者の取材者に対する拒否というだけではない、重いものがこめられていた。

戦前の日本において、アナキストとして生きることの困難さは、ほとんど現在の私たちには想像もつかないほどのものだったろう。それは運動の前面に出ている、いわゆる「主義者」だけでなく、その彼らを物心いずれかの面で援助していたシンパサイザーにとっても同じだったはずだ。ある深い覚悟を持って関わっていったのだろうことは、この『久さん伝』からだけでもうかがい知ることができる。第二次大戦が終わるまで、あるいは、終わってからも、アナキストのシンパサイザーとして、周囲に対して身を固くして生きていかなければならなかった。彼らにとっては、アナキストとしての、あるいはアナキストのシンパサイザーとしての行動は、自らの良心に従ってのことだったに違いない。その過去の行動が、罪悪視されないどころか、称賛されるような時代になったとしても、それはかくべつ人に誇るべきものではなく、他に知らしめるべきことでもなかった。それについて取材したいという申し出があったとき、たとえその相手がどのように良心的な書き手であっても、断りたいという答えは彼らの過去の行動から出てくる必然的な帰結でもあったのだ。

それは、望月桂の長男が言う「意地」というよりもう少し硬質のものであるように私には思える。心をコーティングする透明で硬質のおおいがなければ、恐らくは最後までアナキストとして、またそのシンパサイザーとしての立場を貫くことはできなかったろう。

つまり、この「緘黙」というたったひとつの言葉に、和田久太郎をはじめとするアナキストとその周辺にいた人々の、拠《よ》って立つところの最も本質的な精神が込められていたともいえるのだ。

では、そのような拒絶の手紙を受け取った松下竜一はどうしたらよかったのか。書くことを断念すべきだったのか。それもひとつの選択肢としてあっただろう。だが、松下竜一はそうしなかった。その言葉の重さを十分に理解した上で、自らの作品が粉砕されることを覚悟しつつ、最も重要な場所で「引用する」という方法を選んだのだ。

もし、私だったら？　私も書くことを断念はしなかっただろう。

なぜか。それは、まさに、「ここにこのような人がいた」からである。そのことに心を動かされたからである。

人にノンフィクションを書かせる最も素朴で、最も強い力は、ここにこんな人がいた、ここにこんな出来事があった、という驚きである。たとえそれが、その人の生涯に添えられた一本の接線に過ぎなくとも、あるいは、その出来事に対するひとつの注釈に過ぎないとしても、その驚きを表現したいという願望の前にはなにほどのものでもないのだ。

その意味では、「後記」の《ペンを擱《お》いたいま、けっきょく『獄窓から』の解説に終始したのではないかという気後れを拭えない》という謙遜は無用のものと思える。「解説」になることを喜んで引き受けるところにこそ、「ここにこのような人がいた」という心の昂《たか》ぶりを作品化することは許されるのだから。

しかし、それでもなお、「緘黙」の前に立ちすくむ「松下竜一」を、だから「私」を思わないわけにはいかない。

（00・4）

命のリレー

河野洋平
河野太郎『決断　河野父子の生体肝移植』

二年前、国会議員である河野洋平と河野太郎の親子の間で生体肝移植が行われた。

生体肝移植そのものは、必ずしも珍しいものではない。すでにその時点でも、日本国内で千五百例を超える手術が行われていた。もしその手術に珍しいところがあったとすれば、それは親から子へ、ではなく、子から親へ、というものだった点である。

その、ある種「珍しい」手術の報告書でもあるこの『決断』は、三つの部分からなっている。新たな「いのち」を貰った側としての河野洋平の手記と、それを贈った側としての河野太郎の手記。さらに、臓器移植とC型肝炎についての河野太郎の見解が述べられている最終部分。

この中で、最も精彩を放っているのが息子である河野太郎の書いた第二の部分である。文章にもテンポがあり、書いている人物の「潔さ」や「意固地さ」がよく伝わってくる。

そしてまた、ここにはまったく意外な河野洋平像が出てくる。太郎によれば、子供の頃、よく殴られたという。また、テレビのチャンネル権は常に父親にあって、その権利を子供が「侵す」ことなど考えもつかなかったともいう。それだけで、河野洋平のことを知っている者には、そうか、そうだったのか、あの河野さんが、とおかしくなってくる。

思わず声を上げて笑ってしまいそうになったのは次の一節だ。新自由クラブを立ち上げた父は忙しくなってほとんど家にいられなくなる。しかし、いなくなってホッとした、と息子の太郎は言う。

《もし新自由クラブがなかったら今日の日本の政治がどう変わっていたかはわからないが、僕、弟、妹の三人はみんな間違いなくグレていただろう》

その太郎が、父のために生体肝移植を「決断」する。C型肝炎が悪化し、余命いくばくもないと宣告されたも同然の状態になったからだ。

《僕は、長男ということで、子どものころから威張っていた。そして、オヤジが入院したときも国会と政務官で忙しいと看病は香と弟、妹まかせだった。だからいざ腹を切るというときには、自分がやるというのは僕にとってあたりまえのことだった》

その提案を受けた父は当然のことながら拒絶する。子の臓器を貰ってまでして長生きする必要はないと。だが、最後には、太郎の「決断」を受け入れるという「決断」をすることになる。母に対してはできなかった親孝行をさせてほしいという息子の言葉に動かされたからだ。

この二人の「決断」に対して、最も困難な立場に置かれたのは太郎の妻、香だったろう。夫の体はどうなってしまうのかということへの懸念。しかし、それを口に出すことのできないもどかしさ。なにしろ相手は自分の父ではなく「義父」なのだ。しかも、そのさなかに、待ち望んでいた子供ができたことを知らされる。

たぶん、この手術に関して最も勇気のあった人は、肝臓を提供した太郎ではなく、それを受け入れて耐えた彼の妻であっただろう。

河野洋平は、父の一郎と同じく、総理の座に限りなく近づいたがついに就けなかった。そして、私的な生活においては夫人を先に亡くすという不運もあった。しかし、この本を読むことで、素敵な子供たちとその配偶者に恵まれ、本当によかったなと思うことができた。

そして、これからは、太郎も望んでいるように、もうひとつの「いのち」の時間を使って、日本では数少ない、正確で、精緻なメモワールを残してほしいと思うようになった。もしかしたらそれは、派閥間の危うい均衡の上でなったかもしれない総理大臣としての仕事より、はるかに後世の人のためになる仕事ではないかという気がするからだ。

（04・7）

ノンフィクションの夢

ジョー・シンプソン『死のクレバス』
中村輝子訳

もしこの作品、『死のクレバス』を読まなかったら、私は『凍』というタイトルの山岳ノンフィクションを書くことはなかったかもしれない。

私は山について何も知らない。それは別に謙遜でもなければ冗談でもなく、東京で生まれ育ったにもかかわらず、ほんの二年前まで高尾山すら登ったことがなかったくらいなのだ。

もっとも、山について書かれたノンフィクションはいくつも読んでいる。ラインホルト・メスナーにインタヴューするため彼の著作はほとんど読んだし、日本の山岳ノンフィクションといわれるものもかなり読んできた。

しかし、そうした中でも、私にとってとりわけ『死のクレバス』の印象が強いのは、主人公であるジョー・シンプソンのサバイバルの凄まじさに心打たれたから、というわけではなかった。そこに、ノンフィクションを書く者としての私を刺激する、あるものが秘められていたからなのだ。

この『死のクレバス』という作品は次のように要約できる。

二人の若いクライマー、ジョー・シンプソンとサイモン・イェーツがペルー・アンデスにあるシウラ・グランデ峰の未踏の西壁を登る。登頂には成功するが、下降の局面でジョーが足を骨折してしまう。サイモンは、ザイルを使い、滑らせるようにして、ジョーを降ろそうとする。しかし、その繰り返しの中で、ジョーが切り立った壁で宙づりになってしまう。サイモンは引き上げることもできず、ザイルを体から離すこともできない。だが、そのまま耐えていれば、やがて一緒に転落することになるだろう。一緒に落ちるか、それともザイルを切断するか。サイモンはザイルを切断することを決意する。そして実際にナイフでザイルを切ったサイモンは、自分はジョーを殺したのだという痛切な思いを抱きつつベースキャンプに帰還する。しかし、クレバスに転落したジョーは奇跡的に命を取り留めていたのだ。ジョーはそこからほとんど這うようにしてベースキャンプに戻っていく……。

そして、この作品は、切り落とされた側であるジョーによって書かれているのだ。

山岳ノンフィクションには、二つのタイプがある。ひとつは当事者が自分の体験をもとにして書くものであり、もうひとつは専門的なライターが当事者を取材して書くものである。人称で言えば、一人称で書かれているか、三人称で書かれているかの違いということになる。当事者が一人称で語る山岳ノンフィクションは、視点は限定されるものの実感に支えられた深みが獲得できるし、ライターによって三人称で書かれた山岳ノンフィクションは、内在的な深みには欠けるが多様な視点を持つことで構造的な堅牢さを獲得できる。

この『死のクレバス』は明らかに前者のタイプの作品だが、単純な一人称の作品にはなっていない。一人称のモノローグの中に、他者の視点とでもいうべきものが導入されていて、複眼的な世界を形作っているのだ。それは具体的には、本来ジョーの著作であるこの『死のクレバス』の中に、切り落とした側のサイモンの手記が五カ所にわたって挿入されていることによっている。

この作品の内容は大きく三つの部分から成っている。

まず第一の、二人がベースキャンプを出発し、登頂に成功して下降に入るまでの部分。次に第二の、ジョーが骨折し、ザイルで降りていく途中で宙づりになり、サイモンがそのザイルを切るまでの部分。そして第三の、クレバスに転落したジョーが文字通りのサバイバルを果たすまでの部分。

そのうち、どこがこの作品のハイライトかということになると意見が分かれるかもしれない。第一の登頂から下降の端緒までの部分という人は少ないだろうが、第二のサイモンがザイルを切る前後の部分と、第三のジョーがサバイバルする部分のどちらを取るかでは意見が分かれるように思うのだ。それは、この作品をいかなる物語として読むかの違いによっている。

もしこの作品を、どのような困難に遭遇しても諦めることなく最後の最後まで生きるために戦い抜く、というまさにイギリス的な魂を持った若者のサバイバル記、冒険記と読むなら、問題なく第三の部分こそハイライトということになるだろう。

《這って歩くいちばんいい方法を編み出す前に、ちょっとした実験を行なった。湿った軟雪は滑るのに困難だ。片膝と両腕を前に出して行く形は痛みを伴うことがすぐ分かった。左側に体を倒し、痛めた膝を外側に出し、両手のアックスを引き寄せ、左膝をぐっと押し出す動作の組み合わせだと着実に進んでいく。悪い方の足は厄介者のように後ろに滑らせた。時々、止まっては雪を

食べ、休んだ》
一方、これを、自分が生きるために他人の命綱を切ってもいいのかという究極の選択を迫られた人間の救いのない物語と捉えるなら、言うまでもなく第二の部分こそハイライトということになる。
私には、この作品を単なる山岳ノンフィクション以上のものにしているのは、ジョーのサバイバルの物語の中に、サイモンの苦悩の物語を含ませることができたからだと思える。
ジョーはザイルを切られてクレバスの中に転落したが、幸運にも命を取り留めた。そのとき、ジョーのテーマはひとつである。生き延びること、生きてベースキャンプにたどり着くことだけである。しかし、サイモンは違った。サイモンは自分自身も生還しなくてはならなかったが、その過程ではジョーの死というものとも共に生きなければならなかったのだ。
いわば、サイモンは、ある意味で神学的な、ある意味で文学的なテーマを抱え込んでしまったと言える。
《長く、いやな気分の中で、罪の意識と恐怖が体を駆けめぐった。たった今、ザイルを切断したようだった。彼の頭に銃を突きつけ、撃ったも同然だ。目を開けると、クレバスに目をやることもできず、いっさいの望みも失せて岩壁に張りついた氷を見つめていた》
それにしても、サイモンという人は、よくぞこれを書いたと思う。それでなくとも難しい立場にあっただろう彼が、自分の著作ではなく、ザイルを切ってしまった相手の著作の中に挿入される手記を書く。たとえ、ジョーに負い目があり、書いてくれと強く頼まれたとしても、弁解がましくなく、かつ自虐的でもなく書くことは至難のわざだったはずだ。

中盤から後半にかけて、この作品の厚みが一挙に増すのは、間違いなく途中五カ所にわたって挿入されるサイモンの手記のおかげである。

《こんなに惨めな孤独を味わったことはない。私は勝てなかった。雪穴で経験した恐ろしい罪の宣告理由を理解し始めた。もしザイルを切らなかったら、私は確実に死んだだろう。絶壁を見れば、ここを落ちたら生き残れはしないことが充分わかる。しかし、今私は助かり、国へ帰って、人々にほとんど信じてもらえそうにない話をすることになる。ザイルを切断することなどできるのか！　そんなないまわしいことがあり得るのか！　ほかの努力ができなかったのか……など、など。いろんな声が聞こえるようだし、私の話を受け入れてくれた人の目からも依然消えない疑念が見えるようだ》

読者としての私は、もう少しサイモンの手記を読みたいと思う。とりわけ、ジョーが生還したときのサイモンの驚きと恐れは、ジョーの文章によってしかわからないが、私はサイモン自身の言葉で読みたかったと思う。

もっとも、ジョーの筆によるベースキャンプでの再会のシーンだけでも充分に感動的ではある。ザイルを切り、自分を死の縁に追い込んだ相棒のサイモンが目の前にいる。当のサイモンは当然死んだものと思っていたジョーが不意に現れた驚愕の中にある。

《私の脇に膝をついてじっと見つめる彼の目の中に、憐れみ、恐れ、驚愕が混じり合い、闘っているのが見てとれた。私は笑いかけた。彼もにっこり笑い返して、ゆっくり首を左右に振った。「ありがとう、サイモン」私が言った。「あれでいいんだよ」彼はつと視線を外して、顔をそむけた。「とにかく、ありがとう」

彼は黙ってうなずいた。テントはろうそくの温かな光に満ちていた》
美しいシーンである。彼自身が書いたものだという点を割り引いても、ジョーという人のフェアーさ、高潔さがにじみ出ている。

この『死のクレバス』は、サイモンの手記をただ挿入するという無骨な方法によって、一人称でありながら、三人称の視点をも持ち得るものになっていた。私はこれを読んだとき、こう思ったのだ。これとは逆に、三人称でありながら一人称の深みを持つものは書けないだろうか、と。
そして、山野井泰史《やまのいやすし》と妙子《たえこ》という二人のクライマーと出会ったとき、さらにギャチュンカン北壁の登山について知ったとき、もしかしたらその夢はかなえられるかもしれないと思ったのだ。
やがて私は、山野井泰史と妙子を「ガイド」にして初めての山として富士山に登り、その三カ月後にはヒマラヤのギャチュンカンの五千五百メートル地点まで登ることになる。それはすべて、三人称によってどこまで一人称の深みに達せられるかという、ノンフィクション上の夢を実現させるための一歩であり、二歩だったのだ。

（06・10）

天から降るもの

檀ふみ『どうもいたしません』

私は檀ふみさんに対してちょっとした「身内意識」を持っている。

もう十年以上前のことになるが、私は『檀』という長編のノンフィクションを書いた。それはふみさんの母親のヨソ子さんについて書いたものだった。あるいは、ヨソ子さんを通してふみさんの父親の檀一雄を書いたものといってもよいかもしれない。

それを書くため、週に一回、石神井にある檀家を訪問した。ヨソ子さんに、御自身の人生と檀一雄との結婚生活について、一年にも及ぶゆっくりとした時間の流れの中で話をお聞きしたのだ。

その話の中には、当然のことながら、長女であるふみさんのことが頻繁に出てきた。その結果、ふみさんについては、生まれる前後のことから始まって、やがて学校に通うようになり、女優として仕事をするようになるまで、さまざまなことを知ることになった。それは、まるで、ちょくちょく立ち寄る親類の家で、その娘さんについての話を聞くような気分にさせられるものだった。たぶん、私がふみさんに「身内意識」のようなものを抱くようになったのはそれ以来のことである。

しかし、「身内意識」が働いてしまうのはそれだけが理由ではない。

檀ふみさんと私とはとてもよく似ているように思えるのだ。もちろん、似ているのは容姿でもないし、性格でもない。文章を書く者としての在り方がそっくりなのだ。

どう似ているのか。

それを説明する前に、ひとつ頭に入れておいてもらった方がいいことがある。

二十六年前に飛行機事故で亡くなった向田邦子さんに『父の詫び状』というエッセイ集がある。私は、向田さんに頼まれてその文庫版の解説を書いているさなか、いや、書き終わった直後、何の気なしにつけたラジオでニュースを聞いた。台湾で飛行機事故があり、乗客の中に「ムコウダという日本人男性がいる」とのことだった。それを聞いたとき、この「ムコウダ」は、男性ではなく向田邦子さんだと直感的に思った。そして、その直感は不幸にも的中してしまった。

そのことがあって、向田さんの『父の詫び状』という作品はとりわけ印象深いのだが、それを書くきっかけになった夜のことも忘れがたいものとして残っている。

向田さんが直木賞を受賞した夜、どういう流れだったか一緒に早朝まで飲むことになった。おそらく、そのことがなければ、解説を書いてくれということにはならなかっただろうという気がする。

あれは銀座から六本木の地下の酒場に席を移したあとのことだったと思う。他にも人はいたのだが、つい二人で原稿の書き方についての話に熱中してしまった。『父の詫び状』をはじめとして、向田さんのエッセイには「結構」の整った見事なものが多い。当然のことながら、プロットを立て、何度も書き直すのだろうと想像していた。ところが、テレビドラマのシナリオと同じく、いつも締め切りに遅れるため、一枚書いては編集者に渡し、さらに一枚書いては印刷所に運んでもらうというようなことをしているのだという。そんな綱渡りのようなことをして、よくあのように完璧な結構を持ったエッセイが書けるものだと驚かされた。私にはとうていできそうにないことだったからだ。向田さんは、逆にそのことを面白がり、それもあって、『父の詫び状』の文庫の解説を書かせてみようと思ったようだった。

文章を書く人には二つのタイプがあるのだと思う。いったん書き出せば始めから終わりまで大きな変更をせずに書き終えられる人と、書いては直し、書いては直すということを繰り返さなければ形が整わない人。私は間違いなく後者である。

私がエッセイを書くときは、どんな短いものでもおよそのプロットを立てる。そして何度も書き直す。きっと、檀ふみさんも私と同じだと思う。短いエッセイに何時間もかかり、いや時には何日もかかり、それこそ何度となく書き直すはずだ。要するに、ふみさんは私と同じく、文章を書くという上において、極めて几帳面だということになる。

ふみさんの文章作法上の几帳面さはその「結構」によく表れている。それはこの『どうもいたしません』に収められたエッセイ群においても変わらない。

もともと、ここに収められているエッセイはすべて四百字詰め原稿用紙にして三枚半足らずのものである。普通であれば、あまりにも短すぎてとうてい整った結構を持たせることはむずかしいと諦めるような種類のものである。ところが、ふみさんは、毎回毎回、決死の覚悟で起承転結を整わせようとする。もちろん、長さの制約があるから「起承転結」が「起承結」となることも多いが、勢いよく踏み切って、できるだけ高く飛んで、遠くに着地するという、まるで走り幅跳びの跳躍のようなエッセイが連続して登場する。

たとえば、「オバサン界に涯なし」という文章である。

まず、この本の中にもよく出てくる妹さんが、犬の散歩をしていてオジサンにオバサン呼ばわりをされてしまった、というところから始まる。それが踏み切り。

次に、それとはまったく関係なく、一緒に行動を共にしていた若い女性が、立ち回り先で出会った若い男性に心をときめかせる様子を見て、ついおせっかいをしてみたくなったということが語られる。二人の間をとりもってやろうかなという気になってしまったというのだ。ここで宙に高く舞う。

そして、それがうまくいきそうになったとき、はたと気がつく。妹だけでなく、自分も「仲人オバサン」となって「オバサン界」に入ってしまったのかもしれない、と。それが見事な着地ということになるわけだ。

ここに収められた七十編のエッセイはどれも同じように手抜きのない結構を持っている。それは自分のイメージするようなきちんとした結構を持った文章でなければ気持が悪いという強いこだわりがあるからなのだろう。そして、そのこだわり方が、私とよく似ているように思えてならないのだ。

ふみさんはとんでもなくスクエアーに見えて、確かにイビツなところがある。

しかし、本来、それはかなり小さなものである。ところが、エッセイストとしての檀ふみはその小さなイビツさを拡大し、濃淡をつけ、微妙な配置換えをして提出することで洒落たエッセイに仕上げてしまう。いまや、檀ふみは、そうした自分の「負性」を面白おかしく書くことにかけては名人級の腕前を発揮することになった。

実際、この『どうもいたしません』には、粗忽な檀ふみ、頑固な檀ふみ、不細工な檀ふみ、不運な檀ふみが勢揃いしているかのようだ。

困ったことに、こうした「ちょっと間抜けな檀ふみ」というのは、単なる文章上のフィクションではないのである。

この中に、「めぐり逢えない」というエッセイがある。

他人からはそう見えないかもしれないけれど、自分はかなり「ロマンチックなオンナ」だが、それはケーリー・グラントとデボラ・カーの『めぐり逢い』を中学生のときにテレビで見て心が動かされて以来のことだ、というところから話は始まる。

やがて、その『めぐり逢い』を想起させるトム・ハンクスとメグ・ライアンの『めぐり逢えたら』を見て、さらに強く思う。エンパイアステートビルの屋上というのは、あだやおろそかに上ってはならない。そこは「めぐり逢う」場所であって、観光などのため行ったりするような場所ではないはずだと。

ところが、あるとき、アメリカの老婦人に誘われ、断れないままついて行く。

行ってみると、屋上は土産物屋と観光客でごった返していて、「ロマンチック」のかけらもない。

周囲に無骨な柵が張り巡らされているのは自殺防止のためであるらしい。おまけに空からベチャッとしたものが降ってくる。すべてが「ロマンチック」から離れていく。

そして、そのエッセイは、次のような一文で締めくくられることになる。

《天からドカンと、ロマンチックは降ってこない。私に降ってくるのは、せいぜい鳩の糞ぐらいのものなのである》

実際、私も同じような「不運な檀ふみ」を目撃している。

いつだったか、一緒に新橋から銀座の方向に歩いていて、ふみさんが一瞬小さく息を呑んだ。どうしたのだろうと思っていると、ふみさんは歩きながらハンドバッグを開け、ティッシュペーパーを取り出した。そして、それで髪の毛を拭くと苦笑するように言った。

「どういうわけか、こういう目に遭うことが多いの」

ふみさんは飛んでいる鳩に糞をかけられてしまっていたのだ。

確かに、ふみさんよりはるかに外をほっつき歩いてる時間が長いと思われる私だが、まだ鳩に糞をかけられたことはない。そこからすると、ふみさんの「ウンのなさ」は半端なものではないのかもしれない。マンハッタンばかりでなく銀座でも鳩の糞攻撃に遭ってしまうのだから。

しかし、「身内意識」を持つ者としては、そうした「ちょっと間抜けな檀ふみ」を描くのがあまり上手になりすぎてしまうのは「いかがなものか」という気がしないでもないのだ。

別に、そんなことを書いていると「嫁の貰い手がなくなってしまう」などということを心配しているのではない。

エッセイの書き手として、次の高みに到達するためには、自分の「負性」ではなく、自分の「美質」を描けることが必要になるのではないかと思うのだ。

誰だって、他人の「失敗」や「欠点」は面白がるけど、「成功」や「長所」について書かれても振り向いてくれない。確かに一般論ではそう言える。しかし、そうした自分の肯定的な部分を書いて読者に面白く読んでもらえるようになったら、もう恐いものがないはずなのだ。

やさしい檀ふみ、かしこい檀ふみ、美しい檀ふみ、といったものを書いて、読者に「フン」とそっぽを向かれないようなエッセイが書けるよう、「身内意識」を持った者としてはふみさんに大いに「精進」してほしいと思う。

でもなあ、そんなに上手になってしまうと、結婚だけでなく、女優業もますます遠くなってしまいそうな気がするからなあ。

もうしばらくは、「ちょっと間抜けな檀ふみ」を書いていてもらおうか。天からドカンと「ロマンチック」が降ってくるまでは。

（07・8）

雑なるものと聖なるものと

井津建郎《いづけんろう》『ブータン』

写真とは何か。その問いに対する答えは、写真を撮る人の数だけあるのかもしれない。では、すぐれた写真とはどんなものなのか。もちろん、この答えも無数にあるだろう。しかし、この問いに対しては、私にはひとつの答えがある。

すぐれた写真とは、おそらく二つのタイプに分かれる。

ひとつは、人が見たこともないものを見させる写真。もうひとつは、人が見ていながら見えていないものを見させる写真。

たとえば、人跡未踏の秘境に足を踏み入れ、誰も見たことのない風景、誰も撮ったことのない動植物を写真として捉えれば、確かにそれはすぐれた写真になり得る。

一方、人によく知られているものであるにもかかわらず、撮られることでそれまで見えていなかったものが明らかになる、という写真もある。たとえば、知名人の肖像写真の中に、これがあの人なのかと驚かされる作品が現れることがある。彼、彼女とはまったくちがう人物に見えたり、思いがけない内面が写し出されたりする。

井津建郎が永年撮りつづけているプラチナ・プリントによる作品群は、その二つの要素を併せ持っているように思われる。

対象としているものの多くは、秘境というほどでないにしても、間違いなく辺境の地にあるものである。『アジアの聖地：石造遺跡――光と影』に集められた写真は、多くの人にとって、それだけでも「見たこともないものを見させるもの」になっている。

しかし、井津の写真はそれだけにとどまらない。たとえ、人が同じ場所に行ったとしても、そのようには決して撮ることのできないものを撮っている。

そうした井津の作品に写し出されているものとは何なのか。それをひとことで言ってしまえば、人造物、人の造ったものの持つ哀しさではないかと私には思える。それはまた、言葉を換えれば、「時代」が「永遠」に溶け込んでいくさまを見なくてはならない寂しさということでもある。

人は「時代」を生きるためにさまざまなものを生み出す。家を、墓を、寺院を、王宮を、仏像を、モニュメントを生み出す。井津が撮りつづけてきた石造物も人がその時代を生きるために造り出したものに他ならない。

しかし、それがその時代の人々の手を離れたとき、つまりそれを生み出した人々が滅び去ったとき、ゆっくりと朽ちはじめる。風雨によって削られ、樹木の根によって引き裂かれ、草花によって覆い隠され、土砂に埋もれていき、自然に帰っていこうとする。それは「時代」を生きた末に「永遠」の側に向かうということでもある。

そう、「時代」から「永遠」に、だ。それはまた、私たちの「いのち」というものの宿命でもある。時代を生き、自然に帰り、永遠に向かう。石造物は、その宿命をゆっくりとだがはっきりと見せてくれるのだ。

人の「いのち」は消え、石造物は残る。しかし、残るとはいえ、時代を生きていないことによって、どのように見事に「保存」されようと、滅びに向かっていることをいやおうなく感じさせることになる。井津の作品には、その滅びの、あえて言えば究極の死が抱え込まれている。

井津には、プラチナ・プリントという技術の習得に精進した果てに獲得することのできた力がある。「道」を極めようと努力した者だけが持つ熱がある。そして、困難な場所に赴き、さまざまなことに耐え、ひたすら「そのとき」を待つことを繰り返す中で生まれてきた静謐さがある。だが、井津の写真を見ていると、ひとつの言葉が浮かんでくる。

――作品への誘惑。

その意味は二重である。ひとつは、単純に、作品を見る者としての私が、撮られた世界に強く惹かれるということがある。

たとえば、井津の作品の中に中国の西夏王陵を撮った一枚がある。土漠に巨大な蟻塚のような二基の墓があり、中空には月のようなものが浮かんでいる。

私がその西夏王陵の風景に初めて心を動かされたのはチェン・カイコーの映画のワン・シーンだった。三線《さんしん》に似た中国楽器を奏する盲目の旅芸人が主人公の『人生は琴の弦のように』という映画の中に出てきたのだ。

満月の下、老いた盲目の旅芸人がやはり盲目の若い弟子と問答をする。

「星空とは何ですか」

若い弟子が訊ねる。すると、老師はこう答える。

「天の虹だ」

その地がまさに西夏王陵のある土漠だったのだ。

数年前、私は中国のシルクロードを辿る途中でその西夏王陵がある場所を訪れた。そして、その土漠の真ん中で、不思議な体験をした。そこには音というものがまったくなかった。中国は騒がしい音の満ちた国だったが、そこで初めて音のない場所に立つことができたのだ。私はそのとき、こんなふうに感じたのを覚えている。

自分はいま、無音の世界にひとりたたずんでいる。そこには奇妙な形をした墓の残骸があるだけだ。しかし、宇宙のどこかの天体にひとりでほうり出されたような心細さと、それと同じくらいの解放感があるのはどうしてだろう。じっとしていると、体が宙に浮いてしまうような気もする……。

当然のことながら、私もそこで何枚かの写真を撮った。しかし、それらには、私がそこで覚えた、あの強烈な孤独感と解放感と浮遊感は写っていなかった。

ところが、井津の西夏王陵の写真には、私が感じていながら写すことのできなかったすべてのものが存在していたのだ。

——作品への誘惑。

確かに井津の作品には見る者を強く惹きつける力がある。しかし、一方で、その作品からは「作品化への誘惑」とでもいうべきものが匂い立っているように感じられてならない。

それは、井津自身が「正直なところ写真になる、ならないっていうのは、最近は二の次のようになってきています」と語っていることとは関係がない。井津の心構えがどうであれ、井津の写真が作品化の意志を持ってしまっているのだ。

写真における作品化への意志はどのように現れるか。それは「雑なるもの」の排除というところに集約的に現れる。

井津の写真には「雑なるもの」が排除されている。「雑なるもの」、それは多くの場合「いま」という時代に刻印されたものたちでもある。「いま」と関われば古びるのが早くなる。作品には「いま」を超えて「永遠」を目指そうとする本質があるが、井津の写真もまた「いま」から無限に離れつづけていたように思われる。それは同時に人間から離れつづけるということでもある。なぜなら、人間とは「雑なるもの」の極北にあるものだからだ。自然というものに「雑なるもの」をもたらすのは人間である。風景に「雑なるもの」をもたらすのは常に人間なのだ。

だから、井津がたとえ女体を扱うことがあったとしても、それはあくまでスティル・ライフ、静物としての女体であり、「いま」を生々しく生き、うごめいている女体ではなかった。

間違いなく、「雑なるもの」が排除されていけばいくほど美しくなっていく。作品にとって美しいということは称賛されるべきことであるだろう。だが、その作品化への意志が過剰になったとき、井津のプラチナ・プリントに通っていたはずの温もりは消え去り、単に表面的な美しさに変わってしまう危険性があった。


ところが、ここに『ブータン』という写真集が現れた。

この『ブータン』という写真集が井津の作品の流れにおいて画期的なのは長い刻《とき》を経た石造物でもなく、険しい地形の向こうにある風景でもなく、その地に住む普通の人間たちが主役になっていることだ。

《幸せとは何かということについて教えてくれた、場と、人と、自然に感謝する》

写真集の冒頭にそうした言葉が掲げられているように、ここでも建造物や風景が撮られていないわけではない。しかし、ここで撮られている建造物や風景は、これまでのように「雑なるもの」が排除されていない。なにしろ、建造物や風景の中に人間がいるのだ。

人間は、たとえそれが「聖なる」血筋の者であれ、「聖なる」場所を守る者であれ、「聖なる」年頃を生きる者であれ、人間である以上、必ず「雑なるもの」を併せ持つ。建造物や風景から「雑なるもの」を排除することはできるだろう。では、「雑なるもの」そのものである人間から「雑なるもの」を排除することはできるのだろうか？

その問いは「肖像を描く」ということに関わる本質的な問題をはらんでいる。

もし、それが絵画なら、だから彼が画家であるなら、たとえモデルがいようといまいと、「雑なるもの」を排除して肖像を「創造」することはできる。しかし、彼が写真家であるかぎり、どれだけ削ぎ落としても落とし切れないものとして、人間の「雑なるもの」を肖像に残すことを受け入れざるを得ない。なぜなら、写真には対象に身を添わせなくてはならないということがひとつの宿命としてあるからだ。

雑は俗に通じる。「雑なるもの」を排除するということは、「俗なるもの」を排除するということである。つまり、雑然としたものを排除することで整然とした世界を生み出し、「聖なるもの」を生み出そうとすることであるのだ。しかし、「雑なるもの」から「聖なるもの」に向かう道はないのだろうか。

たぶん、あるのだ。

少なくとも『ブータン』における井津は、「雑なるもの」を排除するのではなく、「雑なるもの」から「聖なるもの」に至る道を歩みはじめたように思われる。

その象徴的なものが、仮面をかぶった老人と、その仮面をはずした老人を撮った二枚の写真である。病んでいるのだろうか、老人の片目は白く濁っている。しかし、その写真を対のものとして『ブータン』という写真集の中核に据えたとき、井津の中に「雑なるもの」に対する位置の取り方にある種の変化が生まれたように思えてならないのだ。

これまでの井津の作品には、見る者をして、凝視すること、見つめることを強いるようなところがあった。それは、あたかも、見る者を張り詰めた糸で引き寄せようとでもするようなものであったかもしれない。

しかし、『ブータン』においては、その糸の張りが気にならないほど柔らかくなっている。それは、「国境なき友人」の活動を通して、「雑なるもの」のうごめく世界でさまざまな体験をしただろう井津の精神的な変化によるものであると同時に、「いま」を生きながら「永遠」の側に身を寄せているかのようなブータンという国の、その奥深い力によるものでもあるのだろう。

井津はいまブータンからインドに眼を向けはじめているという。

ブータンからインドへ。

それは単に地理的な距離だけでなく、心理的な必然において、一歩だった。


（08・7）

豪奢な無駄

ハービー・山口『1970年、二十歳の憧憬』

　私は戦後間もない頃に生まれた、いわゆる「ベビー・ブーマー」のひとりである。とりわけ一九四七年は、日本の歴史上、後にも先にも、これ以上はないというほどの数の赤ん坊が生まれた。その代表的なベビー・ブーマーである一九四七年生まれの私たちが、中学を卒業して高校に進むことになると、それを収容するために多くの公立高校が新設されることになった。私が通うことになったのもそうした高校のひとつだった。

　プールはもとより、体育館もまだ建設されておらず、グラウンドも私たち生徒が整備するという、すべてにおいて「ないないづくし」の学校だったが、それだけに同級生とも教師たちとも強い絆が生まれることになった。いま考えれば、教師たちも二十代の人が少なくなかった。そうした若い教師たちと一緒になって、体育祭や文化祭や修学旅行などという行事をひとつひとつ作り上げていったのだ。

　とりわけ私の高校三年のときのクラスは仲がよく、卒業すると同時に頻繁にクラス会を行うようになった。

　その三年のクラスに山口芳彦という男がいた。成績は優秀だが、私などとは違った中庸の精神の持ち主で、大学卒業後は損害保険会社でサラリーマン生活を送ることになった。その山口と、ある年のクラス会が行われた居酒屋の席でたまたま隣り合わせに座ったとき、びっくりするようなことを二つ言われた。

ひとつは、私が高校二年のときに書いた短い小説についてだった。

私は文芸部の部長をしていた友人の要請で、年に一回刊行される部誌に、毎号短編小説を書いていた。高校二年のときは、江戸時代の落語家を主人公に、彼の過去と武士の「仇討ち」を絡ませた短編を書いたのだが、それについて、山口がこんな話をしてくれたのだ。

「当時、あれをうちの母親が読んで、これを書いた子は、将来きっと本物の作家になるわよ、と言っていてね」

もしそれが本当だとしたら、書き手としての私を最初に認めてくれたのは山口の母上ということになるかもしれないのだ。

そして、もうひとつ、山口はこんなことを言って、さらに私を驚かせた。

「僕の弟はカメラマンをやっているんだ。ハービー・山口というんだけど」

かつて雑誌で、ハービー・山口がロンドンで撮ったという写真を見たことがあった私にとって、その話はにわかに信じられないものだった。「ハービー」という名前だけでなく、とても私の友人の山口芳彦とは縁のなさそうな作風だったからだ。

しかし、間違いなく、ハービー・山口は、彼の三つ年下の弟の芳則だった。

そのハービー・山口とは、ある小さな会で顔を合わせたことがあったが、兄である山口芳彦のことを少し話しただけで、基本的にはあまり縁のないまま、これまで過ごしてきた。

ところが、三年前、私がある雑誌にイギリスのノンフィクション作品を翻訳連載することになって状況が変わった。

翻訳したのは、イギリスのノンフィクション作家であるトニー・パーカーが著した『殺人者たちの午後』という作品だった。原題は『ライフ・アフター・ライフ』という。「ライフ」には、生命とか人生とかいう意味だけでなく、終身刑という意味があるらしい。つまり、「ライフ・アフター・ライフ」とは「終身刑後の人生」という意味になる。

イギリスには死刑が存在しないため、人を殺すと終身刑を宣告される。著者のトニー・パーカーは、終身刑を宣告された殺人者を何人もインタヴューして、一編ずつの短編にまとめていったのだ。

私はそれを翻訳するという約束を出版社と随分前にしていたのだが、なかなかケリをつけることができないでいた。しかし、雑誌に連載するということになって本腰を入れざるをえなくなった。

だが、連載する媒体はグラフィックな雑誌だった。翻訳した文章だけを載せるわけにはいかない。

――誌面をどのようにしたらいいのだろう。

そのとき、ハービー・山口がロンドンで撮ったという写真が思い浮かんだ。あれをイラストレーションとして使わせてもらったらどうだろうか。

担当編集者を介して頼んだところ、ハービー・山口は快く応じてくれた。そこで、私の連載記事には、訳文の内容に合わせて、担当編集者がハービー・山口の作品の中から選んだ写真を掲載することになった。

女、男、犬、猫、樹木、広場、路地、階段、窓、塀、洗濯物、運河、公園、農場、酒瓶、刺青……。

選ばれたハービー・山口の作品は、『殺人者たちの午後』に見事にマッチした。

内容と写真はまったく関係がない。しかし、たとえば妻殺しの罪によって終身刑を受けた老人の話のときは、カフェでタバコをくゆらしている痩身の老人の写真が使われた。それはまるでそのために撮られたかのようにピタリとはまっている。いや、はまっているだけでなく、むしろ内容を深く理解させてくれるほどの喚起力があった。

幼い息子を惨殺してしまった男の話のときも、行きずりの男を殺した女の話のときも、ハービー・山口の写真はそこで述べられていることを別の角度から理解させてくれる豊かなイメージの力を持っていた。

やがて、雑誌が休刊になり、私の訳文とハービー・山口の写真とのコラボレーションは終わったが、最後まで翻訳作業を続行した結果、単行本にまとめられることになった。そこでは、本文の中に写真を使うことはなかったが、装丁はカバーにハービー・山口の写真を用いたものにしてもらうことができた。

この単行本のカバー写真がすばらしかった。表にはスタンドの光を浴びながら部屋でタバコをくゆらす中年の女の写真。裏には光の差し込む階段の踊り場。まさに『殺人者たちの午後』というタイトルにふさわしいものになった。

その本が刊行され、編集者と三人でささやかに行われた打ち上げの席で、ハービー・山口の口から意外なことを聞いた。彼は高校時代までカリエスという病気をしていて、あまり満足のいく学校生活を送れなかったという。大学に行くころからよくなりはじめ、中学時代に手に入れた大切なカメラを導きの杖として「青春」を生き直すことになったというのだ。

そして、そのとき、こう言われた。

「そのころ撮った写真をまとめて本にしようと思うんですけど、そのときは文章を書いてくれますか」

もちろん、と私は安請け合いをした。こちらが頼むときに気持よく引き受けてくれた相手なのだ、断るわけにはいかない。

しかし、内心、もしかしたら困ったことになるかもしれないぞと思った。

私が高校二年のときに書いて、山口の母上が褒めてくださった短編小説はタイトルを「復讐」という。タイトルだけは一人前だが、それはあくまでも「習作」にすぎない。いま読み返してみると、十六歳の少年が書いたものとしては悪くないものが含まれているようにも思える。もしかしたら、私に興味を抱いてくれる人がいるとすれば、読んでもらうことになんらかの意味はあるかもしれない。だが、残念ながら、多くの人に対して開かれた作品ではない。

それと同じように、ハービー・山口の初期の写真も「習作」という域を出ないものにちがいない。ハービー・山口の写真を愛してくれている人にとっては大きな意味を持つだろうが、いくらそれを巧みに編集したからといって一個の作品として自立したものになりうるだろうか。たぶん、そうはならないだろう……。

そして、それからしばらくして、正式な依頼状とともに送られてきた収録作品のコピーを見て、その懸念は半分当たり、半分外れたことを知った。

この『1970年、二十歳の憧憬』を見るとき、私はいくつかの感想を抱く。

それは第一に懐かしさである。

もちろん、1970年という年が、木村伊兵衛《きむらいへえ》や桑原甲子雄《くわばらきねお》の撮った「戦後」ほどの時間的な経過は感じ取れないにしても、確実に歴史的な時代になっているということもあるかもしれない。だが、私が懐かしいと思うのはそれだけが理由ではない。

まず、ここに出てくる公園や学校や神社は、少年時代の私の遊び場でもあったところだという地縁による懐かしさがある。また、さらに、私も、1970年のこの年、二十二歳という、ハービー・山口ととても近い年齢を生きていた。ここに載っている写真が持っている空気感は、私が生きてきた「青春」の時代の空気感に近いものがあるのだ。それは、学生運動のシーンがあったり、復帰前の沖縄の基地が撮られていたりするからではない。たとえば、池上線の駅を撮ったなんでもない一枚などに、私が生きた二十代の時代を感じ取ることができるのだ。

私がこの写真集を見て抱く感想はもうひとつある。

それは、ここには、「無駄」なものがあふれている、ということだ。二十歳のハービー・山口にあった無駄な時間。その無駄な時間によって撮られた無駄な写真。たぶん、「青春」とは無駄そのものなのだ。しかし、それは「豪奢な無駄」でもある。

この写真集を見た人は、カメラによって「青春」を確かめようとした、あるいは確かめつつあった若いハービー・山口の姿を思い浮かべることができるだろう。それが伝わってくるのは、ここに載っているハービー・山口の自画像より鮮明に、撮った写真に彼の姿が写り込んでいるように見えるからなのだ。

すべての写真から、冬のあいだベッドに横たわっていなければならなかった病人が、春になるとともに治癒し、恐る恐る家の外に出て、外の空気を胸一杯に吸っているという気配を感じ取ることができる。

彼には、眼に映るものがなんでも新鮮だったのかもしれない。少女も、少年も、海も、山も、沖縄も、政治闘争も、老女ですら。

ハービー・山口は、それを無心に撮っていった。いや、「無心」ではなかったかもしれない。すでに、ここには、写真家になろうという意志がうかがえる作品が存在する。

たとえば、ランドセルを背負った小学生の男の子と女の子の写真は、ユージン・スミスの「楽園への歩み」を思わせるものがある。このカメラのレンズのこちら側には、明らかに、撮る者として自分を設定している若者が存在する。

これだけでなく、見ていて、思わずページをめくる手が止まる写真が何点もある。

古い瓦屋根の家の前ですれ違う二組の人たちを撮った写真は、まるでアンリ・カルティエ＝ブレッソンの作品のようだし、刈り取られたあとの田圃の風景は、私にロバート・キャパが撮ったベトナムを思い出させたりもする。

そして、少女たち。冒頭からほぼ最後のページまで、少女たちのポートレートがこの写真集を支える大きな柱になっている。それは、病からの回復期にあった若者の、当然すぎるほど当然の関心の向け方であったろう。

やがて彼はイギリスに行き、さまざまな偶然からハービー・山口としてロンドンのミュージック・シーン、とりわけパンク・シーンと深い関わりを持つようになっていくかもしれない。《僕は一人の女性にカメラを向けた。「いい写真撮れた?」という彼女は、男の声だった。びっくりしたが、その一言で、それまでの緊張感が解け、やっと彼らの仲間入りをしたようで、どんなに気が楽になっただろう——彼の名を人伝てに〝ジョージ〟と知った》(『女王陛下のロンドン』)

だが、この『1970年、二十歳の憧憬』に存在しているのは、「未だ成らざる者」としての山口芳則だ。彼の「青春」の記憶と深く結びついているだけで、見ている者に格別強く迫ってくることのない写真が何枚もある。あえて言えば、「無駄」と思われる写真が何枚も載っているのだ。

もしこれをハービー・山口の写真集として屹立させようとするなら、そうした無駄な写真を削るべきだったかもしれない。

しかし、ハービー・山口には、その「無駄」こそが重要だったのだろう。なぜなら、その「豪奢な無駄」の中にこそ、山口芳則としての「青春」があったのだから。

(10・9)

孤独な散歩者

田中長徳《ちょうとく》『屋根裏プラハ』

これは私が初めて眼にするような種類のトラベローグである。

いや、もっと素直に言えば、「このような旅のかたちがあったのか」という驚きに撃たれた書物である。

もしこの『屋根裏プラハ』を旅行記として読むとすれば、なかなか前に進まない旅行記として、いくらかじれったく思うかもしれない。もちろん、これはトラベローグの中でも、滞在記と分類されるかもしれないものだから、移動が主眼にはならない。しかし、滞在記だとすると、その土地の、ここではプラハの、生々しい現実が希薄すぎるという印象が生まれかねない。

旅行記でもなく、滞在記でもない。では、この『屋根裏プラハ』は何なのか。

写真家にして、クラシック・カメラのコレクターでもある田中長徳は、東京の佃《つくだ》に住んでいるが、アトリエはチェコのプラハにある。そこで、一カ月か二カ月に一度、日本からチェコに赴き、プラハに二、三週間滞在しては、また東京に戻ってくる。それを、実に二十年も続けているのだという。

その結果、プラハへの移動は、単なる「通勤」でもなければ「旅行」でもないものとなり、プラハにおける滞在は、単なる「日常」でもなければ「非日常」でもないということになった。

それにしてもなぜプラハだったのか。

《プラハは写真家の楽園である。世界中でこれほど魅力のある都会を知らない。それは巨匠ヨセフ・スデクの仕事が示している。千年の古都を今に歩行して写真を撮影できるのは奇跡のようなものだ》

だが、もちろん、それだけではない。

《プラハでの一人暮らしは実にシステマチックだ。一人暮らしの快楽がここには存在する。なぜなら、日本で自分はあまりにも多種多様な人間のグループの中に属し、それぞれの役柄の異なる台本を読まされて、自分はいったい誰であるのか、それがわからない。ここ、プラハでは本当に一人になって他人の中にではなく、自分の中に入ってゆける。自分がプラハと恋愛関係にあるとはそういうことを意味する》

こうして、田中長徳は、チェコのプラハで、「旅行」でもなく「生活」でもない、なかば宙づりにされた「不思議な時間」を生きることになったのだ。

プラハにおける田中長徳は、旅行者でもなければ居住者でもない。彼によれば単なる「旅券の運び屋」ということになるが、この「運び屋」には年季が入っており、プラハの若者に対しては一九八九年の「ビロード革命」を知っている「古老」の立ち位置まで獲得しているという。

この『屋根裏プラハ』における田中長徳の一人称は、「私」でもなく、「僕」でもなく、「俺」でもなく、「あたし」である。

一般に、男性による「あたし」という一人称の用い方には、「やつし」の心性がこめられていることが多い。しかし、田中長徳の「あたし」には、いったん「私」や「俺」を扼殺《やくさつ》してから「あたし」に至ったという心理的な操作がまったくうかがえない。あえていえば、田中長徳の「あたし」は透明なのである。

それは、ひとつには、田中長徳の文章が極めて端正であることによってもたらされる印象かもしれないとも思う。『屋根裏プラハ』を前にして、いきなり本を開いてみると、どのページも字組みのバランスがいいことがわかる。字面の美しさは文章の端正さを物語っているものでもある。

そうした文章で描かれたこの『屋根裏プラハ』は、一章一章がまるで大型カメラで撮影された精密な風景写真のように読める。そこに切り取られ、定着された「あたし」好みのプラハの風景が、ゆっくりと視点を移しながら叙《じょ》されていくのだ。

ただ、そこに描き出された風景写真は普通のものとは違い、二十年という時間が映り込んでいる。あたかも、もうひとつの「3D映像」でもあるかのように、時空の軸の方向に立体性を持っているのだ。「あたし」はそこに映り込んでいる時間を自由に行き来し、プラハの現在と過去を微細に述べていく。断続的に滞在したプラハの二十年を、現在の「あたし」という串で、串刺しにして提出していると言ってもよい。そして、それを描く文章といえば、「あたし」という一人称から想像される饒舌さとは正反対の、乾いた精密さが感じられるものになっているのだ。

その風景写真のもうひとつの特徴は、「人」より「物」の方が多く写し込まれているということである。

もちろん、そこにまったく「人」が登場してこないというわけではない。とりわけ、チェコの写真家である「P」という男性が何度か顔を出してくるが、それでも、トラベローグとしては圧倒的に「人」の出てくる割合が少ない。

それに比べれば、「物」の登場はもっと頻度が高く、この『屋根裏プラハ』という書物においても、より本質的な意味を持っている。

カメラはもちろんのこと、ホテルの建物、飛行機、エンジン、切手、ワイン、チョコレート、路面電車、記念写真……と、さまざまな「物」が登場してくる。

この「物」に対する偏愛が、『屋根裏プラハ』というトラベローグのもうひとつの特徴を形作っていると同時に、「あたし」という一人称を生み出す回路になっているのかもしれないとも思える。

そう、プラハにおける「あたし」は、「物」を介してプラハの過去と未来を行き来している、孤独な散歩者なのだ。


本来、旅行者がトラベローグに記すことができるのは、たかだか移動するときに感じる「風」でしかない。しかし、「旅券の運び屋」にして「孤独な散歩者」たる田中長徳は、プラハにおける「不思議な時間」を生きることで、「あたし」を取り巻いている、あるいはかつて「あたし」を取り巻いていた、「空気」を描くことができている。それが可能だったのも、やはり二十年という長大な時間の元手をかけてきたからに相違ない。

《高い天井が見える。腕時計がないので時間はわからない。視野の右に半ダースほどの天窓がある。冬の弱い朝の光だ。下から路面電車の音がする。

佃のマンションじゃない。

ああ、プラハなんだ……。

意識がだんだん覚醒する》

もしかしたら、「このような旅のかたちがあったのか」という私の驚きは、「このような生き方があったのか」という驚きと同じものであるのかもしれない。

（12・2）

最後の一行に向けて

柴田錬三郎『チャンスは三度ある』

私の少年時代の図書館は家の近くにあった貸本屋だった。

そこで私はまず漫画を借りるようになり、次に小説を借りて読むことを覚えた。移行のきっかけになったのは映画だった。心を動かされた映画に「原作」というものがあることを知り、その世界に触れてみたいというところから小説を読むことを始めたのだ。

それは小学六年生のときであり、以来、その貸本屋の棚にある小説を読みあさるようになった。棚にあったのは時代小説と推理小説とエンターテインメント系の現代小説がほとんどだったが、中には川端康成や三島由紀夫や大江健三郎などの純文学作品や、澁澤龍彦訳の『サド選集』のようなものがあったりもした。

そのとき、十二歳になるかならないかの少年である。本の選び方に体系だったものがあったわけではなく、ただ自分の嗅覚に従って闇雲に読んでいったにすぎなかったが、それでもやがて、徐々に自分の好みの作家や作品が決まってくるようになる。そして、棚にある本をほとんど読み尽くしてからは、気に入った何冊かを繰り返し借りて読むようになった。中でも、柴田錬三郎の『チャンスは三度ある』は最も頻繁に借りた一冊だった。

死後三十年以上が過ぎ、柴田錬三郎という作家は「剣豪作家」としてしか記憶されないようになっているかもしれない。だが、私にとって柴田錬三郎は、『眠狂四郎無頼控』や『剣は知っていた』という「時代小説」の傑作を書いた作家であると同時に、『チャンスは三度ある』というすばらしい「現代小説」を書いた作家でもあった。

いま、年譜で調べてみると、『眠狂四郎無頼控』と『剣は知っていた』と『チャンスは三度ある』の掲載紙誌と連載開始時期は次のようなものであることがわかる。

『眠狂四郎無頼控』　週刊新潮　一九五六年
『剣は知っていた』　東京新聞　一九五六年
『チャンスは三度ある』　産経時事　一九五七年

これを見て、あらためて驚かされるのは、この短い期間に生涯の傑作のほとんどすべてを書いているということである。この時期の柴田錬三郎は、エンターテインメントの作家として、爆発的な開花期を迎えていたのだろう。

そしてもうひとつ驚かされるのが、これらの作品が書かれたのが半世紀以上も前だということである。

時代小説の利点は、扱っている時代がすでに「古い」ため、歳月の経過によって古びる度合いが少ないということである。ところが、その時点における「いま」を扱っている現代小説は、描かれている風俗や言葉遣いが現代的であればあるほど古びる度合いが激しいという逆説的な状況が存在する。

しかし、この『チャンスは三度ある』をいま読み返しても、さほど古さを感じない。それは、ここで描かれている「いま」が、風俗としての「現代」ではなく、物語の枠組みとしての「現代」であるからだろうと思われる。

しかも、エンターテインメントとして堅牢な物語の構造を持っている。その堅牢さが、半世紀という時間を経てもなお新たな読者を獲得しうる可能性を秘めた力の淵源ともなっているのだ。

もっとも、物語の構造自体は単純である。基本的には、男と女が出会うという、いわゆる「ボーイ・ミーツ・ガール」の物語であるからだ。

――男と女が運命的な出会いをするが、その二人のあいだを引き裂くさまざまな障害が現れる。さらには、男がなそうとする「事」の前に立ちはだかるライバルの出現が、いくつもの危機的な状況を生み出す。その過程で、男に恋する別の女が登場し、女に横恋慕する別の男が登場したりするが、忠実な部下の献身的な協力を得ることで幾多の困難を乗り越え、ついには結ばれることになる……。

柴田錬三郎が好むこの物語の構造は、現代小説であれ時代小説であれ、ほとんど変わらない。作品によって、「運命の受容と反抗」という柴田錬三郎の中心的なモチーフに、微妙な濃淡の差が現れるだけだ。

しかし、この、ある意味で単純な構造の物語が、歳月の経過に耐えうる堅牢さを保持するものになるためには、人物の造形に並々ならない「手腕」を必要とする。

この『チャンスは三度ある』の登場人物の造形は、ほんの少ししか登場しない「端役」の人物まで含めて、みな鮮やかである。

たとえば主人公の黒田修一郎も、外見について語られている箇所は一カ所しかない。しかも、それが極めて曖昧なものであるにもかかわらず、読む者に豊かなイメージを膨らませることのできるものになっている。

《パリに在った時、十二ヵ国の人種にまちがえられた風貌の持主であった》

あらためて、それはどのような顔なのだと問われれば、私にもうまく説明はできないが、黒田修一郎が日本人離れした容貌の持ち主であるだけでなく、なんとなく背丈も高く、持っている雰囲気に無国籍風のところがある人物というところまで想像させてしまう。そして、あとは、彼の行動と言葉によって、そのイメージがさらに増幅されていくことになるのだ。

人物の造形の見事さは、もちろん、ストーリーテリングの巧みさによって支えられているものでもある。

何度読み返しても感嘆するのは、この『チャンスは三度ある』には、発端から本筋の物語に入っていくまでの、いわば助走の部分の展開に他の作品以上の鮮やかさがあるということだ。

黒田修一郎は事業に失敗し、もう死ぬことしか残されていないと覚悟し、冬の軽井沢に向かおうとする。

その途中、銀座の路上で旧知のデザイナーの女性を見かけ、有楽町のドラッグストアーで顔見知りの売り子の少女と言葉を交わし、新宿の高級売春宿で儚げな女性に有り金のすべてを渡し、軽井沢にある無人のはずの別荘で若い女性に出会う。その若い女性である津賀陽子に出会ったところから本当の物語は始まるのだが、それまでのところで、黒田修一郎の人となりと過去だけでなく、未来に向けての伏線のすべてを完璧に語り切ってしまうのだ。

先に、半世紀も前の作品であるにもかかわらずあまり古びていないと言った。だが、もし一点、ある種の「古さ」を感じさせるところがあるとすれば、それは、まだ時代的に一万円札が登場していないため高額の支払いに常に五千円札が使われるというところでもなければ、戦いの舞台がいまは斜陽の感の深いデパートだというところでもなく、登場してくる女性の描かれ方に半世紀前の「名残り」のようなものが感じられるという点かもしれない。

柴田錬三郎はあるエッセイで次のように書いている。

《私自身の体質もあるが、現代物・時代物を問わず、私は、女性を主人公にした小説は書けない男である。

家庭用婦人雑誌に乞われて、二三篇書いたことがあるが、通俗小説としても失敗し、あらたに本にする気がしない。

「眠狂四郎」の中に登場する女性は、狂四郎に犯されたり、一方的に惚れてしまうたぐいばかりであり、彼女たちは例外なく薄倖で、死んでゆく。男性にとっては甚だ好都合な女性たちである》

たとえば、この『チャンスは三度ある』にも、柴田錬三郎好みの「薄倖な女性」が登場してくる。

もちろん、幸せの薄い女性という存在はいつの時代にもいるだろう。しかし、その「薄倖」の理由には、時代の特色が現れてしまうものなのだ。

この『チャンスは三度ある』における「薄倖な女性」の代表は、黒田修一郎が高級売春宿で出会う河合頼江である。

彼女の不幸の理由は、夫を「肺病」で亡くし、幼い子供を抱えて暮らしていく方途を持っていないというものである。

たぶん、現代を生きる女性がこれを読んだとしても、河合頼江が自死の道を選ぼうとする「境遇」に心から同情することは難しいかもしれない。

あるいは、この河合頼江だけでなく、柴田錬三郎が描く女性たちは、当の女性からするとすべてが「男性にとっては甚だ好都合な女性たち」ばかりであると感じられるかもしれない。

しかし、少年時代の私には、この河合頼江を含めて、誰もが魅力的に描かれているように思えた。ヒロインである津賀陽子のヒマワリのような向日性《こうじつせい》を持つ明るさにも心を動かされたが、彼女とは対照的な描かれ方をしている実母の夏枝の日陰に咲く花のような静謐なたたずまいに胸がときめかされたりもした。


中学生になった私が、ストーリーはもちろん、細部の細部まで知っているのに何度も繰り返し読むことができたのは、『チャンスは三度ある』に独特の読後感のよさがあったからだと思う。

この作品の後味がいいのは、必ずしもハッピーエンドを持っているからだけではない。ここには本質的な悪人が登場しないということが大きいように思える。

ほとんど唯一の「悪行」をなす人物として、黒田修一郎が立ち上げに携わる新しいデパートの、そのライバルとなるデパートの専務がいるが、これも悪人というよりむしろ意志の弱い人間として描かれている。

一見悪役風に登場してくる相馬雷太は、主人公である黒田修一郎を除けば、もっとも人物造形に成功している「脇役」である。

懐に入れた蛇の鎌首を、訪問客に早く帰ってもらいたいときに見せる、という怪物風の人物として登場してくるが、その怪物は「主家の若君を守る忠臣」の役割を果たす熱いものを胸に秘めた老人でもある。

しかも、人物の力量をはかる正確な目を持っている。だから、黒田修一郎にデパートの立ち上げの宣伝戦を任せようとするのだが、より象徴的に描かれるのは、没落した名家の息子の建築家に、その建物の設計をさせるというところに現れる。

《いやしい貧窮の家に生れた相馬老人は、名家に対する素朴なコンプレックスをもっていた。ただ、それを、復讐鬼的なものに歪めずに、むしろおのれの唯一の盲点であると正直に自覚して、謙譲であることによって、これを利用して来たところに、老人の事業家としての勝利があった。

老人は、その壮麗な建物を眺めながら、名家の血筋に対するおのれの謙虚な評価が、まちがってはいなかった、とあらためて自身に言いきかせたのであった》

そして、その相馬雷太が次のように述懐するとき、黒田修一郎という存在がさらに際立つことになるのだ。

《――わしがこれまで使った男で、あんなに小気味のいい奴は、いなかったな》

この作品の後味がいい理由はもうひとつある。

それはタイトルだ。『チャンスは三度ある』というタイトルが、最後のシーンと見事にクロスし、読み手の心にすとんと落ちる仕組みになっている。エンターテインメント小説の中でもこれほど内容とマッチした鮮やかなタイトルも少ない。誰しも、最後の一行を読んで、心の中でこうつぶやくはずだ。

「なるほど、そういうことか！」

と。

これは産経時事、現在の産経新聞に向けて書いた連載小説である。新聞に連載を開始する時点ですでにこのタイトルにふさわしいラストシーンができていたとしたらすばらしいし、書いていく中でタイトルとラストシーンとの辻褄を合わせることに成功したのだとしたら、もっとすばらしい。

もしかしたら、少年時代の私は、この最後のシーンの、最後の一行を読む快感を味わうために、繰り返し繰り返し『チャンスは三度ある』を手に取っていたのかもしれない。そこには、間違いなく、蜜のような物語の甘美さがあった。

（12・8）

「格差」の無限運動を超えて

広岡裕児《ゆうじ》『ＥＵ騒乱　テロと右傾化の次に来るもの』

著者の広岡裕児は、まず日本における世界地図とフランスにおける世界地図との差異から話を始める。

《日本で売られている世界地図では真ん中に太平洋が大きく広がり、日本と南北アメリカ大陸が向い合う。左には中国からユーラシア大陸が広がり、欧州はただの辺境にすぎない。だが、フランス製の地図をみると、太平洋が分断されて、左半分がアメリカ大陸、右側にユーラシア大陸が広がる。真ん中を占めるのが欧州とアフリカ大陸、そして中東である》

そして、広岡はこう続けるのだ。

《現在、世界を揺るがす大きな問題のほとんどが、この真ん中に凝縮されている》

ここから、広岡が永年暮らしているフランスを基点に、欧州で生起している「大きな問題」の考察に向かう。それはやがて、国民国家のあるべき未来型のひとつと目されていたＥＵの歴史と、危機をはらんだ現在の姿への考察へと向かっていく。

私が最初に新鮮な驚きを覚えたのは、二〇一四年に行われたフランスの欧州議会選挙で、極右政党とされる国民戦線が第一党に躍り出たことに対する、広岡の解析だった。反ＥＵを掲げる極右政党がなぜそのＥＵの欧州議会選挙で大勝したのか。それはフランス内部に巣くう「格差」が根本原因だったという。

フランスでは、すでに一九九〇年代から、グローバリゼーションの進展により、周縁に追いやられて貧困から抜け出せない者が多く生み出されていた。その「下層」の人々に手を差し伸べた国民戦線は、「格差」を生むものとしてのグローバリゼーションと、その象徴としてのEUに牙をむくようになったというのだ。そして、その支持層と、フランス国民となった移民の子弟から成るテロリストの予備軍は、「格差」に押し潰されようとしているという点においてひとつだともいう。さらに広岡は、ギリシャの債務問題について、「素人ギリシャ政権の迷走」といった皮相な見方を排し、首相であるアレクシス・チプラスの、単なるトリックスターというのではない、したたかな政治家としての側面を描いていく。

国民戦線の躍進とギリシャの債務問題。この二つは、ひとつはフランス国内における持てる者と持たざる者との「格差」の問題であり、もうひとつはEU内部の持てる国と持たざる国の「格差」の問題でもある。

私が広岡のこの本を読むことでひとつの理解に達したのは次のようなことである。

――水が高いところから低いところへと流れるのとは逆に、人は低いところから高いところへと向かおうとする。貧しいところから豊かなところへ。危険なところから安全なところへ。周縁からメトロポールへ。それは一国内だけでなく、国際的にも同じであり、人は「低い国」から「高い国」を目指そうとする。この動きは誰も押し止めることはできない。すべてをローラーで平準化しようとするかのようなグローバリゼーションが後押しするからだ。ところが、その「格差」の平準化を目指す動きが、さらに新たな「格差」を生むことになる。この「格差」をめぐる無限運動こそが、世界を覆う最大の問題でありつづける。そしてEUもまた、この「格差」の無限運動に巻き込まれ、立ちすくんでいる。内に反EUのうねりとテロリストの予備軍を抱え、外からは難民が押し寄せることで……。

では、《狭いナショナリズムを超克するものとして想定された、国と国、人と人との連帯と信頼に基づいた共同体》を目指したEUの理想は打ち砕かれたのか。

ギリシャの首相チプラスは、「ドイツ賠償問題委員会」の再開に際して行った演説の中で、こう語ったという。

《諸国民の間にある連帯・友情・協力・対話が支配の下心と歴史的必然の信念に席を譲ってしまったとき、尊重が不寛容と人種差別に席を譲ってしまったとき、戦争と闇とが黒い旗を立てる、（中略）欧州はこの暗黒を味わった。欧州はそれを克服し、嫌悪した。まさにそれゆえに、絶対に再び戦争のサイレンが鳴ることのないように一九五七年に欧州建設のプロセスを始めたのである》

広岡は、この言葉を最後近くに配することで、いまや過去のものとなりつつあるかに見える「欧州共同体という希望」への祈りのような思いと、さらには日本のあるべき姿を念頭に置きつつこう述べている。

《だが、いまならまだやりなおせる》

と。

（16・4）

二つは一つ

菱田《ひしだ》雄介《ゆうすけ》『border｜korea』

未知の写真家から一冊の本が送られてきた。

タイトルは『ボーダー｜コリア』とあり、カーテンを前に二人の少女が写っている。だが、よく見ると、それは一枚ではなく、二枚の写真のようだ。一人の少女の服装から、なんとなく北朝鮮の内部を撮った写真集なのだろうと思いながらページを繰っていくと、見開きに一枚ずつ、二枚の写真が並べられている。そこには、二人の赤ん坊、二人の少年、二組の器楽演奏隊などが写っている。よくこれだけ北朝鮮の人々を撮ることができたなといくらか感心しながら見ていくと、不意に「あっ！」と声を挙げたくなる瞬間が訪れた。

もしかしたら、これは北朝鮮の人々だけを撮ったものではないのではないか？

さらによく見てみると、左のページに写っているのは明らかに北朝鮮の人々のようだが、右側に写っている人々の服装はそれよりいくらか洗練されている。

慌てて本の最後にあるデータを調べると、左側の写真は北朝鮮だが、右側の写真はすべて韓国で撮られていた。ページを分かつ本の「ノド」が三十八度線を意味していたのだ。

それがわかると、見開き二枚の写真がまったく異なる意味合いを持って迫ってくるようになった。二人の警察官、二人の僧侶、二カ所の海水浴場……。

その最大の衝撃は、二枚の写真の相違性ではなく同質性だった。確かに、着ている服や街の佇まいは違っている。だが、写っている人々は左右ほとんど変わらないのだ。二つに分断されているとしても、一つの民族である。普通に記念写真風の写真を撮っていけば、差異が見つけられないのも当然のことだったのだ。

そして、次に驚かされるのは、撮られている北朝鮮の人々の自然さである。カメラを前にした緊張はあるものの、私たちがテレビ映像で見ているあの硬直した表情や身振りとは無縁の自然さがある。あたかも普通の人々の普通の息遣いが聞こえてくるかのようだ。

そこで私たちは思うことになる。北朝鮮にも韓国と同じ人々が生きている。そして、それはほとんど私たち日本人とも変わらない普通の東アジア人だと。

いま、北朝鮮の「核の脅威」論の前に、アメリカの先制攻撃を密かに待望するような空気が日本に醸成されつつある。だが、それによって最初に傷つくのは、ここに写っている、韓国人と同じ、日本人と同じ、北朝鮮の普通の人々なのだ。菱田雄介のこの写真集にはいっさいキャプションは付されていないが、声低く、そんなことを語りかけているようにも思える。

（18・2）

理想の伝記

　ここしばらく、最近刊行された伝記をぽつぽつと読むことを続けてきた。伝記、それもショー・ビジネスにかかわる人物の伝記を中心としてである。合計すれば三千ページを軽く超えるかもしれない。中でも私が強い印象を受けたのは、クリストファー・アンダーセンの『マドンナの真実』（小沢瑞穂訳）と中山千夏の『タアキイ――水の江瀧子伝』だった。その二冊が、伝記を読む楽しさを与えてくれたからというだけでなく、伝記について考える手掛かりのようなものを与えてくれたからだ。

　クリストファー・アンダーセンの『マドンナの真実』は、《世間に衝撃を与え、感情を損ないつづけることで注目を浴びてきた》マドンナの、その両親の結婚から彼女自身の結婚の破局に至るまでの軌跡を描いたものである。

　そこで提示されるのは、生まれた時にマドンナという名を与えられた女性の、過激で、驕慢《きょうまん》で、利己的で、攻撃的で、上昇志向だけで存在しているかのような「生」である。

　頭がよく、目立ちたがり屋の不良少女がダンスに出会い、大学を中退して無一文のままニューヨークへ向かう。ヌード・モデルをしたり、残飯を漁って飢えをしのぐような貧しい生活をしていく中でミュージシャンと知り合い、音楽に眼を開かされることになる。ダンスから音楽に乗り換え、それと共に自分の人生をステップアップするために人から人へと乗り換えていく。《「私、彼女に向かってわめいたの、あんたは人を利用することしか考えないエゴのお化けだ、自分のこと以外考えたこともない人間だ、って」》

そうののしられながら、彼女は確信犯的に公序良俗に挑み、宗教を冒瀆することを恐れず、自らバイセクシュアルであることを認めさえするのだ。

著者のアンダーセンは、このようなマドンナの「生」の軌跡を、徹底した関係者の証言の収集によって追い求めていく。彼の「野心」は、断片的な情報の乱反射によって霞がかかってしまったマドンナの像を、証言の一大集成によって新たに構築し直そうとするところにあったかのようだ。そして実際、その努力は、これ以後のマドンナ像のひとつのスタンダードになりうるかもしれないと思えるほどのものになっている。

一方、中山千夏の『タアキイ』は、彼女自身の「義憤」を述べるところから書き起こされている。《一口で言えば、女であるがゆえに、タアキイさんは真の評価を受けずにいる、と私は思い、それなら一つ微力を尽くして、せめて彼女の業績を正しく記録に残す仕事なりともしてみよう、と考えた》と。

そこで彼女は、「ターキーとは何者なのか」を説明するため、ターキーをターキーたらしめた重要な出来事の検討に入っていく。少女歌劇の世界にはどのようにして入ったのか。「男装の麗人」にはいつどのようになったのか。人気絶頂の時期にアメリカに渡ったのはなぜだったか……。

当然それは定説や噂の否定につながっていくことになるが、その際、彼女が武器としたのは、かつてのファンクラブの機関誌「タアキイ」であった。面白くはあるが細部の欠落したターキーの話を無理に整序しようとせず、現存する「タアキイ」のバックナンバーを丹念に調べることで読み解いていく。中山千夏にこのような試みをさせたのは、もちろん「義憤」だけではない。『マドンナの真実』がジャーナリストとしての「好奇心」をバネとしていたように、『タアキイ』という人物探検の旅には、同じ芸能の世界で生きてきた者としての「共感」が不可欠だった。

　これは通俗にまみれた伝説からターキーを奪還する試み、あるいは、貶《おとし》められたターキーの復権を目指した書物といえるかもしれない。その意味では、アラカンこと嵐寛寿郎《あらしかんじゅうろう》を無視する映画史とは何なのか、という熱い思いによって書かれた竹中労《たけなかろう》の『鞍馬天狗のおじさんは』と極めて似た性格を持っている。『鞍馬天狗のおじさんは』が「男が男に出会った」ボーイ・ミーツ・ボーイ物語だったとすれば、この『タアキイ』は、まさに「女が女に出会った」ガール・ミーツ・ガール物語となりえている。

　ところで、伝記の書き手にとって最も重要なことのひとつに、対象との距離の取り方がある。対象の内からの声に耳を澄ますのか、外からの眼で見据えるのか。もちろん、内と外の両面から描くにこしたことはないのだが、とりわけ生身の人間を相手にした場合には書き手の思惑を超えた困難な条件が付け加わることが少なくない。

　たとえば、アンダーセンの『マドンナの真実』は原題を『マドンナ――アンオーソライズド』という。「アンオーソライズド」は独断的なという意味もあるが、ここでは許可を受けていないと解すべきだろう。アンダーセンはマドンナからいっさいの取材を拒否されてしまったのだ。

　それとは逆に、中山千夏の『タアキイ』は完全に「オーソライズ」されている。ターキーの信頼を受け、繰り返しインタヴューをすることが可能だった。だが彼女には、ターキーの魅力の源である少女歌劇時代のレビューを見ていないという絶対の困難があった。自分が生まれてもいない時代のパフォーマンスをどのように確かめ、表現したらいいのだろうか……。

しかし、こうした困難を突破するところに伝記作者の醍醐味があるのだともいえる。事実、その中から『マドンナの真実』における「周囲を証言で埋めつくすことで対象の型を鋳抜く」という方法が生まれ、『タアキイ』における機関誌「タアキイ」の発見とその内容の駆使という工夫が生まれたのだ。つまり、この二作が素朴に証明しているのは、伝記においては、とりわけ生身の人間を相手にした伝記においては、最初にスタイルがあるのではなく、対象との距離がスタイルを決定するのだということである。

私たちにとって伝記を読む楽しみとは、ひとつに、未知の人物に遭遇する喜びを味わうことであり、またひとつに、既知の人物がまったく異なる顔を持って立ち現れてくる驚きを味わうことだと思われる。『マドンナの真実』と『タアキイ』は確実にそれらの要素を備えていた。

だからといって、私がこの二作に物足りなさをまったく覚えなかったというわけではない。『マドンナの真実』は内からの声に耳を澄ますことが少なく、『タアキイ』は外からの視線が不足している、と感じられた。

しかし、仮に私にとっての「理想の伝記」が「内の声と外の眼とによって描き出された人物が未知の世界への案内もする」といったものだとすれば、『マドンナの真実』と『タアキイ』に「物足りなさ」を感じた真の原因は、その作品にあるのではなく、「理想の伝記」という、伝記の書き手でもある私の達成できない「夢」にこそあるというべきなのだろう。

（93・2）

偶像について

このところ芸能の世界に生きてきた人の伝記を集中的に読んでいるが、昨夜ようやく読み終わったものにモーリス・ゾロトウの『ビリー・ワイルダー・イン・ハリウッド』（河原畑寧《かわらばたやすし》訳）がある。索引を入れると六百頁になろうかという大冊で、最後まで辿り着くのに優に三日は掛かった。

タイトルにあるビリー・ワイルダーとは、もちろん、『失われた週末』『サンセット大通り』『第十七捕虜収容所』『麗しのサブリナ』『お熱いのがお好き』『アパートの鍵貸します』と、ほぼ四十年にわたって傑作を撮りつづけてきたハリウッドの代表的な映画監督だが、著者であるモーリス・ゾロトウとはいかなる人物なのか。河原畑寧による「訳者あとがき」によれば、アメリカの芸能ジャーナリストの大物であり、アメリカ・ジャーナリスト作家協会の創設者にして初代の会長だとのことである。この『ビリー・ワイルダー・イン・ハリウッド』以外にも、『シューティング・スター』というジョン・ウェイン伝や、小説も何編か発表しているという。また、ワイルダー映画の常連俳優ジャック・レモンはその「まえがき」でこう述べている。

《ゾロトウは、芝居と映画を愛し、それを作り演じる人々を愛してきた。彼はゴシップ、中傷、あてこすり、馬鹿話のたぐいは書かない。皆さんがハリウッドと映画スターについて読まれたもののの大半は、全くの作り話か、それ以下のしろものである。ゾロトウは、自分がその場に居合わ

せて知ったことを書く。自分が手を染めた体験を書く》

そのゾロトウが長い時間をかけて書いた伝記がつまらないはずはない、というわけだ。そして、実際、おもしろい。

一九〇六年、オーストリアで生まれたサミュエル・ヴェルダーは、ウィーンの大学を中退して新聞記者になる。やがてベルリンでフリーランスのライターとしての道を歩みはじめるが、ユダヤ人であった彼は、アドルフ・ヒトラーの首相指名と同時にパリに脱出する。そこで書いた一本の脚本が認められ、アメリカ行きのチャンスを摑む。以後、サミュエル・ヴェルダーは英語風にビリー・ワイルダーと名前を変えて映画の都ハリウッドで脚本家として生きていくことになる。この本においてビリー・ワイルダーがビリー・ワイルダーとしての精彩を放ちながら語られるのはそこからである。

ワイルダーは何本かのすぐれた脚本を書いたあとで、無能な監督の手で自分の書いた脚本が改悪されるのが嫌さに自ら監督をするようになる。以後、ワイルダーは脚本家と監督の一人二役をこなすことになるが、監督として演出する際、完成した脚本に関してはいっさいの変更を認めなかったという。つまり、俳優がアドリブでどんなに見事に演じてもやり直しを求めるのに躊躇しなかったというのだ。

ところが、そのワイルダーが、他の脚本家との共同作業でしか脚本を書けなかったというからおもしろい。しかも、そうであるにもかかわらず、常にその相棒を毒舌でいたぶることをやめなかったともいう。アカデミー賞にノミネートされた『地獄の英雄』の共同脚本家であるウォルター・ニューマンは、その毒舌が耐えられずに一作でコンビを解消してしまった。

あるいは、一作も仕上げないままワイルダーのもとを去ったノーマン・クラスナはこう語っている。

「彼は私の弱点を知っていて、的確にそこを突いてくる。実に辛辣な冗談でね。どんな？　いいたくないね。今いわれても私は再起不能に陥ること確実だから。その毒舌に耐えられなかった。おかしなことに、それでいて彼は私を愛しているんだ」

この『ビリー・ワイルダー・イン・ハリウッド』では、こうした矛盾した内面を抱えたシニカルな仕事師ワイルダーが鮮やかに描かれていると同時に、彼が生きたハリウッドという空間もまた巧みに描かれている。そこに生息する人種としてのスター、監督、脚本家、製作者。そこに欠くべからざるものとして存在するパーティー、ジョーク、酒、ラヴ・アフェアー。そして、なにより、映画というものがどのように作られるのかが知らず知らずのうちに理解できてくるのだ。それは著者のゾロトウが言うように、ビリー・ワイルダーが《「ハリウッド」という題名の映画で、脚本家兼監督の役を演じる俳優》であったからかもしれない。

その「映画」の中で、とりわけ強い印象を残すのは、ワイルダーとマリリン・モンローとの確執の挿話である。

ワイルダーは『七年目の浮気』の成功から四年後、『お熱いのがお好き』でマリリンとふたたびコンビを組む。しかし、そのときのマリリンは最悪だった。撮影の時間は守らず、台詞は覚えてこない。三十回、四十回と撮り直しをせざるをえなくなる。さすがのワイルダーも「撮影の最後までしのぎ切れるかどうか、それがわからないありさまなのだ」と弱音を吐くようになる。そして、なんとか完成すると、彼は冗談まじりにこう語ることになる。

「食欲は回復した。背中の痛みも消えた。この何カ月で初めて熟睡できた。女房と顔を合わせても、彼女も同じ女性だからという理由で殴りかかることもなくなった」

しかし、とマリリン・モンローについての著作も持つゾロトウは書く。

《どうすればワイルダーに、彼女の隠れた苦悩がわかっただろう？　どうすれば彼に、彼女が一貫して自己に耽溺する飛び切りのナルシストであり、分裂症患者と見まがう孤独癖の持ち主であることがわかっただろう？　どうすれば、彼女が他人を恐れ、仕事を恐れ、生きることを恐れ、かかわり合いを恐れ、親密になることを恐れ、あらゆる恐怖と戦いながら、愛と女優の仕事と友情を熱望しながら、生きていることがわかるというのか？　彼女愛用のキャディラックの後部座席の混乱は、そのまま彼女の人格の混乱を反映していたのだ。彼女の常識外れと支離滅裂の度合いは高まる一方で、日中はシャンペンとウォッカを浴びるほど飲み、夜はネムビュタールの摂取量を増やして眠りについていたなどということは、彼女の夫か信頼厚い取り巻きの一員でもない限り、わかりようがないのだった》

この畳みかけるようなリズムの一節を読みながら、私が思い浮かべていたのはマドンナだった。マドンナがそのような人物だからというのではない。むしろ、マドンナがそうした人物からいかに遠いか、しかし、にもかかわらず、彼女がそうした人物に憧れにちかい感情を抱きつづけているのは何故なのかが疑問だったからだ。

マドンナについての初めての本格的な伝記と思われるクリストファー・アンダーセンの『マド

ンナの真実』（小沢瑞穂訳）によれば、彼女の頭のどこかには常にマリリン・モンローが引っ掛かっているという。マリリンを模倣したコスチュームを身につけるだけでなく、その生の軌跡をなぞってさえいる。マリリンのように髪をブロンドに染め、結婚をして離婚をし、世間を驚かせるようなヌード写真を発表する。映画への執着もマリリンという存在抜きには考えられないという。

だが、マドンナの写真集『ＳＥＸ』を見ると、マリリンとマドンナがどれだけ違うかがわかる。たとえば、マリリンには死の直前に撮影された有名なプールでのヌードの連作があるが、それはマドンナが『ＳＥＸ』を「撮らせた」ように、やはりマリリンが三人のカメラマンに「撮らせた」ものだった。しかし、マドンナがその写真の世界のすべてをコントロールしようとしているのに対し、マリリンはひとたび撮らせてしまうと権利を含めてすべてを放棄してしまう。それだけではない。マドンナの写真からは、体も、胸も、唇さえも硬質な印象を受けるが、マリリンの写真は、体だけでなく、髪も、瞳も、爪さえも、すべてが溶けてしまうほどに柔らかいと感じられる。そして、その柔らかさが、マリリンの裸に永遠の生命を吹き込むことになった。

いずれにしても、マリリンは三十六歳で死ぬことで「不死」を手に入れた。たとえマドンナの最終の目的がマレーネ・ディートリヒのような生ける伝説になることであるにしても、また、マリリン・モンローやジェームズ・ディーンのように早世による永遠の名声を手に入れることだとしても、それには力や運以上のものを必要とするだろう。

マリリンの死後、ワイルダーはこう語っている。

「彼女はひどい女だった。飛び切りひどい女だった。ハリウッド一のひどい女だった。私は、このマリリン崇拝熱には、ほとほと呆れ返っている。今や、彼女についての真実を口にするには勇気が必要になった。よし、私は勇気を奮い起こそう。マリリン・モンローは、私が会った中で最高にひどい女だった。そして、スクリーンでも最高、ガルボも及ばぬ素晴らしさだった」
果たして、マドンナが死んだとき、もうひとりのワイルダーがこれほどのことを語ってくれるだろうか。最後の一行なしなら、いくらでも言ってもらえそうな気もするが。

（93・5）

気に掛かる

この二年ほど定期的に書評を書く仕事をしている。そのおかげでふだんの自分ならまず手に取らないだろうというものを含めて実にさまざまな本と遭遇することになる。中には、読み終えた直後の昂揚した気分のまま書評を書くことのできる本ばかりでなく、自分の非力を感じながら苦しい思いで書かなければならない本もある。だが、書きたいという思いを強く抱きながら、ついに書くことのできなかった本がこの二年間に一冊だけある。それが私の気に掛かる本、ドミニク・ラピエールの『愛より気高く』（中島みち訳）だ。

現代、という時代をどこで区切るかは議論のあるところだろうが、仮にそれをこの四半世紀とすれば、その現代における世界のノンフィクション界に大きな影響を与えた作品が二つある。ひとつはトルーマン・カポーティの『冷血』であり、もうひとつはドミニク・ラピエールとラリー・コリンズの『パリは燃えているか？』である。

その二つの作品は、アメリカ中西部の小さな村で起きた「一家惨殺事件」と、第二次大戦末期における「パリ解放」という異なる質の出来事を描いたものだったが、いずれも綿密な細部と同時に統一された全体を持っているということでは共通していた。そして、その「綿密な細部と統一された全体を」という志向性は、その後のノンフィクションに決定的な影響を与えることになったのだ。

カポーティは、『冷血』以後、望むような作品を生み出しえないまま自爆するように横死したが、ラピエールとコリンズは、『パリは燃えているか?』以後も、『さもなくば喪服を』でスペイン内戦を、『おおエルサレム!』でイスラエル建国を、『今夜、自由を』でインド独立を、という具合に、大きな歴史的事象をそれと関わりを持った個人の生を絡めながら描いていく作業を続けていった。

二人のコンビネーションがどれほどのものだったかを物語るものとしては、すべての取材が終わり、フランス人のラピエールはフランス語で、アメリカ人のコリンズは英語で書きはじめると、ほとんど同時にその作品のフランス語版と英語版とができていたという、信じられないような話が伝わっている。

私がノンフィクションを書きはじめた時、彼らの作品はすでに存在していたが、特に強い関心を抱かされるというものではなかった。ところが、今から十五、六年前、スペインを旅しながら『さもなくば喪服を』を読み、ほとんど震撼させられるといってよいほど心を動かされた。

『さもなくば喪服を』は、ラピエールとコリンズが「スペインのビートルズ」と呼ぶ闘牛士エル・コルドベスの半生を描いたものだ。彼らは、そのエル・コルドベスの首都マドリードにおけるデビュー戦を、共和派として獄死した父と戦後の労苦で病死した母を持つ「スペイン内戦の子」としての彼の人生と重ね合わせながら描いていく。そこには、ヒーローの成功物語だけでなく、スペイン内戦後のスペイン、とりわけアンダルシアの貧しい現実が見事に描かれてもいた。

しかし、そのスペインを旅している私が、自分でも意外なほど『さもなくば喪服を』に牽《ひ》きつけられていったのは、舞台となっている土地をほとんどなぞるように歩いているという偶然に対する驚きばかりでなく、読んでいくに従って「闘牛」というものについて、だから「スペイン」という国についての理解が格段に深まっていくように感じられたからだった。私はこの本で、ヘミングウェイの『午後の死』や『危険な夏』以上に、闘牛について多くのことを学ぶことができたように思えた。

日本に帰った私はあらためて彼らの他の著作を読み返してみた。すると、そこに極めて洗練されたひとつの方法が存在することが看て取れた。その方法とは、彼らが狙いを定めた事件や事象を、あるクライマックスに向かって歩ませるために、空間と時間を異にする挿話群を完璧にコントロールしつつ積み上げていく、というものだった。そうした方法が以前になかったわけではないが、彼らはそれを明確な方法意識をもって壮大なテーマに適用することに成功していたのだ。

しかし、その二人の共働関係にもピリオドが打たれる時がやってくる。『第五の騎手』という、彼らのノンフィクションの傑作群と比べた時、必ずしも出来がよいとはいえない近未来フィクションを最後に、二人はそれぞれの道を歩みはじめることになるのだ。

別れた二人は、ほとんど同時期に、コリンズは『パリをとり返せ』という第二次大戦に材を採ったスパイ活劇小説を、ラピエールは『歓喜の街カルカッタ』というインドの貧困を見据えたノンフィクションを出版する。これによって、共作における二人の役割が明らかになったと言えるかもしれない。ラピエールがノンフィクションとしての方向を定め、コリンズが物語としての推進力を与えていたのではないかという二人の役割が。

私の気に掛かる本『愛より気高く』は、そのラピエールが『歓喜の街カルカッタ』に続いて単独で出した二冊目の著作だったのである。


そこでラピエールが選んだテーマはエイズだった。

なぜエイズだったのか。『愛より気高く』の中にはそれに対する直接的な答えは記されていないが、この疾病《しっぺい》が「パリ解放」や「イスラエル建国」に匹敵する人類史的な「事件」であるという認識があったことは間違いない。

エイズへのアプローチには、医学的、社会学的、哲学的、といくつかの方法があるが、ラピエールが採ったのは、その発生から現在に至るまでを歴史的に叙述していくという方法だった。しかもそれは、かつてコリンズと共に作り上げた「ラピエール＝コリンズ・スタイル」とでもいうべき「細部への執着と全体への意志」に貫かれたものだった。

『愛より気高く』は、エイズがエイズという名前も持たず、ただの同性愛者間の奇病としてしか認識されていなかった一九八〇年代の初頭から書き起こされ、やがてその病原体としてのヒト・レトロウィルスが発見され同定されると、今度は特効薬の開発に関心が向けられていく、というこの十年の推移が、それに関わった多くの人々の生と重ね合わせて語られていく。

もちろん、それがラピエールの作品である以上、こうした歴史的な推移が一線的に述べられるはずはない。ロサンゼルス、ニューヨーク、アトランタ、パリ、と同時多発的に起きる出来事を断片化し、まるで熟練した針子よろしく巧みに縫い合わせ、精妙なタペストリーのような物語を作り上げていくのだ。そしてさらに、その紋様に鮮やかさを増すものとして、ベナレスの死体焼き場を徘徊していた少女アナンダが、ハンセン病にかかり、売春婦としての日々を送ったあとで、マザー・テレサのもとでシスターとなり、やがてニューヨークでエイズ患者の世話をする「愛の恵みの家」へ赴くことになるという物語が織り込まれていく。

読者は、ここでもやはり、一見ほとんど無関係に思える人物や出来事が、見えない糸に導かれるようにして絡み合い、一気にひとつに結びついていくという「ラピエール＝コリンズ・スタイル」の作品に特有の快感を味わうことになる。

それにしても、と一年前に読み終えた私は思ったのだ。この作品が「労作」というにふさわしいものであることはわかる。取材は広範で多岐にわたっているし、構成にはいつもながらの流麗さがある。しかし、読み終わって、このように感銘が薄いのはなぜだろう、と。

以前、私は書く側における「方法への疲労」というものについて考えたことがあった。明確な方法意識を持って書きつづける書き手には、ある時、その方法に対する疲労感とでもいうべきものが生まれ、そこからの脱出を夢見るようになるのではないか、と。しかし、「方法への疲労」は、書く側ばかりでなく、読む側にもあることなのかもしれなかった。少なくともその時の私は、純然たる「ラピエール＝コリンズ・スタイル」で書かれた『愛より気高く』を読んで、軽い疲労感のようなものを覚えてしまったのだ。それは必ずしもテーマがエイズだからというのではないように思えた。

私はその疲労感の由《よ》ってきたるところのものを書評で書こうとした。しかし、私には、それを与えられた枚数に収めることがどうしてもできなかった。

この一年、『愛より気高く』という本に対して負債のようなものを感じつづけてきた。それは、単に書こうとした書評が書けなかったからというだけではなかった。ラピエールは自らもガンと闘いながらこの作品を書き上げたのだ。

執筆中ガンにかかり、手術を受けようとしていたラピエールに、その寸前まで死の床にあったマザー・テレサから次のような手紙が届いたという。

《親愛なるドミニク、同じ時に、十字架上のキリストの受難を共にするという神の贈り物が、私たち二人に与えられました。私の祈りと、シスターたちの、そして貧しい人々の祈りが、あなたと共にあるのです。私たちへの神の大いなる愛に感謝しましょう》

私の「負債」感は、この一節を『愛より気高く』という大著の、その最後の一節としたラピエールの思いに、真正面から応えられないというところからくるものでもあったのだ。

（94・7）

新訳の効能

去年の秋、新潮文庫「ヘミングウェイ全短編」の第一巻として、高見浩による『われらの時代』と『男だけの世界』の新訳が出た。

それを読んで、なるほど、そういうことだったのか、と深く納得する点がいくつもあった。とりわけ、そうした新たな発見は『われらの時代』に多かった。

正直に言えば、私はこれまで『われらの時代』がよく理解できていなかったのだ。何度か読みながら、この短編集がどうして「二十世紀アメリカ文学の黎明を告げた」と言われるほどの傑作なのかわからなかった。

その原因は二つあったと思う。

まず第一に、各短編の間に挟み込まれた断章の存在である。これがどういう意味を持つものかがわからなかった。

これまでは、原文がイタリックで記されているということもあったのだろう、カタカナで表記される慣行になっていた。カタカナの文章に馴染んでいない私などには、正確な意味を把《と》えるのにさえ苦労する始末で、つい飛ばして読みたくなって困ったものだった。私が持っている三笠書房版の第何次かの全集では、断章も平仮名で印刷されるようになったが、各断章が短編の序というようなかたちで編集されているため、短編を読みながら前に掲げられた断章との関係を意識のどこかで探ってしまい、しかも、それがほとんど無関係なために苛立つ、ということにもなっていた。断章は、少なくとも私にとって、『われらの時代』を読む上での障害でしかなかった。

第二には、『われらの時代』に収められた諸短編が、さほどの傑作だとは思えなかったということがある。そのことは、陰影の濃い作品を揃えた『男だけの世界』と比べれば明らかだ、と思っていた。

カーロス・ベーカーの評伝『アーネスト・ヘミングウェイ』（大橋健三郎・寺門泰彦監訳）によれば、『われらの時代』に対する書評は、「ニューヨーク・タイムス」をはじめとしておおむね好意的だったが、唯一の苦言はハーシェル・ブラッケルから呈されたという。

《これらの物語は普通受け入れられている意味では物語とは呼べないものだ、と彼は述べている。例外は「ぼくの親父」で、シャーウッド・アンダーソンも敵わないほど見事に作られた競馬場の物語だという》

これまでは、私もこのハーシェル・ブラッケルという人とほとんど同じ感じ方をしていたように思う。

ところが、今度の高見訳で読んでみると、『われらの時代』の短編がまったく異なる相貌を帯びて見えてき出したのだ。

まず、巻末の解説によって短編と断章との関係がよくわかってきたということがある。断章はそのすぐ後の短編と有機的に結び付いているというより、本のヴォリュームを稼ぐための苦肉の策として収められたものらしいのだ。それを頭に入れ、断章を短編とはまったく切り離して読んでいくと、モノトーンのアルバムの間にちりばめられた「深紅の文様」のような役割を果たしているることが理解できてくる。あるいは、これが俺、アーネスト・ヘミングウェイの世界だと刻するための「印」のようなものであることが理解できてくる。

さらにもうひとつ、こちらの方がはるかに重要なことだが、新しい訳により、短編のひとつひとつが微妙なところまで読み取れるようになってきたことで、『われらの時代』全体の構造が明確に把握できるようになってきたということが挙げられるだろう。

十六の短編に描かれた世界は、ほぼ三つに集約できる。ひとつは、少年が故郷で体験したことであり、ひとつは、戦争から帰った青年が故郷で経験することであり、もうひとつは、異国に在る若い夫婦が抱え込んでしまった危機的な状況、についてである。つまり、それは、ヘミングウェイという若者の辿った人生の軌跡と重なり合う。考えてみれば、このときヘミングウェイは、まだ二十五、六歳にすぎない。そんなに多くの世界を描き分けられるはずがなかったのだ。彼は、この三つの世界から、短編として成立しそうなものを取り出し加工した。

もちろん、これらの短編はヘミングウェイという大きな物語を構成する「部分」として存在しているわけではない。そうも読めるが、単独の作品として際立っている。いや、正確に言えば、際立っているものもある。この高見訳で明らかになったのは、どの作品の出来がよく、どれがさほどでもないかが、よりはっきりとわかるようになったことかもしれない。

たとえば、「雨のなかの猫」である。

私にはこれがどのような作品なのかよくわかっていなかった。異国を旅する夫婦に忍び寄る倦怠感を描いたものらしいことは何となく理解できる。しかし、これが、『短編小説礼讃』の中で阿部昭が《チェーホフが言った「生きたイメージ」ないしは「シンボル」として使って、これほど人間の心の動きを鮮やかにとらえた作品はない》と絶賛するほどのものとは思えなかった。言われてみればそうかもしれないというくらいで、自分ひとりでその作品を味読することはできなかった。

　異国のホテルにいる若い夫婦。雨に閉じ込められ、退屈している妻。窓の外には雨に濡れている子猫がいる。それを拾いにいこうとする妻とフロントの老支配人との間で交わされる親愛感に満ちた言葉のいくつか。しかし、外に出てみると猫はいない。失望して部屋に戻ってくると、夫は依然として本を読んでいる。妻はその夫に髪を伸ばそうかと話しかける。そして、自分は撫でると喉をゴロゴロ鳴らすような子猫がほしいし、後ろでまとめて髷《まげ》にできるほど長い髪にしたい、と夫に言う。彼女の欲求は具体的なのだ。それは彼女の「焦《じ》れ」を表現するものでもある。だが、夫はその妻の「焦れ」に気がつかない。というより、気がつかないふりをしている。そこに、メイドが猫を持ってくる。支配人が奥様に差し上げるように、と。だが、その猫は、あの雨の中の子猫とは似ても似つかない大きな猫なのだった……。

　以前はなんとなくぎくしゃくしたものに感じられたこの「雨のなかの猫」が、高見訳ではすっきりと頭の中に入ってきた。それは、主人公の夫婦がその若さにふさわしい言葉遣いをし、支配人やメイドはその役割にふさわしい振る舞いをし、なんの違和感も感じさせないまま、最後の見事なアンチ・クライマックスまで導いてくれるからだ。そしてそれには、たとえば原文の「ホテル・キーパー」を「経営者」や「主人」ではなく、あえて「支配人」とした高見浩のひそかな決断のようなものが、大きく与《あず》かっていたことと思う。

もっとも、ここに至っても、『われらの時代』がなぜ「二十世紀アメリカ文学の黎明を告げた」と言われるほどの傑作なのかという本当のところはわからない。ヘミングウェイの文学にとって最も重要なものであるはずの文体について、原文をもとに文学史的に検討する能力が私にはないからだ。しかし、私にとって『われらの時代』が曖昧な作品集でなくなったことだけは確かである。曖昧なまま意味もなく畏《おそ》れる必要がなくなった。それは間違いなく、新薬ならぬ、新訳の効能、とでもいうべきものであったろう。

（96・4）

平熱の人

私はそう頻繁に群さんと会っているわけではない。いや、頻繁どころか、片手の指で折れるくらいの回数しか会っていない。だから、群ようこという女性の人柄について語ることはほとんどできない。しかし、その数少ないうちの一回が対談の席だったということで、もしかしたらこれが群ようこという人物の特性を微妙なかたちで物語るものかもしれないな、と思える瞬間に遭遇することがあった。

それは対談の途中で、昔のテレビ番組について話し合っているときのことだった。かつてＴＢＳに『兼高《かねたか》かおる世界の旅』という紀行物のハシリのような番組があり、群さんも私と同じように熱心に見ていたということがわかった。一時は、群さんも、兼高かおるのような人になることに憧れていたが、やはり自分には向いていないということがわかってやめたのだという。その理由を説明しようとして、群さんはこう切り出したのだ。

「私、鮮烈に憶えているのが、フィリピンだったのかしら。孵化途中の、孵化寸前の卵の、だからヒヨコになりかけを食べるっていう……」

そこまで群さんが言いかけたとき、思わず私は話をさえぎってしまった。さまざまな因縁から私が編集することになった亡き近藤紘一《こういち》の最後の著作の中に、それと同じようなことが書かれているエッセイがあることを思い出してしまったのだ。そこには孵化寸前の卵はベトナム人の大好物だと書かれていた。そこで、私はつい次のように口を挟んでしまった。

「うん、もしかしたら、それ、ベトナムかな」

しかし、よく考えてみれば、ベトナム人の大好物だからといってフィリピン人が食べないということはないはずなのだ。

私も、「うん、もしかしたら……」と言いかけた瞬間、いかにも自分の知識をひけらかすようでいやだなと思ったが、走り出してしまった言葉の列車に急ブレーキをかけるわけにもいかず、そのまま「それ、ベトナムかな」という後続の言葉が口を衝いて出ていってしまったのだ。

もちろん、ものには言い方というのがある。「そういう卵を食べるのはベトナムじゃないの」というような横柄な言い方もできたろうし、「フィリピンにもそういう食べ方があるんだ。僕はベトナムだけのものだと思っていたけど」という配慮の行き届いた言い方もあったろう。しかし、とにかく、私が口にしたのは「うん、もしかしたら、それ、ベトナムかな」というものだった。それは年長の対談者の対応としては、やはり合格点を大きく下回るものだったと思う。

その私のよけいな口出しに対して、群さんがどのように反応するかについてはさまざまなことが考えられる。「いえ、たしかフィリピンだったと思うな」でもよかったろうし、そう言い切る自信がなければ「どこだか正確じゃないんですけど、とにかく兼高さんは……」と展開していってもよかったはずだった。

ところが、群さんはこう言ったのだ。

「ベトナムかな」

私はそのリアクションを聞いて、いいな、と思った。すごい、とか、やるな、とかいうのではなく、群ようこはいいな、と思ってしまったのだ。そのとき私が受けた感じは、群さんの言葉を実際の対談の流れの中に置いてみた方がはっきりするかもしれない。

群　私、鮮烈に憶えているのが、フィリピンだったのかしら。孵化途中の、孵化寸前の卵の、だからヒヨコになりかけを食べるっていう……。
沢木　うん、もしかしたら、それ、ベトナムかな。
群　ベトナムかな。それを兼高さんが食べるというのがあって、見たら、もう形になっているんですよね。

群さんの「ベトナムかな」というリアクションの柔らかさがわかってもらえるだろうか。そこにはスピンのかかったテニスボールをスライスで軽く打ち返しているような趣がある。群さんはその驚くほど柔らかなリアクションによって、聞きようによっては厭味に受け取られかねない私の言葉を見事に救ってくれていたのだ。

書き手としての群ようこはかなり捉えどころのない作家かもしれない。自らをことさら高めて語ることもなく、かといって必要以上に低く位置を取って語ることもしない。誇張もあり、虚構もあるが、声高なところはない。文章にあたたかな血は流れているが、体温は常に平熱に近い。それだけでも希有な特性であることは間違いないが、「ある」ことより「ない」ことによって示されるものを定義するのは極めてむずかしいことなのだ。

しかし、群ようこの、いわば「平熱の文章」とでもいうべきものを支えるのが、自らの「私は人見知り」という言葉とは裏腹の、他人に対するこの「柔らかさ」であることは確かなような気がする。

（99・12）

半歩遅れの読書術

「あとがき」と「まえがき」と

短い「後書き」

その本を読むか読まないかの差はほんの小さな偶然であることが少なくない。何がその小さな偶然となるのか。それこそが本と人との不思議な巡り合わせということになるのだろう。

韓国映画の『シュリ』が日本でも公開されて評判になったとき、ある日本の有能な若手監督が、あのていどで「凄い」などと騒がれるのは納得できないと言っていた。私もほとんど同意見で、あまりの荒唐無稽さに、これを面白いと囃《はや》し立《た》てるのは、「韓国の映画にしては」という差別的な価値基準があるからではないか、と邪推したくなったほどだった。

それもあって、続いて韓国から『ＪＳＡ』という映画が来たときも、たぶん似たようなものなのだろうと即断し、見に行かなかった。だから、当然のごとく、同時に翻訳された原作も読むことはなかった。

ところが、書店でたまたま手にしたその翻訳本（金重明《キムチュンミョン》訳）の、作者の短い後書きを読んで「おっ」と思った。その中で、二十代の作家である朴商延《パクサンヨン》は、自分にとって重要なのは南北の統一ではなく、分断という現実であると述べ、ひとつの挿話を語っていたのだ。

もし自分たちの幼い頃に、「いちばんの願いは」というようなアンケートを取られたとしたら、圧倒的な一位となったのは祖国の「統一」だったろう。それは強制されていたからではなく、当時の子供がほとんど反射的に口にしていたことだった。そして、いま、そのことに深い恐怖を感じる、と朴は言うのだ。

彼は、そうしたいつの間にか身についてしまった条件反射的なるものへの恐怖をバネに、JSA、すなわち板門店の共同警備区域を舞台にした不可思議な殺人事件の物語を織り上げた。

だが、これはサスペンスでもスパイ小説でもない。それを期待して読んでいくと、ある種の物足りなさを感じるかもしれない。しかし、この『JSA』が、それとは別の文学的広がりを感じさせるのは、主人公の事件解決への歩みが、永く理解不能だった父親を理解するための歩みと重なっていく、という重層的な構造を持っているからである。若い朴商延は、エンターテインメントの中に、コリアンの悲劇的宿命を描き込もうという野心を抱いた。

私にとって、この『JSA』という小説の「小さな偶然」となったのは、作者のその野心の存在を暗示する短い「後書き」だった。

鋭い「あとがき」

以前はかなりの親近感を抱いていたボブ・グリーンの著作も、最近はほとんど手にすることがなくなり、この『DUTY』（山本光伸訳）が久しぶりに読んだ彼の作品だった。

『DUTY』は、第二次大戦で広島に原爆を落とした「エノラ・ゲイ」のパイロット、ポール・ティベッツに対するインタヴュー記、もしくは交際記とでもいうべきものである。

そこにおける主要なテーマは、原爆投下という行為が何だったのかを問い直すことだが、その奥に、ポール・ティベッツを通して自身の亡き父を理解しようというもうひとつのテーマがあった。

なぜボブ・グリーンはポール・ティベッツが父を理解する手掛かりになりうると考えたのか。それは、同じ州の同じ町に住む同時代人であったからであり、共に第二次大戦に出征した軍人であったからだ。

この『DUTY』において、父を理解しようというボブ・グリーンの試みが成功しているかどうかは疑問だが、少なくともポール・ティベッツは、いかにも軍人らしいストイシズムと剛直な信念を持った極めて魅力的な人物として描き出されている。

だが、この本で、私に最も強く印象に残ったのは、訳者の山本光伸の、いわゆる「訳者あとがき」の中の次のような挿話だった。

訳者の父は元日本海軍の中佐だったらしい。あるとき、留学中の若い訳者がアメリカ人の前でスピーチするので真珠湾攻撃について教えてほしいと頼むと、長い手紙を送ってきてくれたのだという。そして、その中にこうあったというのだ。アメリカの軍人として、日本の真珠湾の攻撃を予測できなかったとしたら、軍人の名に値しない、と。それを話したところ、聴衆のアメリカ人の間にざわめきが生まれたという。

これは、私にとっても、思いもかけない角度からの言葉だった。宣戦布告の通告の有無や時刻などは「政治」の問題だ。同じ戦う者として、日本の「奇襲」を「予測」し、「準備」していなかったとしたら、それだけでそちらの「負け」ではないか？

この指摘は鋭い。私は、ポール・ティベッツやボブ・グリーンの父以上に、この訳者の父に対して強い関心が生まれるのを覚えた。

時に読書にはそういうことが起こりうるのだが、私には、この挿話ひとつで、『ＤＵＴＹ』という三百五十頁の本を読んだ意味があると思わせてくれることになった。

最強の「あとがき」

先日、地下鉄に乗っていたら、前の席に座った五十前後と思われるサラリーマン風の男性が、おもむろにバッグから本を取り出して読みはじめた。その年代の男性が地下鉄で本を読むこと自体は少しも珍しいことではない。だが、その本がＪ・Ｋ・ローリングの『ハリー・ポッターと賢者の石』（松岡佑子訳）だったことが、さすがにこの年代の男性にも読まれるようにならなければ、あれほどのベストセラーにはならないのか、と感心させられたのだ。

「ハリー・ポッター」は面白いか。そう問われれば、面白い、と答えるのに躊躇はしない。ファンタジーの中に、学園物、友情物、探偵物、ホラー、貴種流離譚《きしゅりゅうりたん》、それに一種の「継子《ままこ》いじめ」の要素まで組み込まれて展開していく。

ここまで来れば、どこまでもベストセラーとしての増殖は続いていくだろうが、その最初期の頃に、日本での売上を伸ばす大きな要因のひとつとなったものに、翻訳者であると同時に発行者でもある松岡佑子の「あとがき」があったのではないかという気がする。

夫を亡くして出版社を受け継いだ松岡佑子が、たまたま訪れたイギリスで、知人に教えられて「ハリー・ポッター」に遭遇する。感動した彼女は著者の代理人に必死のアプローチを掛ける。こんなに夢中になった本はない。翻訳したい。この感動を多くの日本の読者に伝えたい……。その結果、代理人から「著者と話した。私たちはあなたに決めた」というEメールを受け取り、《「超」小出版社が世界的な「超」人気の本を出版すること》になるのだ。

この「ハリー・ポッター」日本版を出すまでの経緯そのものが、作者であるローリングの「ブリティッシュ・ドリーム」に勝るとも劣らない、御伽噺《おとぎばなし》のような成功譚となっている。実際、私も、この経緯を知って「ハリー・ポッター」を読んでみようと思ったという読者を何人か知っている。

つまり、この松岡佑子の巻末の短文は、ここ数年の書籍の世界において、売上を伸ばすのに役立った「最強のあとがき」ということになる。

しかし、この「ハリー・ポッター」が、膨大な読者の何人にとって、「ああ、それは私も読んだことがある」という以上の本になって心の奥に残るものかはわからない。確かに面白い。だが、私には、それ以上の「魔」的な力のある作品には思えないのだ。

見事な「前書き」

映画にはエンドロールというものがあって、その作品に出ていた俳優やスタッフの名前がえんえんと流される。人によっては、そんなものを見ていても仕方がないと、さっさと席を立ったりもする。しかし、映画好きの人には、そこに出ている小さな名前のひとつからさえ、大きな楽しみを見つけだすことができるものなのだ。

ことは映画に限らない。例えば、書物が好きな人なら、いわゆる「腰巻き」の惹句《じゃっく》ひとつで、あるいは誰が装丁したかを示すカバー裏のクレジット一行で、いくつもの楽しみを引き出すことができるだろう。ましてや、後書きということにでもなれば、それを読んだだけで無数の想念が湧いてくるに違いない。

だが、このカート・ヴォネガットの短編集『バゴンボの嗅ぎタバコ入れ』（浅倉久志・伊藤典夫訳）の場合は、「はじめに」という前書きである。この十数頁の前書きは、そこに収録されているどの作品より、私に興味深いものだった。

すでに「最後の作品」たる『タイムクエイク』を書いてしまったヴォネガットにとって、当然、この短編集が新作集となることはなく、埋もれていた初期の作品を収集し、編集したものということになる。

そうした事情もあったのだろう、ヴォネガットはこの前書きの中で創作の「要諦《ようてい》」について語っている。

それは全部で八項目にわたっているが、驚くほど簡潔に、しかも具体的に語られている。

《たとえコップ一杯の水でもいいから、どのキャラクターにもなにかをほしがらせること》

《どのセンテンスにもふたつの役目のどちらかをさせること――登場人物を説明するか、アクションを前に進めるか》

もし、新たに読物としての小説を書こうと志している人がいたとしたら、この「ヴォネガットの八項目」を肝に銘じてさえいればいいのではないか、と思わせるほどのものだ。それは、スティーヴン・キングが、『小説作法』において一冊費やしてやろうとしたことを、わずか一頁で軽々とやってのけている、ということでもある。

《赤の他人に時間を使わせた上で、その時間はむだでなかったと思わせること》

この心構えが「読物としての小説」を書く際に限ったものでないのは無論のことだ。

（02・2）

秘蔵の書

私には「秘蔵の書」というようなものはない。本だけでなく、物に対する執着がほとんどないのだ。そうした欲望が欠如していると言ってもいいかもしれない。洋服や靴といった日用品に類する物から、手帳やペンといった商売道具に至るまで、ほとんど用が足りさえすればいいと思っている。だから、趣味的に物を買ったり、保存しておいたりするという収集癖がまったくない。つまり、「秘蔵する」という感覚は私にもっとも遠いものと言わざるをえないのだ。

とりわけ本に関しても、十数年前、知人がブラジルに作るという私設図書館のために、まっとうなものはほとんど寄贈してしまった。その中には、稀覯《きこう》本に属するようなものもなくはなかったろうし、また父が初めて私のために買ってくれたというようなものも含まれていたが、別に惜しいとは思わなかった。時に、資料としてあの本があればと思うことはあるが、それも一年に一度あるかどうかという程度のことでしかない。

私には「秘蔵の書」というようなものはない。しかし、思い出の深い本というのはある。たとえば、二十代の頃、ノンフィクションの方法論についてあれこれと考えつづけているとき、サンフランシスコの古本屋で見つけたゲイ・タリーズの『ジ・オーヴァーリーチャーズ』は、二十年あまりも私の本棚のもっとも目立つ場所に置かれつづけていた。あるいは、檀一雄の句集である

『モガリ笛』は、いまもなお机からすぐ手が伸ばせるところに置かれている。それは、私が『檀』という作品を書いた直後に、夫人の檀ヨソ子さんからいただいたものだ。私がこの本だけは手に入れられなかったと言うのを覚えていてくださってのことだった。

しかし、私にとってもっとも思い出の深い本ということになれば、それはリチャード・ウィーランの『ロバート・キャパ』をおいて他にはないかもしれない。これまでの人生で、この本以上に真剣に読んだものはないからだ。それもこれも、英語については高校生並みの語学力しかない私が、酔狂にも翻訳を引き受けてしまった結果だった。

おかげで、本文を表紙から剝ぎ取り、それをさらに一章ずつ、いやほとんど一頁ずつ切り取っては、電車の中や喫茶店での待ち合わせの時間を使って「眺める」という日々が続いた。言葉の意味は辞書でわかっても、前後の文脈を見極めた上でないとわからないということが多かったからだ。一種の判じ物のように、どうしてもわからない一行を何日も何日も頭の中で転がしていたこともある。とにかく、すべてが終わったときは優に二年が過ぎており、原書は原形をとどめないほどバラバラになっていた。

もしかしたら、私は本というものに対して極めて「非礼」なことをしたのかもしれない。しかし、一方で、可能なかぎりの「礼」を尽くしたと言えなくもないような気がする。

私には本を「秘蔵」する趣味はないが、この『ロバート・キャパ』だけは一生手元に置いておくことになるかもしれないと思う。だが、もちろん、何かの拍子になくなったとしても嘆いたりはしないだろうとも思う。

（04・3）

「私」の物語

発端はポール・オースターの『ナショナル・ストーリー・プロジェクト』（柴田元幸他訳）だった。

一年ほど前に、ある新聞から「ここ半年から一年くらいのあいだに読んだ本で、心に残ったものがあったら、それについてエッセイを書いてくれないか」という依頼があった。

そこで、私はこんなふうに書くことにした。

――残念なことに、最近、本を読んでも心を動かされることがあまりなくなってきた。それはノンフィクションだけでなく、小説でも変わらない。読み終わって、心の中でこんなことを呟いている自分に気がつく。

「なるほど。それで？」

そのような私にとって、この一年の間に読んだ本の中で、最も強く迫ってきたのは『ナショナル・ストーリー・プロジェクト』である。

これは、アメリカの作家ポール・オースターが、ラジオから聴取者に向かって事実に基づいた物語を書いてくれるよう呼びかけ、それに応じた「普通の人々」が、自分の本当に語りたいことを一編の物語として書き送ってきたものだ。

そこには、家族や友人たちの思い出、さまざまな物や行事にまつわる記憶、日常や旅における体験などが描かれているが、読んでいて驚くのは、どの一編も優れた短編小説のように鮮やかで、しかも心動かされる深度を持っていることだ。

たとえばクリスマス。

あまり豊かではない一家が、長距離バスの停留所で雨に打たれている貧しそうな一家を見かけ、車に乗せてやる。さらに車を運転していた父親は、乗せた家族の子供たちに自分の子供たちへの贈り物をプレゼントしてしまう。貧しそうな一家の父親に「わたしも前に一文無しになったことがあるんだ」と言いながら。そして、贈り物を奪われた側の女の子が、大きくなって書いたその一編には、次のような文章がある。

《わたしたち姉妹が、人を喜ばせることの素晴らしさを知った、はじめてのクリスマスでした》

「普通の人々」がこのような物語を持ち、語り得るというアメリカの作家は大変だと思う。と同時に、「普通の人々」がこのような物語を持ち、語り得るからこそ、アメリカの作家が存在できるのかもしれないとも思う……。


ここまで書いたとき、この物語をあの番組で読んだらどうだろうと思いついた。あの番組とは、私が毎年クリスマス・イヴにJ‐WAVEで担当している『ミッドナイト・エクスプレス――天涯へ』というラジオの番組だ。そこでは、私が三時間にわたって、その一年に経験したことや考えたことを話したり、聴取者からメールやファクスで届いた手紙を読んだり、彼らと直接電話で話したりすることになっている。その番組の中で、この『ナショナル・ストーリー・プロジェクト』の一編を読んだらいいのではないか。

そして、実際、スタジオに本を持ち込み、読むことになったのだが、それはさらに予想もしていなかった「オマケ」を生むことになった。この番組の聴取者の手紙はいつも面白い。その描写力といい、ユーモア感覚といい、極めて水準が高いように思われる。彼らも、アメリカの「普通の人々」と同じか、それ以上の力があるのではないか。そう思った私は、番組の最後でこう呼びかけることにした。もし、あなたに、この『ナショナル・ストーリー・プロジェクト』のような、人に話して聞かせたい「私の物語」があるのなら書いて送ってくれないか。もし、何編か届いたら、そのうちの一、二編を来年の番組で読ませてもらうから。

当初は、二、三十編も集まればいいと思っていたのだが、一カ月だけという短い募集期間にもかかわらず百通近い数の手紙が届くことになった。

それは嬉しい誤算だったが、困惑するような誤算もあった。届いた手紙に入っていた「私の物語」は、一編がどれも極端に長かったのだ。短いものもあったが、多くは四百字詰めの原稿用紙にすると軽く十枚は超え、三十枚、四十枚に達するようなものも少なくなかった。とうてい、五分や六分では読み上げることは不可能というものが大半だった。

それもこれも私が「物語」の長さをあらかじめ決めておかなかったためだった。放送で読むということを前提にしているのだから、おのずと長さは決まってくるだろうと考えていた私の手抜かりだった。長さを規定してしまうと、それに縛られて書きにくくなるのではないかという配慮が仇《あだ》となったと言えなくもなかった。

もうひとつの誤算は内容に関わるものだった。私がイメージしていた「私の物語」とは、「私が見聞したり経験したりした話を他者に面白く伝える」というものだった。しかし、届いたものの多くが、私に宛てた私信のようなものだったり、彼ら自身の内面の告白だったりした。

アメリカにおいては、小さいころから自分の話をいかに面白く伝えるかという技術が鍛えられているという側面がある。その延長上にオースターの『ナショナル・ストーリー・プロジェクト』が存在するのだが、『ミッドナイト・エクスプレス——天涯へ』の聴取者のように、私が極めて水準が高いと思っているような人たちでも、まだ自分と「物語」との距離の取り方が充分にはわかっていないらしい。それがもうひとつの誤算だった。

もちろん、いくつかは私のイメージした「私の物語」に近いものもあった。しかし、残念なことにそのすべてを放送で読み上げることはできない。中には、読みたいけれど長すぎてとうてい予定している時間内に収めるのは不可能というものもある。迷った末、そうした何編かを雑誌「Ｃｏｙｏｔｅ」で掲載してもらうことにした。

言うまでもなく、この採否は内容の優劣によるものではない。それが私のイメージした「私の物語」にどれだけ近いかということであり、さらには文章の長さが掲載に適しているかどうかということが重要な判断基準だった。

届いた「私の物語」をすべて読み、心動かされることが少なくなかった。私のイメージする「私の物語」とは少し離れていても、どれも語りたい、聞いてほしいと思っていることがわかる本当の「彼らの物語」だったからだ。

（06・11）

アリへの視線

ジェラルド・アーリー編『カリスマ』
鈴木孝男訳

1

カシアス・クレイ、のちにモハメッド・アリと名乗ることになるケンタッキー生まれのボクサーは、ボクシングという世界が、その全歴史を通じてひとり持てるかどうかという傑出した存在だった。いや、それは単にボクシング界に限定されたものではなく、スポーツの世界全体に拡大してもなお、彼以上の存在をみつけることは極めてむずかしいと言えるかもしれない。

もし強さだけがその理由ならこれほど大きな存在にはならなかっただろう。歴代のヘヴィー級チャンピオンの中で、彼より強いと考えられているボクサーは、他にも何人かいるからだ。全盛期のジョー・ルイスやロッキー・マルシアノには及ばない、と明言するスポーツ・ジャーナリストも少なくない。しかし、アリが彼自身を希有の存在とさせることに成功したのは、彼の人生の中に人々を吸引して止まない劇的ないくつもの物語が含まれていたからだ。

ひとりの黒人少年が王位継承権を主張する王子になるという物語。その王子が実際に王になるという物語。王が奸計《かんけい》により王位を簒奪《さんだつ》されるという物語。野に下った王が艱難辛苦《かんなんしんく》の果てにふたたび王位を奪還するという物語。やがてその王位を決定的に失った王が落魄《らくはく》していくという物語。しかも、その物語には、それにふさわしい相手役が常に配されていた。ソニー・リストン、ジョー・フレイジャー、ジョージ・フォアマン、ラリー・ホームズ……。

もちろん、それだけではない。彼には、リング上の戦いばかりでなく、人間としての存在の仕方といったものに、多くの人の心を奪うなにかがあったのだ。

その最も原初的なシーンを、ジョージ・プリンプトンがこの本に収められた「マイアミ・ノートブック」で書き留めている。

ソニー・リストンを破ってチャンピオンの座についたアリが、記者会見を終えて宿舎に帰ってくる。すると、近所の子供たちが取り囲み、アリとの「カトリックの連禱」のような掛け合いが始まる。

《「王のなかの王は誰だ？」

「カシアス・クレイ！」

「世界を奮い立たせたのは誰だ？」

「カシアス・クレイ！」

「誰が見苦しい態なんだ？」

「ソニー・リストン！」

「誰がいちばん美しいんだ？」

「カシアス・クレイ！」

いかにも快活そうな少女がいて、彼女だけは「カシアス・クレイ！」と叫ぶ代わりに、ときどき「私よ！」と言い、そのたびに自分を指さした。ときには「レイ・チャールズ！」と叫んだ。くすくす笑いがまわりに広がり、他の子供たちも少女にならって、「レイ・チャールズ！」と叫び始めた。クレイは大口を開けて笑い、脱線した掛け合いを片手を上げて制し、元に戻さなければならなかった。彼も子供たちも、この掛け合いを飽きもせずに繰り返し、そのまま一時間もぶっとおしで続けた》

2

カシアス・クレイはケンタッキー州のルイヴィルで生まれ育った。十代の初期にボクシングを始め、十七歳のときにはアメリカの少年のひとつの夢であるゴールデン・グラヴ大会に出場し、やはりライト・ヘヴィー級で優勝する。その翌年は十八歳でオリンピックのローマ大会に出場し、やはりライト・ヘヴィー級で優勝、金メダルを獲得した。帰国後、プロに転向すると、今度はヘヴィー級のボクサーとしてデビューした。

このクレイの経歴には、比較的早熟な才能を持った者が、その才能を順調に伸ばしていったという以上のものはうかがえない。しかし、その十八年間に、少年カシアスが発した言葉を収集し、眺めてみると、やはり非凡な、あえていえば奇怪な少年の像が浮かび上がってくる。

クレイは、ボクシングを始めた当初から、チャンピオンになると公言してはばからなかった。いつもジムで言っていたという。

「ジムでいちばん強いのは俺で、俺は必ずチャンピオンになる」

クレイはまた、アマチュアの全米チャンピオンになったとき、リングの上からこう叫んだ。

「俺は世界でいちばん美しいライト・ヘヴィーだ」

さらにクレイは、ローマ大会に出場した際、観戦に来ていた当時の世界ヘヴィー級チャンピオン、フロイド・パターソンに向かって大声で喚いたという。

「俺はいつかあんたをやっつけるぞ」

これらの言葉から誇大妄想の癖を持つ少年の像を見いだすことはさして困難ではない。事実、大方の人は、それを「クレイの法螺《ほら》」と見なしていた。

いつの頃からか、「ビッグ・マウス」というあだ名がクレイの代名詞となった。「ビッグ・マウス」、つまり「大口叩き」というわけだ。しかし、クレイの大口が単なる法螺でなかったことは、そのすべてを現実化することで証明することになった。

クレイはただ自分自身を信じていただけなのだ。

自分を信じること、それは性格や性向といったものより、まず才能の問題である。クレイには自分を信じる能力が過剰なほどあった。それが常に「大口叩き」という形で発現されるのは、他人の視線を自分に集めたいからであり、またそうすることで自分をその目的に向かって追い込むことができる、と本能的に知っていたからだ。


一九六〇年、プロに転向したアリは、ルイヴィルの実業家グループの後援を受けて、フロリダのアンジェロ・ダンディーのもとへ赴き、トレーニングのコーチをしてもらうことになる。

アンジェロ・ダンディーは、多くのチャンピオン・ボクサーを育てたアメリカ屈指のトレーナーだった。その経験豊かなダンディーにとっても、クレイという若者は不思議な存在だった。のちにダンディーは、クレイが他の若いボクサーと違っていたのは、自分が何になるべきか、そのためには何をするべきかをよく知っていたことだった、と語ることになる。しかも、決定的に違っていたのは、その「すべきこと」をクレイが大好きでたまらなかったということである、と。実際、クレイはマイアミのダンディーのジムに着くと、ジムにいるすべてのボクサーとスパーリングをしたがり、すぐに試合をしたがった。

一九六〇年十月にタニー・ハンセイカーを破ってデビュー戦を飾って以降、六四年二月にソニー・リストンの持つ世界タイトルへ挑戦するまで、クレイは誰にも負けなかった。戦績は十九戦十九勝無敗十五KOというものだった。しかし、この時点でクレイがチャンピオン以上に注目を集めていたのは、その強さではなく、やはり「ビッグ・マウス」によるものだった。彼はいつでも試合前に相手を何ラウンド目にノックアウトするかを予言した。「アレックス・ミテフは六回」とクレイが予言すると、確かにミテフは第六ラウンドから先は戦えない状態になった。ウィリー・ベスマノフは七回、ソニー・バンクスは四回、アーチー・ムーアは四回……。クレイの予言はほとんど当たりつづけた。稀にはずれると、客はそのことに興奮した。クレイは記者たちとのインタヴューにおいても、テレビへの出演に際しても、常に尊大に見える振る舞いをした。俺は世界で最も強い、俺は世界で最も美しい、俺ならあのクズ野郎を一回で倒してみせる、と言い続けて飽かなかった。人々は、その傲慢な態度のクレイの試合を見ることを望んだ。クレイの予言が実現されるのを見たかったわけではなく、その予言が打ち砕かれ、逆にキャンバスに這いつくばわされる姿を期待して、試合場に足を運んだのだ。

しかし、彼らの望みはいつもかなえられず、だからますます人々はクレイの試合を見たがった。大口を叩くこと、それは人々から目の敵にされることだった。負ければ、待ってましたとばかりに袋だたきにされるだろう。クレイにその恐怖がなかったわけではない。だが、その恐怖さえもが自分を前に進めてくれる動力になっていることを、クレイは察知していた。

クレイの大口は少年時代からのものだったが、あるとき、ひとりの風変わりなレスラーを見知って以来、それは意識的な戦略となった。

デビューして半年後、クレイはラスヴェガスに試合に来ていたゴージャス・ジョージというレスラーが、自分と同じように大口を叩いては人々の顰蹙《ひんしゅく》を買っているのを知る。テレビの番組に強引に割り込み、相手のレスラーをののしり、モップにして床掃除をしてやると叫び、負けたらこの美しい自分の金髪をばっさり切ってやる、と約束したのだ。

試合当日、クレイも興味を覚えて足を運ぶと、会場はゴージャス・ジョージを見にきた客で超満員にふくれあがっていた。試合が始まると、客はジョージをやじり、ビールの紙コップを投げたりする。そして、最後にはジョージが勝つのを見て、半分がっかりしながら同時に奇妙な満足感を覚えて家路につく。この様子を見て、クレイは人を集める方法を会得する。つまり、自分がいままでやってきたことを、さらに意識的にやればいいと気がついたのだ。たとえどんなに嫌われようと、そうすることが自分の商品価値を高め、結局チャンピオンに挑戦する過程を早めることになると知ったのだ。

二十歳のクレイは、アーチー・ムーアを四回でノックアウトして以降、わずか半年の間にチャーリー・パウエル、ダグ・ジョーンズ、ヘンリー・クーパーを撃破し、ついに王位継承権のある王子として名乗りを上げることになる。

それまでには、チャンピオンであるソニー・リストンは、クレイを挑戦者として選ばざるを得なくなっていた。彼以上に注目を集め、だからリストンにも破格のファイト・マネーをもたらしてくれる挑戦者は、他にいなかったからである。

リストン対クレイのタイトル・マッチが正式に発表されると、多くの人が今度こそキャンバスに這いつくばるクレイの姿が見られると喜んだ。しかし、リストンとクレイではあまりにも力の差がありすぎると考えるボクシング関係者の中には、コミッショナーは人道的な見地からしてその試合を許可すべきではない、と真面目に述べる者もいた。クレイはリストンになぶり殺しにされてしまうだろうから、というのだ。

リストンは前チャンピオンのフロイド・パターソンを第一ラウンドの二分六秒で片付け、さらにそのリターン・マッチでも同じく第一ラウンドの二分十秒で屠《ほふ》ってしまったことで、「恐怖の男」と呼ばれるようになっていた。しかも、人を凍りつかせるようなその視線と、暗黒街の住人と親しく付き合っているという噂とがあいまって、リストンの「恐ろしさ」は伝説的なものになりつつあった。そのリストンがルイヴィルのただの大口叩きの若造に負けるはずはない、と思えた。

一方クレイは、ことあるごとにリストンを「うすのろの熊」と呼んで挑発し、試合の当日まで狂ったような空騒ぎを続けた。自分の仕立てたバスの腹に「リストンは八回」と書きつけ、深夜、リストンの家の前でクラクションを鳴らして大声で喚いたり、記者たちの前で「あのうすのろの熊に必要なのは倒れ方を学ぶことだ」と言ったりした。

試合当日の朝、計量会場に姿を現したクレイは、セコンドのバンディーニ・ブラウンと一緒に、「蝶のように舞い、蜂のように刺す」と声を合わせて叫んだ。そして、リストンが入場してくると、いまにも飛びかかっていきそうな様子で、「やるならこい！　やるならこい！」と喚き立てた。

この様子を見て、人々はクレイが恐怖におののいていると判断した。事実、クレイの脈拍は平常時の五十四から一挙に二倍を超す百二十に上がっていた。

このときのクレイの状態を演技と見るか実際に恐慌をきたしていたかは意見の分かれるところだが、少なくとも完璧な演技だったとは言い切れない。演技をしているうちに一時的な狂気に陥ったというあたりがもっとも実相に近いところだろう。だが、その狂気も深いところで充分に制御されていたと思われる。計量会場を後にすると、二倍以上に上がっていた脈拍は一気に平常値に戻ったと言われているくらいなのだ。

確かにリストンはこの世のどんな男も怖くないと豪語している。しかし、それは正気の男ならということで、狂気の男が怖くないはずはない。なぜなら何をするかわからないからだ、というクレイの読みは誤っていなかった。この、クレイの制御された狂気に、リストンはすっかり呑まれてしまった。

試合はクレイの言葉どおりに展開された。ヘヴィー級のボクサーとは思えないフットワークで試合の主導権を握ったクレイは、べた足で追ってくるリストンを寄せつけず、逆に鋭いジャブを顔面に浴びせて翻弄した。しだいにリストンの顔は変形していき、血を流し、ついに第七ラウンド、リストンは戦意を喪失してコーナーに座ったまま、ゴングが鳴っても立ち上がろうとしなかった。

3

チャンピオンになったクレイは、リターン・マッチに臨んだソニー・リストンを、今度はわずか一ラウンドで倒した。以後、一戦ごとに強さを増し、彼の持つタイトルに挑戦してくるボクサーをことごとく打ち破っていった。

ところが、一九六七年、思わぬ敵に足をすくわれる。誰にも敗れることなく王座を剝奪されてしまったのだ。ボクサーとして最も充実しようという時期に、力ではなく法によって、王座ばかりかボクサーという職業まで奪われることになった。

それを引き起こす原因となったものに二つある。ひとつは、クレイがブラック・モスレムの一員になったことである。リストンとの試合の少し前に、エライジャ・モハメッドの率いる黒人回教徒の宗教団体「回教の民」に入信していたクレイは、試合直後にその事実を公表した。

モスレムの信仰は、クレイの黒人としての自覚を深めるのに大きな役割を果たした。モスレムの伝道師はクレイに語った。黒人は美しいのだ、黒人は誇りを持つべきなのだ、黒人は白人の奴隷ではなくアフリカやアジアに根を持つ独立した存在なのだ、黒人はニグロではなく「ブラック・マン」なのだ、黒人であっても何者かになれる、そしてその黒人たちの宗教はキリスト教ではなくイスラム教なのだ……。

ゴージャス・ジョージがクレイの「見られる者」としての方法を意識化したように、イスラム教はクレイが本能的に取っていた「ブラック・マン」としての言動を意識化することになった。モスレムへの改宗は、同時に、そのアメリカでの指導者エライジャ・モハメッドへの帰依ということをも意味していた。クレイはモスレムへの改宗の直後にカシアスXと改名し、さらにはエライジャから名をもらい、モハメッド・アリと名乗るようになった。カシアス・クレイという名は白人の奴隷としてのニグロの名であり、「ブラック・マン」にはそれにふさわしい名があるという「回教の民」の教えに従ったのだ。カシアス・クレイはモハメッド・アリになった。

クレイが、いや、もはやアリと呼ぶべきだろうが、世界ヘヴィー級チャンピオンの座についた男が、アメリカで最も危険な集団のひとつとみなされていた「回教の民」の一員になったと公言することは、恐ろしいほどの困難を引き受けることだった。アリの両親は「息子はだまされているのだ」と嘆き、友人や知人は「早く手を引け」と忠告した。だが、アリは頑強にエライジャ・モハメッドへの絶対的な帰依の表明を取り消そうとしなかった。

アリは、ブラック・モスレムの世界観によって、初めて自分のいる位置が明瞭に見えてきたのだ。アリもかつては黒人に生まれてきたことを呪わしく思ったことがある。白人の女を連れてホテルに行くことが愉しみだったことがある。だが、そのときもどこか落ち着かず、心の中に空虚さがあった。それは自分が黒人であるということを忘れようとしていたからだ。なぜ黒人である自分が黒人でないかのように振る舞わなければならないのか。なぜ黒人である自分を白人に近いというところで認めてもらわなければならないのか。モスレムの伝道師は、それらの疑問に対して、黒人は黒人なのだ、と言い切ることで明快に答えてくれていた。

アメリカのボクシング界はアリの発表にうろたえ、次に怒りはじめた。アリからはチャンピオン・ベルトを剝奪すべしという意見が強くなった。反米的過激集団に属したボクサーに世界タイトルはふさわしくないという、およそ正当性のない議論がまかりとおるようになった。

リストンがリターン・マッチで敗れると、次の相手としてフロイド・パターソンが浮上してきた。リストンに二度敗れ、表舞台に立つことはないだろうと思われていたパターソンが、アリの宗教を批判することで、いわばキリスト教の十字軍として喝采を浴びるようになったのだ。

アリとパターソンの試合は一種の宗教戦争、人種戦争という意味を持った。イスラム教対キリスト教、ブラック・ホープ〈黒人の星〉対ホワイト・ホープ〈白人の星〉、という図式ができてしまった。アリは「プレイボーイ」誌のインタヴューで語った。

パターソンが穴倉から出てきた理由は、モスレムに奪い去られたタイトルをキリスト教の世界に奪い返すことで、白人のヒーローになりたいからである、と。

かつてパターソンはアリの偶像だったことがある。しかし、パターソンの態度を白人へのおもねりと受け取ったアリは、彼への近親憎悪的な言動を加速していく。

アリは試合前からパターソンを嘲笑し、リングの上でも馬鹿にしつづけた。観客にはいつでもノックアウトできるかに見えたパターソンを、しかしアリは十二ラウンドにわたっていたぶりつづけ、ついにレフェリーがストップさせることでようやく試合が終わるという凄惨なものになった。

これ以後、アリは黒人の象徴的な存在になっていく。モスレムの信者でない黒人にとっても、白人の意のままにならない黒人として、その象徴性は高まった。そして、アリの敵はたとえそれが黒人であっても黒人の敵であり白人の傀儡《かいらい》、アンクル・トムと見なされるようになるのである。ブラック・パンサーの主要なメンバーだったエルドリッジ・クリーヴァーは、その著作『氷の上の魂』の中で、アリを「自立した黒人」と呼んだ。

ボクシング界の二大組織のうちのひとつであるWBA〈世界ボクシング協会〉は、アリからタイトルを剝奪し、アーニー・テレルに与えるという強引なことをしたが、一九六七年二月、アリはこのテレルを判定で破り、WBAが再び自分をチャンピオンと認めざるをえないように力ずくでさせた。

だが、そこに徴兵忌避という大問題が勃発した。アリは、「回教の民」の伝道師である自分は人を殺すことはできない、とかねてから徴兵を忌避する旨を述べていたが、一九六七年四月、軍隊に入ることを正式に拒否した。ベトコンは俺をクロンボと言ったりはしなかった。俺がベトコンと戦う理由はない。アリはそう言った。

アメリカのボクシング界はその機を逃さなかった。WBAは再びアリからタイトルを奪い、ニューヨーク州の体育協会はアリのボクサーとしてのライセンスも奪った。ヒューストンで裁判にかけられたアリは、禁固五年と罰金一万ドルという厳しい判決を受けた。

そのときアリは二十五歳だった。それから二十八歳までの三年半のあいだ、ボクサーとして最も充実しただろう時期を、法廷闘争と、講演の巡回だけで過ごしていかなければならない状況に追い込まれてしまったのだ。

のちに、トレーナーのアンジェロ・ダンディーはこう言うことになる。

「追放前のアリのほうが追放後のアリよりいいファイターだったよ。だが、多くの人にわかっていないことは、これは非常に残念なんだが、われわれが絶頂期の彼を見ることがなかったということなんだ。……試合をやめさせられたとき、二十五歳の彼はどんなだったか。その後の三年間が彼の絶頂期だったろうな。もし彼があの調子で強くなっていったら、どんなに偉大なファイターになっていたかわからんよ」

だが、このときアリにおける「獲得と喪失」のドラマの最初の不思議が起こる。

徴兵忌避が世界タイトル剝奪の正当な理由と考えられるのはアメリカにおいてでしかなかった。アメリカ以外の国の人々にとっては、アリは理不尽にタイトルを奪われた同情すべき人物だった。しかも、それでもなお、国家に対して昂然と立ち向かっている。そのとき、アリは強大な権力と対峙する抵抗者としての象徴性を獲得することになったのだ。

アリはタイトルを喪失することで、単にアメリカの黒人のヒーローから、世界的な、とりわけ第三世界と呼ばれている貧しい国の、強大な権力の前に立ちすくんでいる人々にとってのヒーローになる契機を手に入れたのだ。

4

アリのいなくなったボクシング界は、その熱源を失って冷えきってしまった。空位となった王座をかけて、アーニー・テレル、ジェリー・クォーリー、オスカー・ボナベナ、フロイド・パターソンらがトーナメント形式で戦い、結局ジミー・エリスが勝ち残ったが、誰も彼が真のチャンピオンであるとは認めなかった。エリスがアリのスパーリング・パートナーであり、格下のボクサーにすぎないことをよく知っていたからだ。

そのエリスを、東京オリンピックのヘヴィー級で優勝したジョー・フレイジャーがノックアウトで倒した。しかし、その新チャンピオンも、アリほどの客を呼べる力はなかった。何人かのプロモーターがアリをリングに呼び戻すために動き始めた。そうした努力が実を結びそうになったこともないではなかったが、いざアリ戦が実現しそうになると、アメリカ内部の愛国的な見えざる手によって潰された。

しかし、正義はアリの側にあった。そのことはアメリカのリベラルな知識人にとっては自明のことだった。一九六九年十一月の「エスクァイア」誌には、その表紙に、作家トルーマン・カポーティ、上院議員アーネスト・グルーニング、スポーツライター、ジョージ・プリンプトン、元世界ライト・ヘヴィー級チャンピオン、ホセ・トレスらが、「われわれは、モハメッド・アリには彼のタイトルを守る権利がある、と信じる」というコピーとともに、リングの上に立っている写真が掲載された。

学生たちもアリを支持した。アリの「ベトコンは俺をクロンボと言わなかった」という台詞をバッジにして胸につけることが流行するまでになった。アメリカの若者たちに広がる厭戦気分の中で、アリは反体制的白人青年のヒーローにもなっていったのだ。ベトナムでの戦況が七〇年代に入って悪化の一途をたどったことも、アリの正しさを認識させる大きな要因になった。

一時はリングに上がることを断念しかかったアリだったが、七〇年十月、ついにアトランタで再起戦を行うことが許可されることになる。相手はジェリー・クォーリーだった。

そのクォーリーを三回KOで破って復活したアリは、ジョー・フレイジャーの持つタイトルを奪回すべく、ひとりずつランキング・ボクサーを打ち破っていき、その日が到来するのを待ちつづけた。そして一九七一年三月、ついにアリとフレイジャーという不敗の王者同士の対決が実現されることになった。敗れることなく王座を剝奪された前チャンピオンのアリは、三十一戦三十一勝無敗二十五KO。新しくチャンピオンになったフレイジャーは二十六戦二十六勝無敗二十三KO。「スーパー・ファイト」というキャッチ・フレーズにふさわしく、ファイト・マネーも双方二百五十万ドルを受け取るという破格の試合となった。

このマジソン・スクエア・ガーデンの一戦で、大多数から勝つことを期待されていたアリは、蒸気機関車のように突進してくる「スモーキン・ジョー」と激しい打ち合いをしたあげく、不覚にも最終ラウンドにダウンを奪われ、ノックアウトはされなかったものの判定で敗れてしまう。

控室で、勝ったフレイジャーは、打たれて腫れ上がった顔を報道陣に向けながら、嘲笑するように言ったという。

「いま、あんたたちは俺に何か言うことができるのかい」

それは、なかなか自分を真のチャンピオンだと認めようとしなかったジャーナリズムへの、明らかな鬱憤ばらしだった。

「俺はいつだってチャンピオンだと思っていた。だから、人が俺の眼の前に連れてくる相手とは、どんな奴だって戦ってきたんだ。だけど、あんたたちはあいつに信用状を委ねていたんだ。ええ、そうじゃないかい?」

不敗のアリがついに負けた。しかし、だからといって、アリの人気が下降することはなかった。アリが最終ラウンドのダウンからよく立ち直り、判定にもつれこませたことが、アリ神話を辛うじて持続させることになった。

その試合の直後に、最高裁でアリの徴兵忌避が無罪であるという判決が出された。評決は八対〇。この戦いはアリの圧倒的な勝利だった。

フレイジャーに敗れたアリは、再びチャンピオンに挑戦すべく、次々と戦う相手を見つけては倒していった。だが、危機は意外なところに潜んでいた。フレイジャー戦以降、十連勝を続けていたアリが、ほとんど無名のケン・ノートンに顎を割られ、判定で負けてしまったのだ。フレイジャーとの戦いにおける敗北は、三年半のブランクということで弁明することができた。しかし、ノートンとの戦いにおける敗北はアリの老いをまざまざと見せつけることになってしまった。活きのよい若手にアリは防戦一方だったのだ。

だが、ここにおいても、アリは奇跡的な復活を遂げる。半年をかけて顎の治療を終えると、まずノートンとの再戦を望んだ。アリはこの試合に接戦ながら勝ち、ボクシング生命の糸をつなぎとめた。

その頃、チャンピオンの座はフレイジャーからジョージ・フォアマンに移っていた。フレイジャーは、周囲から望まれていたアリとの再戦を、第一戦のときのようなファイト・マネーが折半という屈辱的な条件では決してやらぬと蹴り、オリンピックのメキシコ大会のヘヴィー級で優勝したフォアマンを対戦相手に選んだ。自信を持って臨んだフレイジャーだったが、結果は二ラウンドでＫＯされるという惨めな結果に終わった。

タイトルがフォアマンに移ると、一九七四年一月、アリとフレイジャーは、挑戦者決定戦という意味合いを持つ試合を行うことになり、これはアリが判定でフレイジャーを破った。そしてその年の十月、アリはついに、ノートンの挑戦を軽く退けたフォアマンと、ザイールで戦うことになる。

二人のファイト・マネーは、共に五百万ドルという、プロ・スポーツ史上空前の金額になった。アリにとってはこれが恐らく最後のチャンスだった。それを自覚していたのだろう、アリはいつも以上に入念にコンディション作りを行った。

しかし、フォアマンの強さは、一時期のリストンをも上回る絶対的なものと見なされていた。それは、アリを破ったことのあるフレイジャーを二回で簡単にノックアウトしていたこと、また一度はアリの顎を砕いて勝ち、二度目もほとんど勝ったと思われるほどの試合をしたノートンを、たった二回で沈めていたところからくるものだった。

とりわけフレイジャーとの一戦は、フォアマンの戦慄的な強さを印象づけた。フォアマンが左右のフックをアッパー気味に脇腹にたたき込むと、フレイジャーの体はそのたびにキャンバスから浮き上がるのだ。それは恐ろしいほどのパンチ力だった。

フォアマンは若く、充実していた。あるいは最も強い時期にさしかかっていたかもしれない。一方、アリが下降期にあることは誰の眼にも明らかだった。アリに勝ち目があるとは思えなかった。だが、アリは勝った。奇跡的に勝ったのだ……。

5

かつて私は、アリとフォアマンのキンシャサでの試合に触れて、吉本隆明との対談の中でこう述べたことがある。

吉本 究極的にいって、スポーツの世界においてね、一方向にしか向かわない、向かえないという、そういった肉体性みたいなものがすべてなのか、それともそういった肉体性ばかりじゃなく、なにかがあるのだ、つまりなにか精神性みたいのがあるんだと、その問題はどういうことになるんでしょうか。たとえば、なにか精神性があるんだとすれば、肉体的な鍛え方が同じで、強さとかそういうものが同じだったとしたら、どういうことになるんでしょう。どちらが勝つんでしょう。

沢木 あ、それは、ボクシングにおいて、つい最近までのぼくの大テーマでありましてね(笑)。それ、ほんとにおもしろいというか、それが不思議だったわけです。ところが、それはモハメッド・アリという存在によって、答えが出かかってしまったわけです。どういうことかというと、アフリカのキンシャサという所で、アリがジョージ・フォアマンという、当時の世界チャンピオンと戦ったことがあるんです。その時の力、それは肉体的な力量を含めてなんですが、はるかにフォアマンの方が上だった。無理していえば同等、しかし決してアリが上ということはなかった。で、アリが負けるであろうと、みんな思っていた。そのときアリは、どんなふうに自分を昂めていったかというと、肉体的にはもう昂めようがないほどの限界にきてしまっていたわけですから、精神的なものに向かっていったわけです。要するに自分が負けることは世界が負けることだというような、非常に抽象的な、精神的な仮説を立てたんです。最初は自分でも半信半疑だったと思うんですよ。しかし、大声で公言しているうちに、自分で自分を昂めることができ、それを信じられるようになったのではないかと思うんです。それが、その試合に自分が取ろうとしている冒険的な方法を信じさせることになった。つまり、有名なロープ・ア・ドープという作戦ですけどね。ロープに背をあずけて相手にパンチをふるわせ、疲れを待ってラウンドの二分三十秒から反撃するという、それを何回でも続けるという、きわどい作戦です。それはもう、自分の超越的な何かを信じられなければ、とうてい支え切れない方法論だと思うんですよ。で、アリが勝った。それはまさに精神性の勝利というふうに考えられるから、あのアリの勝利は劇的な、スポーツの世界にとってもかなり劇的なことだったわけです。

吉本　うーん、なるほどね。

アリはフォアマン戦における勝利で無限といってもよいほどのものを手に入れた。奇跡、という言葉を使うことを許される特別な人間になったのだ。

ヘヴィー級の王者は国家を所有しない帝王であるともいう。しかし、それまでのチャンピオンは、アメリカと一部のヨーロッパに君臨するにすぎなかった。ところが、アリはアフリカのキンシャサで試合することでタイトル・マッチを世界的な規模とすることに成功し、しかもその試合に勝利することでそれまでのチャンピオンの誰もが手にしたことのない名声を手に入れた。いわば全世界が彼の領土となったのだ。

だがこのとき、アリにおける「獲得と喪失」のもうひとつの逆転が起こった。勝つことで、つまり王座を奪還したことで、アリから失われてしまったものがあったのだ。それは戦う「主題」の喪失である。

カムバック後のアリにおいて、戦いの主題は極めて重要な意味を持っていた。なぜなら、アリのボクシングは、復活前のスピードを失って以降、精神的なものによって支えられる部分が多くなってきていたからだ。それは、アリが主題を発見し、そこに全神経を集中したとき、初めて作動するなにかだった。最初にジョー・フレイジャーと戦ったときは、誰が真のチャンピオンか明らかにする必要があった。二度目にケン・ノートンと戦ったときは、自分の顎を砕いた相手を粉砕しなくてはならなかった。そして、フォアマンとの戦いはチャンピオンに復活するための最後のチャンスだった。しかし、そのフォアマンとの試合に勝ってしまったことで、もはや戦いのテーマが存在しなくなってしまったのだ。

これ以後、アリはファイト・マネーのために戦っているのではないかと見まごう弛緩した試合を繰り返すことになる。チャック・ウェプナーにも、ロン・ライルにも、ジョー・バグナーにも勝利したが、その内容は無残なものだった。

それでも、続くマニラにおけるフレイジャーとの第三戦、「スリラー・イン・マニラ」と名付けられた試合には、微かではあったが主題らしきものが存在していないこともなかった。ライバルというにふさわしい二人が、一勝一敗のあとを受けて決着をつけるという試合になったからだ。

この試合に勝利したとき、アリは引退してもよかったはずだった。いや、もしそれが不可能だったとしたら、その四つあとの試合となったケン・ノートンとの第三戦に勝利したときにやめてもよかった。だが、アリは果てしなく戦いを続けた。

アルフレッド・エヴァンゲリスタとアーニー・シェーヴァーズには判定で勝ったものの、続くレオン・スピンクス戦には判定で敗れ、タイトルを失ってしまう。半年後、このスピンクスにリターン・マッチを挑んで勝ち、三度の王座獲得というヘヴィー級の新記録を作るが、指名試合をしなかったことによりタイトルを剝奪され、やがて引退を表明するに至る。ところが、その一年後にはまたカムバックし、ラリー・ホームズの持つ世界タイトルに挑戦したのだ。結果は、完膚なきまでに打ちのめされ、生涯でただ一度のノックアウト負けを喫してしまった。それがボクサーとしてのアリの終わりだったが、未練にもさらにもう一試合、その一年後にカリブ海でトレヴァー・バービックと戦うのだ。この格下のバービックにいいところなく敗れ、ついに二度と試合をすることはなくなる。

それにしても、アリはなぜこのように戦いつづけたのか。

以前、ジュニア・ミドル級の世界チャンピオンだった輪島功一が、どうしてチャンピオンのままやめられないのかという私の質問に対して、こう答えたことがある。

「チャンピオンのまま引退するということは確かに格好よく映る。でも、本当はちっとも格好よくないのさ。なぜ引退する？　負けると思うからじゃないか、負けることを恐れるからじゃないか、臆病だからじゃないか。体が決定的に壊れてもいないのに引退するのは卑怯なんだ。失うことを恐れるのは未練なだけだ。正々堂々と戦って、負けたら相手にチャンピオン・ベルトをくれてやればいい。それが新しい男への礼儀っていうもんじゃないか。大事なことは戦うということだけだ」

だが、アリが戦いつづけた理由は輪島功一のこのダンディズムとも明らかに違っていた。

彼はボクシングが好きだったのだ、とアンジェロ・ダンディーは言う。リングの外では十全な幸福感を味わえなかったのだと。それに近い言葉は、アリについて書かれた最も重要な本の一冊であるトマス・ハウザーの『モハメド・アリ』（小林勇次訳）の中に、会計係をしていた女性に向けて発したというアリの言葉の中にも残されている。ラリー・ホームズ戦を前に、どうしてそんなに危険を冒してまで試合をするのかというその女性に対して、アリはこう言ったというのだ。

「あんたがどんなに金を持ってようとどうってことないぜ。どんな友だちがいようとどうってことないんだ。通路を歩いて行くときの観客の声援、彼らが〈アリ、アリ！〉と叫ぶ声援にまさるものはないんだよ。そういう声援を聞くためなら、あんたは命を投げ出す気になるよ」

アリは、生涯の試合のすべてを終えたとき、まさにその「命」に似たものを投げ出すことになった。かつて機関銃のようなスピードで発しつづけていた言葉の自由を失い、同時に身体の自由も失うことになった。それはパーキンソン症候群、ないしはパーキンソン病によるものと説明されているが、それをもたらしたものが何だったのかは明らかになっていない。しかし、直接の原因ではないにしても、カムバックしてからの三十二試合で、頭部に受けるようになった膨大な数のパンチが誘因のひとつになっているのではないかという疑念は、多くの人が拭《ぬぐ》いがたく抱いているものでもあった。

かつては「打たれない」のがアリのボクシングだった。それが「打たれても平気」というボクシングに変化してしまった。その象徴的な試合が対フォアマン戦だった。打たれても打たれても倒れなかった。その自信がそれ以降の試合の型を作り、結果として危険水域をはるかに越える量のパンチを受けることになってしまったのだ。「打たれない」ボクシングから「打たれても平気」というボクシングへの移行は、何より防御の手段となっていた足のスピードを失ったからだった。

その危険性は、すでに一九七一年にホセ・トレスが指摘していることでもあったのだ。

かつてライト・ヘヴィー級の世界チャンピオンだったホセ・トレスは、ジョー・フレイジャーとの「世紀の一戦」を目前に控えたアリをマイアミに訪ねる。その日、アリは三人のスパーリング・パートナーと九ラウンドのスパーリングをこなす。その中には、のちにアリのボクシング生命を絶つことになるラリー・ホームズがいたが、アリはロープにもたれたまま自由に打たせ、まるで遊んでいるかのようなスパーリング風景を展開する。

それを見たあとで、すでに引退していたホセ・トレスが最後の一ラウンドのスパーリングの相手を買って出る。しかし、そのホセ・トレスを相手にしてさえアリはかなりの数のパンチを受けてしまう。アリに好意を抱いているホセ・トレスは危惧する。そして、こう思う。

《だが、私を真に不安にさせたものは、彼の頭脳の動きの方だった。肉体的な条件については、われわれが闘った一ラウンドだけでは判断がつかない。ただ、彼が他のスパーリング・パートナーとのトレーニングを終えるのを見て、私は別の判断を下したのだった。私はアリがロープにもたれるのは、見せ場をつくるためでも、戦術でも、休んでいるわけでもない、という結論に達した。それは習慣になっているようだった。彼がボクシングを離れている三年半の間に、感覚的に身につけた習慣。その習慣が身につくまでに三年半かかっているとすれば、一夜にしてそれを破ることはできないであろう》（『カシアス・クレイ』和田俊訳）

この「習慣」こそ、それ以後のアリのボクシングの方向を決定する重要な要素だったのである。この「習慣」によって、七〇年代のアリは苦しい戦いを強いられ、しかし、その「習慣」によってキンシャサで空前の「奇跡」を演出することになり、それが結果的に肉体へのダメージを集積させることになっていったのだ。

6

現役を引退してからというもの、アリの肉体の崩壊は急速に進んでいく。ロボットのような動きしかできないアリの姿や、ほとんど聞き取りがたい言葉を発するアリの像がテレビで流れるようになるのはこれ以後だ。無残な、とか、痛ましい、とかいう評言が、アリと不可分のものになる。

こうしたアリの姿をシニカルな視点で捉えたのがボブ・グリーンの「世界でいちばん有名な男」である。

《アリは話し始めたが、声が小さく発音が不明瞭で、彼が何を話しているのか誰にもわからなかった。生徒たちは口々に、もっと大きな声で話してほしいと言った。だがアリはそれに気がついたふうもなく、相変わらずささやくような声で、「生徒諸君」と繰り返すだけだった》

だが、ここにおいてもまた、アリにおける「獲得と喪失」の不思議なドラマが起こる。

肉体と言葉を喪失したとき、アリの内部に本来的にあった精神の輝きが表に出てくるようになったのだ。人々は、廃人のようなアリに、同情からではなく、無垢な人間として親愛の情を込めて接するようになった。大きなタイトル・マッチにゲストとして呼ばれてリングに上がると、アリへの歓声はチャンピオンより盛大なものになるのが常だった。アリがしゃべれなくとも、「アリ・シャッフル」を見せてくれなくとも、そこに微笑む彼がいるだけで満たされた思いになるらしいのだ。

そうした人々の視点の微妙な変化を、自身の体験を交えながらナイーヴな筆遣いで描いたのが、デイビス・ミラーの「アリと過ごした夕べ」である。やがてデイビス・ミラーは、そのレポートをもとに、『モハメド・アリの道』という長編を書き上げることになる。

《「チャンプ、あなたはいまでも偉大です。私にはそれがわかります。でも、あなたの頭はもうだめになったなんてことを言う連中も大勢います。気になりませんか」

一瞬の迷いも見せず、アリは応える。

「いや、べつに。無知な人間はどこにもいるもんさ。教養のある人間のなかにだって無知なやつはいる」

「偉大でありながら偉大でいることを許されない、というのは嫌な気がしませんか？」

「そ、そ、その『偉大でいることを許されない』ってのは、どういう意味だ？」

「あの、つまり……どういう意味かというと……つまりですね、あなたがいちばん気にかけているること、いちばん楽しいこと、それに私みたいな人間が、これこそモハメド・アリのやるべきことだと思うことが、あなたからすっかり取り上げられているような気がするんです。そんなの、どう考えたってフェアじゃない」

「神様に文句をつけちゃいけないいな」》

ここには、廃人どころか、賢人とさえ言えそうなアリがいる。

こうしたアリの発見が、アトランタ・オリンピックにおける聖火の点火役としての登場を促したとも言える。もちろん、世界中の多くの人々の眼には、「蝶のように舞い、蜂のように刺す」ボクサーだったアリが残像としてのこっている。そのアリがこのような姿になっているということの衝撃は深かったろう。しかし、アリがそうした状態になっているというインフォメーションをすでに与えられていたアメリカ人にとっては、病に幽閉されるのではなく、そこから世界に向かって歩み出そうとしているアリの意志は称賛に値するものだった。アメリカ人の多くは、ただアリがそこに立っているということだけで深く心を動かされたのだ。

これまでにも、アリは大事なものを失うたびにさらに大きなものを手に入れてきていた。もしかしたら、引退後のアリは、肉体と言葉という他に代えがたいものを失うことで、一種の「聖性」というとてつもないものを手に入れたのかもしれなかった。

デイビス・ミラーが書いている。

《「何でこんなことになったのか、俺にはわかっている」

アリが口を開いた。

「神様が俺に、あんたに教えてくれているんだ」

アリは震える人差し指をこちらに突きつけると、目をぐっと見開いた。

「俺もただの人間だということを。みんなと同じだということを」》

だが、このアリは、すでに「みんなと同じ」である地平から脱しているかのように私には見える。

この本の最後に載っているデビッド・マラニスの「モハメド・アリ、その素晴らしき魅力」は、デイビス・ミラーの文章と並んで、現在のアリの日常を過不足なく描き出している。

とりわけ、最後の一節は、聖なるアリの栄光と悲惨を一条の光の中に捉え切った鮮やかなものである。

《人はよく、過ぎ去った日々に思いをめぐらせる。あの瞬間をもう一度取り戻せたらと。やがてアリは体の向きを変え、納屋の外へと足を踏み出す。木戸を右に引っ張る。きちんと閉まらない。左側が開いてしまった。反対に引くと、今度は右が開く。あきらめたようだ。隙間から忍び込むひと筋の光をそのままに、アリは家へと通じる道を歩き出す》

しかし、歩き出したアリに、「あの瞬間をもう一度取り戻せたら」という思いはないはずである。

（99・5）

本を語る

本と映画の日々

月　日

朝からエッセイを書く。

六本木のバー「ロマーニッシェス・カフェ」の大木氏からエッセイの依頼を受けたのは六、七年前のことだ。大木氏が定期的に発行している「遊民と酒と軽文化」というパンフレット風の小冊子に載せる文章を書いてくれというのだ。書いたら一晩ただで呑ませてくれますか。そう訊ねると、即座に、もちろん、という答えが返ってきた。私は喜んで引き受けたが、だからといって、すぐに書くというわけにはいかなかった。いつか、いつか、と思っているうちに時間が過ぎ、現在に至るまで、ただの酒を呑ませてもらえないでいた。

ところがこの夏、大木氏から、小冊子の発行回数が百回になるのを記念して、掲載されたエッセイを集大成する本を作ることになった、ついては約束どおり原稿を書いてもらえないか、という電話が掛かってきた。これは逃げられないと判断した私は、締め切りが秋だということにも励まされ、書かせてもらう約束をした。

しかし、まだまだ遠いと思っていたその締め切り日が今週末に迫ってきてしまった。そこで私は覚悟を決め、朝から机に向かうことにしたのだ。

書くことは決まっていた。

〈四十年ぶりに発見されたロバート・キャパのポートレート――来日したキャパが撮った日本の子供たちのスナップ――私たちの子供のころに存在した「流しの写真屋」という商売――私の夢の都市としての戦前のベルリンと上海と統一前のサイゴン――そのベルリンにあった「ロマーニッシェス・カフェ」――そこに入り浸っていたバンディと呼ばれていた時代のキャパ〉

これらの断片をつないで一編のエッセイに仕立てあげるつもりだったのだ。

夕方になってどうにか書き上がり、清書をして愕然としてしまった。五枚の約束が、実に十二枚にも達していたからだ。それから数時間というもの、削りに削っていったが、九枚にまで減量するのが精一杯だった。これでは別のテーマで書き直さなければならない。せっかく「ロマーニッシェス・カフェ」の本にふさわしく、その名も「ロマーニッシェス・カフェで」というエッセイが書けたと思ったら、使いものにならない代物だった。私は茫然とし、しばし書くのを放棄することにした。

それにしても、今年の春から長編を書いていたため先延ばしにしていたことが、ここにきてどっと押し寄せてきてしまったのには参った。エッセイを書くことや翻訳に手を入れるといったことばかりでなく、中には写真を撮られるなどということまである。それも長編が書き終わったあとというのなら楽しいかもしれないが、仕事場の移転という思いがけない出来事によって、とうに終わっているはずのものが遅れに遅れ、いまだ第一稿が仕上がっていないとなると話は別だ。

今年の前半は、長編を書くための読書に終始していた。仕事のための読書というのは気重なことが多いが、今回に限っては資料としての書物を読むことが苦痛ではなかった。恐らく、それは対象の人物にこちらの精神を解放してくれる要素があったからだろう。

しかし、この一週間は落ち着いて本など読んでいる暇はないかもしれないとも思う。

月　日

今日は、朝から『カラ――孤独なハヤブサの物語』の翻訳の手入れをする。この『カラ』は、ハヤブサを主人公にした童話だと早合点して翻訳を引き受けたところ、キリスト教色の濃い大人の物語だとわかって愕然とした、といういわくつきの作品だ。

しかし、私はこの本を読むことで、自分でも意外な二つの道に興味を向けさせてもらえることになった。

ひとつはキリスト教であり、とりわけ聖書というものに対してである。その結果、現在は、ある方に就いて「マタイ福音書」の講読を続けている。

もうひとつはハヤブサという鳥そのものについてである。実際にハヤブサとはどのような鳥なのかを見るため北海道に行ったりしたが、これはしばらく付き合ってもいいと思わせるほど美しい鳥だった。

午後、最終章の訳文を検討しているうちに、直接そことは関係のないある箇所が気になりはじめ、書棚から『放鷹《ほうよう》』を出してきて机の上に広げた。

この『放鷹』は、昭和六年に宮内省が編纂発行した「鷹狩り」に関する本である。七百頁を超える大部のもので、現在に至るまでも鷹狩りに関してはこれ以上の本は出ていないと思われる。式部長官男爵林権助の《それ放鷹の技たる狩猟中最も高貴なるものにしてその由来するところ尚《ひさ》

し と謂ふべし》という「叙」で始まり、鷹狩りの歴史と実際について多くの頁が割かれているが、タカやハヤブサの生態についてもかなり詳しく述べられている。日本画風の挿絵の美しいこともあって、私は『カラ』を訳しているあいだ常にこの本を机の近くに置いていた。

調べたいことについては載っていなかったが、つい「鷹道具」という章を読み耽ってしまった。そのうちのいくつかは、今年の冬に鷹狩りに参加させてもらった際に見たことがあったからだ。

夜、机の横の本の山から何冊かを抜き出し、パラパラと頁を繰っていくうちに、本の最初に立ち戻って読みはじめてしまったのは、今期の直木賞受賞作である中村彰彦《あきひこ》の『二つの山河』だった。

第一次大戦で連合国側に立って参戦した日本に、青島で降伏したドイツ軍の捕虜がやってくる。その収容所長として、のちに当のドイツ人たちから「われわれにギリギリのところまで自由を与えてくれたひとだった」と敬意を抱かれることになる、後の陸軍少将松江豊寿《とよひさ》の物語だ。フィクションともノンフィクションともいえる内容だが、どちらであるとも声高に主張しない淡々とした筆致が、読み進めていくうちにある種の心地よさを生み出してくれる。時代小説ではないが、ほとんど似た気配を漂わせているのは、主人公松江豊寿のヒューマニズムが、軍人というより、武士のモラルに根差しているように感じられるからなのだろう。

月　日

定期的に書評を書いている新聞社から、読書週間に向けて「新時代を感じた本」を三冊挙げ、その理由を二百五十字にまとめてほしいという依頼を受けていたが、その締め切り日が来てしまった。

本来なら、「パス！」と言いたいところだ。まず、二百五十字という字数が私には難しすぎる。つい最近も、私には二百、三百という少ない字数で短文をまとめる才能が欠けているのではないかという文章を書いたばかりだ。そのうえ、テーマが「新時代を感じた本」だという。三島由紀夫風にイチャモンをつけるなら、まず「新時代」という言葉が好きではない、ということになるだろう。その言葉自体には価値判断が含まれていないはずだが、どこかに「新時代」に対応する「旧時代」を想定し、それを否定しようという潜在的な欲求が含まれてしまっているような気がするのだ。ましてや「新時代を感じた」という言葉には明らかに「旧時代」の否定の要素が含まれている。私には「新時代を感じた本」などとうてい挙げられそうもない。そこで私は、石原慎太郎の「完全な遊戯」、大江健三郎の「人間の羊」、吉行淳之介の「寝台《ねだい》の舟」の三つの作品を挙げた後で、次のような文章を書いた。

《私は「新時代」なるものを感知する能力に欠けている。いや、どこかで、「新時代」など感知する能力など持ちたくないと思っているところがある。従って、ここで挙げようとするのは、「新しい時代」とは関係なく、私にとってそれを読むことが「新しい体験」だったという作品にならざるをえない。たとえば前掲の三作は、学校で読まされる文学の名作にへきえきしていた少年時代の私が、貸本屋というもうひとつの図書館で見つけ、小説とはこういうものでもあるのかと新鮮な思いを抱いた作品である。それらは、今でも短編小説を読む際の「原器」に似た役割を果たしてしまっているような気がする》

石原慎太郎については「処刑の部屋」にしようかとも考えたが、私にとっては「完全な遊戯」の不思議な透明さの方が衝撃が強かったことを思い出し、迷った末に決断した。これらが書かれたのは昭和三十一年から二年にかけてのことである。私は十歳になるかならないかの時期であり、とうぜん同時代的に読んだわけではない。文中にあるとおり、のちに貸本屋に並んでいる短編集の中に収録されていたものを読んだのだ。

中学から高校にかけての六年間というもの、一日一冊、時には二冊も借り、貸本屋の棚にある本という本を読み尽くした。時代小説や推理小説はもちろんのこと、わけのわからないままに内外の現代文学も読んでいた。読書の情熱というものがあるとすれば、あの六年間ほど激しい時期はなかっただろう。何のためにということのない、ただ読みたいから読むというだけの読書だった。

月　日

夕方、ＮＨＫでアメリカ行きの打ち合わせをする。

二年前にＮＨＫで陸上競技の百メートルについての番組を作らせてもらったが、今度はボクシングのヘヴィー級についての番組を作ることになっている。前回が「世界最速の男たち」の物語だとすれば、今回は「世界最強の男たち」の物語であり、前回の軸がベン・ジョンソンだったとすれば、今回はその中心がジョージ・フォアマンになる。

ジョージ・フォアマンには去年も会っていて、その人柄についてはかなりよく知ることができるようになったが、今回とりわけ楽しみなのは、ニューヨークでフロイド・パターソンに会えることだ。

パターソンとは、十四年ほど前に一度だけ言葉をかわす機会を得たことがある。それはモハメッド・アリがラリー・ホームズにめった打ちにされた試合のあったラスヴェガスでのことだったが、不思議なことに、パターソンについては、そのときの記憶より、ゲイ・タリーズが『ジ・オーヴァーリーチャーズ』で描いた像の方が強い印象として残っている。文章の凄さ、ということなのだろうか。

月　日

昼過ぎ、試写を見るため、神谷町のFOXに行く。

この夏、アメリカのCNNテレビを見ていたら、その芸能ニュース風の番組で、『スピード』という映画の紹介をしていた。大作、話題作が集中するサマー・シーズンにおいて、アーノルド・シュワルツェネッガーの『トゥルーライズ』やケビン・コスナーの『ワイアット・アープ』などの強敵をなぎ倒し、見事に興行収入の第一位の座についたのは、意外にもヤン・デ・ボン監督のデビュー作『スピード』だったというのだ。

CNNの番組は、作品の大半を占めるカー・アクション、それもバスを使ったカー・アクションがどのように撮られたかの、いわゆる「メイキング」を軸に作られていた。劇中で使われるバスは一台だが、激しい撮影のために同じ型のバスが十数台も「撮りつぶされた」というようなことも解説されていた。

私はCNNのリポーターの絶賛ぶりにぜひ見たいものだとは思ったが、一方で、いくら興収が一位になったからといって必ずしも面白いとはかぎらないぞ、という警戒感を抱かないわけではなかった。なにしろ、アメリカ人ときたら、カー・チェイスさえ見せていれば喜んでいるようなところがあるからなあ、といった思いがあったからだ。

しかし、そのときは気がつかなかったが、後に試写の案内が届いて、主役を演じているのが『ハートブルー』に出ていた若手俳優キアヌ・リーブスだと知った。『ハートブルー』は、後半のストーリーに無理があったために失敗作に終わったが、サーファーの集団に潜り込むFBI捜査官を演じていたキアヌ・リーブスは、私に強い印象を残していた。彼は、ハリウッドのアクション・スターには珍しく、平凡さと見分けがたい透明なナイーヴさを持った俳優だった。そのキアヌ・リーブス主演の映画とあれば、これはぜひとも見に行かなくてはならない。そこで、神谷町のFOXの試写室で行われる社内試写を見に行ったのだ。

見終わって、「当たり！」と大きな声で叫びたくなった。私は、映画が始まってからの一時間五十六分というもの、ほとんど身動きもできないほどだった。

この映画を見たのは、「暮しの手帖」で連載している「映画評」のためである。

映画評を書くために映画を見たり、書評を書くために本を読んだりするのは、あるいは貧しいことなのかもしれない。確かにそんな気もするのだが、もしかしたら映画評を書くことがなかったら『ハートブルー』も、だからこの『スピード』も見逃してしまっていたかもしれないと思うと、そう簡単に言い切れないようにも思えてくる。時折り、そうした読書や試写の中で、はっとさせられるような本や映画にぶつかる。それは一種の「役得」というものであろう。最近では、書物の『われよりほかに』と、映画の『青いパパイヤの香り』が双璧だったが、今年はこの『スピード』が私にとっての「役得」の最たるものになった。

夜、柳原和子《やなぎはらかずこ》の『「在外」日本人』を読む。

なにより、四年間を費やして異郷に住む日本人百数十人にインタヴューをした、というそのエネルギーに圧倒される。個々のインタヴューについては、もう少し微妙な襞《ひだ》を書いてほしかったという思いは残る。しかし、彼女には、とりあえずここは「数なのだ」という思い決めがあったのだろう。確かに、襞への欲求は次の仕事で生かせばいいのだ。

（94・12）

ただそれだけの

冒頭の一行から

一カ月前、夏の読書にふさわしい何冊かを紹介せよ、という宿題を与えられて、さて、と思ってしまったんですね。さて、どうしよう、と。

そもそも、夏休みに本を読もうと思う人はどんな人なんだろう。この機会に、これまで読めなかった名作を読んでみようと思う人もいるかもしれないし、いま流行《はや》りの『ソフィーの世界』だとか『パラサイト・イヴ』だとかを読んでおこうとする人もいるかもしれない。あるいは、この戦後五十年の年を記念して戦後史の勉強をしようなんていう人もいるかもしれません。

しかし、ここで僕が夏休みの本として紹介したいと思うのは、名著でもなければ、流行りの本でもないんです。かつて、三島由紀夫がアイラ・レヴィンの『ローズマリーの赤ちゃん』を評して、「面白いがただそれだけだ」という意味のことを言ったことがあるんですけど、これから僕が取り上げようと思うのは、その「面白いがただそれだけ」の本です。いや、そう言ってしまうと言い過ぎになるかもしれません。著者に対して失礼だし、読めば、必ずしも「それだけ」ではない「何か」を残すに違いないからです。でも、ここで最重要視したいのは「面白い」かどうかということなんですね。もちろん、面白いかどうかなんていうことは人によって違う。だから、ここでは、「僕」が判断の基準になるんです。かつて「僕」が面白いと思った本。しかも、ほとんど最初の一頁から目を離すことができなくなり、古風な言い方をすれば「巻を措《お》く能《あた》わず」という勢いで一気に読み通してしまった本ということになります。

本には、なかなかその世界に入っていけないけれど、ひとたび入ってしまえばその奥は深く、まったく未知の世界に遭遇できるというものがあることは間違いありません。しかし、ここでは、最初から最後まで一気に読み通すことのできた本を選ぶことにします。

たとえば、「競馬スリラー」のディック・フランシスがいますよね。彼の作品の中から何を選ぶかというのはたいして難しくないんです。若干の出来不出来はあるけど、ほとんどトーンは定まっているし、質の差もほとんどないからです。まさに、その人の好みで選べばいい。僕だったら、シッド・ハレーが主人公の『大穴』か『利腕』のどちらかを選ぶことになるでしょう。しかし、ジョン・ル・カレの作品の中から何を選ぶかということになると話は微妙なものになります。たとえば、『パーフェクト・スパイ』は最初の五十頁を耐えれば、その向こうには単なるスパイ小説とは違うまったく新しい小説世界が待っていてくれます。でも、彼が世界的な名声を博することになった『寒い国から帰ってきたスパイ』では、読者はそのような忍耐は強いられません。最初から一気にその世界に入ることができるんです。そして、今回の選択の基準に従えば、ジョン・ル・カレは、彼の最高傑作『パーフェクト・スパイ』ではなく、最初のベストセラー『寒い国から帰ってきたスパイ』が選ばれることになるわけです。

ここで僕が「一気呵成《いっきかせい》」に読めるということにこだわるのは、夏休みの読書といってすぐに連想するのは、少しまとまった休日に家で勉強をしようという人たちではなく、国内であれ、国外であれ、少々慌ただしい旅をしながら、列車や飛行機、ホテルや旅館で、とぎれとぎれの読書をする人たちを想像してしまうからなんですね。そういう旅の読書にとって、もっとも重要なのは、いつでも、どこからでもすぐにその世界に入っていける面白さがあることなんです。その上、量が多ければ文句はない。バッグに何冊も忍ばせられる余裕があればいいけれど、できればその一編で旅が賄えれば言うことはないからです。

そこで一カ月前、こうすることにしたんです。かつて僕が一気に読んだ記憶のある分厚い本を、もういちど読み返し、今度も一気に読み通すことができたなら、その本を紹介することにする。残念なことに、僕が持っていた本の大半は、知人がブラジルに作った私設図書館に寄贈してしまったため手元に残っていません。そこで、国内外のそれぞれについて三、四十編ずつリストアップしたあとで、本屋に買いに行ったんです。これが結構たいへんだった。多くのものは文庫に入っていたんですが、それが何分冊にもなっているため、とても一回では買い切れなかった。

それでも、机の横にある本棚の一段を空けると、そこに買い集めてきた本を並べ、まず国内の作品から一編ずつ読んでいくことにしたんです。

☆

まず読んだのは山本周五郎『虚空遍歴』（上下）でした。これまでも数度読んでいるはずなんですけど、今回も期待は裏切られなかった。

あたしがあの方の端唄をはじめて聞いたのは十六の秋であった。

この一行から始まる『虚空遍歴』の主人公は、ここで「あの方」と呼ばれている中藤冲也《ちゅうや》という芸人です。彼は冲也節というまったく新しい浄瑠璃を生み出すために苦闘するんですけど、冒頭で「あたし」と言っているおけいという女性の眼によって冲也という人物が重層的に描かれることになるんです。おけいの独白と、冲也を描く三人称とが交互に配された構成は、冲也の悲劇性を深める効果を上げていますね。なにより、おけいという女性が魅力的なんですね。失敗した芸術家の肖像としての冲也は、おけいの視線によって輝くのだとさえいえるような気がします。

男が女の視線によって輝くといえば、村上春樹の『ノルウェイの森』(上下)も同じような構造を持っていると言えるかもしれません。

僕は三十七歳で、そのときボーイング747のシートに座っていた。

『ノルウェイの森』は、この「僕」の大学時代の物語なわけですけど、その若者としての「僕」は、とりたてて格好いい男性に設定されているわけではないんですね。でも、映画のタイトル・バックでいえば、ヒーローとヒロインの次に名前が出てくる、緑やレイコさんといった女性の眼で濾過《ろか》されることによって際立った存在になっていく。緑が「あなたのしゃべり方すごく好きよ」と言い、レイコさんが「あなた本当においしそうにごはん食べるのねえ」と言う。そうしたことを繰り返していくうちに、読者にとっては平凡な「僕」に輝きが増していくように感じられてくるわけです。村上春樹は現代作家の中でも、小説の細部の作りについては最も職人的な巧みさを持っているひとりだと思うんですが、とりわけ、異性の視線によって主人公を輝かせていくというテクニックにかけては抜群のものを持っているような気がします。

もちろん、異性の視線によって主人公が輝いていくのは、なにも男の主人公だけの特権ではありませんよね。田辺聖子の『窓を開けますか？』では、決して若くはない主人公の「私」が、中年のオッサンの視線によって、読み手にも魅力的な存在に映ってきます。

　出張からもう帰ってきたころだと思うのに彼から電話がないので、私はかけてみた。

この「彼」は四十一歳で妻子と別居中の男であり、主人公の「私」は三十二歳のＯＬで母親と同居中、ということになっています。最初はどちらもラヴ・ロマンスの主人公には見えないんですが、やがて彼の視線に晒され、彼の大阪弁によって描かれるヒロインの像が魅力的に見えてくるんですね。

主人公が異性によって輝くということは、その異性が魅力的に描かれているということでもあるわけです。実際、『虚空遍歴』のおけいも、『ノルウェイの森』の緑も、『窓を開けますか？』の桐生《きりゅう》も、ある意味では主人公よりも精彩を放っていると言えます。

☆

しかし、やはり、読み手が一気呵成に読んでいくのは、主人公の運命がどうなるのかという心配に似た感情が芽生えた時であるのは確かなところです。主人公に同化し、主人公の運命を共に生きていくようになるわけです。

いつまで歩いてもきりがない。

かりに五味川純平のこの『人間の條件』（全六巻）を読んで、ひとたび主人公の梶の運命と一緒に歩くことを同意したら、読み手は、彼が最後に、凍った饅頭を手に雪の満州の曠野で倒れるところまで同行しなくてはおさまらなくなると思うんですね。「良心」というのが大袈裟なら、他人に対する「痛み」のようなものを持ってしまった主人公を、どこかで困った人だなと思いながらも、ね。

もし、『人間の條件』の主人公が、日本に帰ることができたとしたら、どんな人生を歩んだろうと空想するんですが、存外、山崎豊子の『不毛地帯』（全四巻）の主人公壹岐正《いきただし》のように、商社に入って優秀な幹部になったりしたかもしれない。

社長室の窓の外に大阪城が見え、眼下に帯のような堂島川が見える。

もちろん、梶と壹岐正とでは戦争に対する位置の取り方も人生観も違いますけど、どちらも襲いかかる運命に対して、抗いつつ受容するという、極めて日本的な対応をするのが共通しているんですね。

新潮社

新刊案内

2023 9 月刊

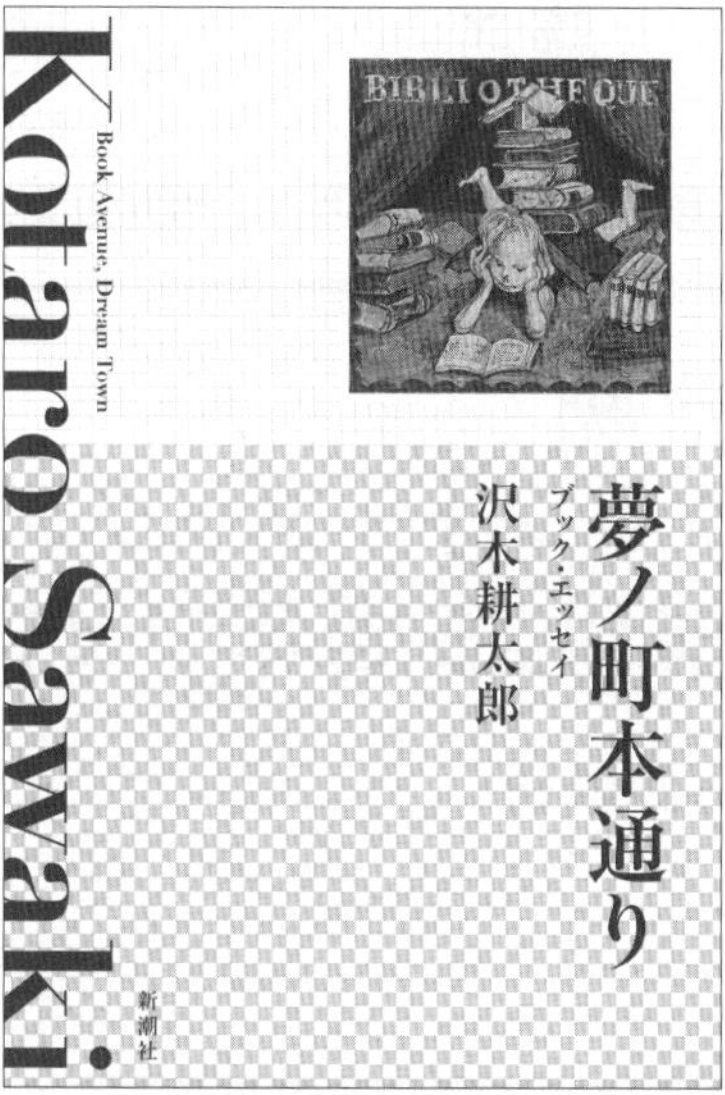

不倫？ 倫理が何かは自分で決める――。

血も涙もある

山田詠美

35歳の桃子は、当代随一の料理研究家・喜久江の助手であり、彼女の夫・太郎の恋人である――。危険な関係を描く極上の詠美文学！

●649円 103627-4

医学の知がカルト教団の真相に迫る！

沙林 偽りの王国 上・下

帚木蓬生

医師であり作家である著者にしか書けないサリン事件の全貌！ 医師たちはいかにテロと闘ったのか。鎮魂を胸に書き上げた渾身の大作。

●各825円 118830-0,31-7

サキの忘れ物

津村記久子

自分には何にも夢中になれるものがない――。そんな千春の人生を、一冊の文庫本が変えてゆく。忘れがたい余韻を残す九つの物語。

●649円 120143-6

草原のサーカス

彩瀬まる

データ捏造に加担した製薬会社勤務の姉、仕事仲間に激しく依存するアクセサリー作家の妹。世間を揺るがした姉妹の、転落後の人生。

●737円 120054-5

鳴門の渦潮を

西村京太郎

646-7

新潮文庫 9月の新刊

※表示価格は消費税（10%）を含む定価です。出版社コードは978-4-10です。

処女の道程

酒井順子

日本における「女性の貞操」の価値はいかに変遷してきたのか――古今の文献から日本人の性意識をあぶり出す画期的クロニクル。

●693円 135124-7

トゥルー・クライム・ストーリー

ジョセフ・ノックス
池田真紀子訳

作者すら信じてはいけない――。女子学生失踪事件を取材したノンフィクションが、驚愕の真実を暴く、トリッキーなノワール大作。

●1265円 240154-5

新潮文庫nex

魔女推理 ―嘘つき魔女が6度死ぬ―

三田 誠

記憶を失った少女。川で溺れた子ども。教会で起きた不審死。三つの死、それは「魔法」か「殺人」か。真実を知るのは「魔女」のみ。

●737円 180235-0

新潮文庫nex

さよならの言い方なんて知らない。8

河野 裕

月生亘輝と白猫。最強と呼ばれる二人が、七十万もの戦力で激突する。人智を超えた戦いの行方は？ 邂逅と侵略の青春劇、第8弾。

●781円 180270-1

そして、この運命に対する、抗いつつ受容するという態度は、実は、時代小説の中で繰り返し生み出されてきたヒーローの像と重なり合うんです。
たとえば、少年時代の僕の好きな本の一冊だった五味康祐《やすすけ》の『薄桜記《はくおうき》』なんていうのは、まさに抗いつつ受容するところに、主人公の生き死にについての独特の美が生まれるんです。

江戸小石川中天神下に一刀流指南の看板を掲げた堀内《ほりうち》道場がある。

この道場で、やがて吉良方の助っ人となる主人公の丹下《たんげ》典膳《てんぜん》と赤穂浪士の堀部安兵衛《やすべえ》が出会うわけです。そして、最後には「士はおのれを知る者のために死す」という心意気によって、丹下典膳は堀部安兵衛に切られていく。切られることをよしとするわけです。
棚に並んだ本を一冊ずつ読んでいくうちにわかったのは、やはり時代小説は強いということでした。最初から「古色蒼然」としているせいなのか、時間の経過によって急激には古くならないようなんですね。
五味康祐の『薄桜記』と同じく、少年時代に何度か読んだことのある柴田錬三郎の『剣は知っていた』（上下）も、いっこうに古びていませんでした。

三月半ば——といっても、天正十八年の暦である。

この『剣は知っていた』は、主人公の眉殿喬之介《まゆどののきょうのすけ》という豪族の遺児が、自分の出生の秘密を探し求めるというのがメイン・ストーリーなんですが、その喬之介が徳川家康の娘と恋に落ち、『君の名は』も真っ青というほどすれ違いを繰り返す。しかし、その不自然さが少しも気になりませんでした。それもやはり、時代小説の強さのような気がします。

あるいは、現在の姿からは想像しにくいかもしれないんですが、かつて司馬遼太郎が忍法物を書いていた時期があるんですよね。

京から八瀬までは、三里ある。

この『風神の門』（上下）に登場してくる忍びの職人としての霧隠才蔵《きりがくれさいぞう》は、『梟《ふくろう》の城』の葛籠《つづら》重蔵と同じく、こうした時代物のヒーローには珍しくカラリとした向日性《こうじつせい》を持っています。それが五味康祐や柴田錬三郎のニヒリズムを基調としたヒーロー像とは決定的に違っているところなんですね。

この五味、柴田、司馬以後、ワクワクするような時代小説の書き手というのにはなかなか遭遇しなくなった。彼ら三人の系譜を引く「伝奇小説」の書き手ということになれば、『吉原御免状』の隆慶一郎《りゅうけいいちろう》を挙げるべきなんでしょうが、どうしても史実から空へ飛ぶときの跳躍力にほんのちょっと劣るところがあるように思えてならないんです。時代小説にワクワクする書き手が少ないというのは、あるいはそれは、本来、時代小説を書くべき作家が他のジャンルにいってしまったためなのかもしれませんね。

たとえ何十年か後に老いさらばえてこの脳裏からどれほどの記憶が消え失せようと、山猫がやってきたあの夜のことだけは忘れはすまい。

これは船戸与一の『山猫の夏』（上下）の冒頭部分ですけど、たとえ時代が一九八二年で、舞台がブラジルだとしても、二つの家の対立抗争が続く町に流れ着いた「山猫」と呼ばれる男が、その町を破壊するほどの嵐を巻き起こすという展開は、これはもうほとんど時代劇ですよね。

☆

一方、少年時代に愛読したミステリーには読んでいてつらいものがかなりありました。最初読んだときにはまったく気がつかなかったトリックの欠陥が、時間を置いての読書で明らかになってしまうというようなことがあったからなんです。たとえば、松本清張の『ゼロの焦点』は、少年時代とても面白く読んだ記憶があったんですが、今回の読書では犯人と被害者の行動に致命的とも思える欠陥があるのが見えてきましてね。また、方法論的な斬新さに眼を見張らされた記憶のある檜山良昭《ひやまよしあき》の『スターリン暗殺計画』は、あらたに完全版というのが出ていたんですが、以前読んだ時ほどの衝撃は受けませんでした。

ミステリーは最も「歩留まり」の悪かったジャンルですけど、それでも今回も充分楽しめた作品がなかったわけではないんです。そのひとつは、やはり松本清張の『点と線』です。

安田辰郎は、一月十三日の夜、赤坂の割烹料亭「小雪」に一人の客を招待した。

これは時刻表のトリックを使った古典的作品ですけど、原型としての強さというんでしょうか、不思議な力があって退屈しなかった。しかし問題は薄すぎるということなんですね。文庫版で二百数十頁というのでは、そう長くもちそうもない。成田に行く途中の、成田エクスプレスの車中で読み終わっちゃうじゃないかと心配してしまうほどです。

もうひとつは大沢在昌《ありまさ》の『新宿鮫』。この新宿署の鮫島という刑事を主人公にしたシリーズは、これ以後も書き継がれていくわけですけど、次第にパワーは落ちていく。しかし、この第一作は、冒頭にさりげなく張られた伏線が最後にきて生きる構成といい、軽いタッチの作りにしては細かいところに配慮がいきとどいているところといい、極めて上質なエンターテインメントになっていると思います。

悲鳴は、鮫島が脱いだジーンズとポロシャツをたたんでいるときに聞こえた。

とりわけ、鮫島の恋人役の晶《しょう》という少女の造形が鮮やかですね。この男言葉を使うロックバンドのヴォーカルには、不思議な色気が感じられます。

そして、もうひとつは、髙村薫の『マークスの山』です。ひとつのミステリーの中に犯人が二人、正確には、ひとりと、五人のグループがいるんですね。これがどのように絡み合い、それをのちに『照柿《てりがき》』にも出てくる合田という刑事たちがどのように解きほぐしていくか。その複雑な構成のミステリーを、髙村薫はほとんど破綻なくまとめあげています。しかも、再読に耐えるのは、それが単なる謎解き以上のものを含んでいるからなんですね。

この暗い道は何だろうか。

この暗さの中で途方に暮れていた少年が、精神を病んだ美しい青年として登場してきたとき、なだれるように事件は転がっていくことになります。

☆

注意を逸らさせず常に読者を引き付けることに腐心している作品ということになれば、なにはともあれ新聞小説が挙げられるかもしれません。仮に時期を僕が本を読みはじめた中学生以降と限定してみれば、それから現在に至るまでで、最も話題を集めた新聞小説のひとつと思われるのが三浦綾子の『氷点』（上下）です。少年時代の僕が新聞小説を毎朝読んでいたはずもありませんが、テレビ・ドラマになった『氷点』は毎回熱心に見た記憶があります。本を読んだのはたぶんその後でしょう。

風は全くない。

読み返す前は、自分の娘を殺した犯人の遺児をあえて貰ってくるという設定に、そうとう違和感を覚えるのではないかと思っていたんですけど、今回も、さてこのいじらしい少女がどうなっていくのかという興味に引きずられて面白く読めました。

考えてみれば、主人公はどうなっていくのか、という興味が読者の関心を持続させる力になるのはもちろんですが、それが幼い者であればあるほど、そしてその幼い者がいじらしい存在であればあるほど、読み手を引き付ける力がさらに増すのは当然のことかもしれません。

新聞小説というのはなかなか難しい時代に入っているようですけど、ここ数年の中で、最も成功した新聞小説と言われる宮尾登美子の『蔵』（上下）も、幼く、いじらしい存在がどうなっていくのだろうという興味によって読者を引っ張っていくんですね。

吹雪の荒れ狂う一月末の夜更け、田乃内家に産声をあげた女の子を、当主意造《いぞう》は烈《れつ》、と名づけた。

新潟の酒造業を営む地主の家に生まれた待望の赤ん坊は、先天的に眼が悪い。その悪条件の中、けなげに生きていく。烈は自分の意志をはっきり言う子なんですけど、いやだという時に「やら！」と言うんですね。これがかわいい。なんだか耳について言うか、眼について仕方がない。『蔵』の成功の一因はこの越後弁もあずかって大きいと思えます。

もちろん、この子はどうなっていくのだろう、という関心の抱かれ方は、新聞小説に限ったものではありません。

かつて週刊誌、といっても「朝日ジャーナル」ですけど、そこに連載された高橋和巳《かずみ》の『邪宗門』（上下）も、この少年がどうなっていくのか、と思いながらひとつの新興宗教の教団の運命を眺めていくことになる物語でした。

最初、砂礫《されき》敷きの細ながいプラットホームがなんの飾りもなくのびる駅に降り立ったとき、鮮明な雲の輝きが、少年の胸を撃った。

やがて、この少年が成長し、ひとつの教団を道連れに、国家と勝ち目のない戦いをすることになるわけです。

☆

こうした小説の中の時間というのはゆったりと正常に流れていますよね。ところが、小説の中には、独特の時間の速度が備わっていて、その流れにいったん乗ってしまうと、どちらの方向かわからないけれど一気に最後まで連れていかれてしまう、というような作品があります。

小説自体が持っている独特のスピード感ということになれば、まず村上龍の作品を挙げなくてはならないでしょう。

気が付くと小田桐は人間一人がやっと通れるような森の中の狭いケモノ道をフラフラしなが

ら歩いていた。

たとえば、この『五分後の世界』では、なぜかもうひとつの日本が存在する地下にずり落ちた主人公と共に、狭く暗いトンネルを凄まじい速さで走るトロッコのような乗り物に乗ったまま、一気に出口に向かうというような感覚を味わうことになります。そして、その村上龍作品に独特の感覚というのは、ごく普通のSFのパラレル・ワールド物では決して味わえないものなんですね。

一方、吉本ばななの『アムリタ』（上下）は、村上龍の直線的なスピード感とは対照的に、螺旋状に舞い上がっていくようなスピード感とでもいうべきものを持っています。

私はかなりの夜型なので、たいてい明け方になってから床につく。

それは、単に二点間を移動する際のスピード感ではなく、空間と時間を包み込んだ宇宙を自在に動きまわるときに生じるスピード感のようなものなんですね。

☆

面白い小説の中には、ストーリー展開の意外性や、主人公への同一化を促されることによるもの以外にも、ただその雰囲気に浸るだけでいいという書物があるものですよね。どれということもなく、その作家の書いたものであれば何でもいいという作品。たとえば、僕にとっては阿佐田哲也の小説がそれに当たります。

阿佐田哲也の小説なら、

もはやお忘れであろう。

という一行から始まる『麻雀放浪記』（全四巻）でもいいし、

人はただ、奴のことを、健、と呼ぶ。

で始まる『ドサ健ばくち地獄』（上下）でもいいんだけど、僕にとってとりわけ印象の強い本ということになると『新麻雀放浪記』になります。

夢のように年月がたってしまって、私も四十歳になっていた。

それは、主としてこの文庫本の解説を僕が書いたという極めて個人的な事情によるんですけど。ある夜、阿佐田さんと飲んだ帰りのタクシーで、読み終わったばかりの『新麻雀放浪記』の話を持ち出すと、「沢木さんはあんな本を読んでちゃいけません」と言われてしまったことがあるんです。その様子が、いかにもヤクザの親分が、素人の若造に危険な賭場に出入りすることを諫めているという風があっておかしかった。ところが、二年後に、それが文庫化されることになると、解説を書いてくれないかという電話が入りましてね。ちょうどそれも夏だったんですが、ヨーロッパからアメリカにかけて少し長い旅をすることになっていた僕は、阿佐田哲也・色川武大《たけひろ》の全作品をバッグに詰め込むと、ヘルシンキで一冊、チューリヒで一冊、パリで一冊という具合に読み継いでいって、文庫の解説としては異例の長大な解説を書いてしまったということがありました。

もっとも、『新麻雀放浪記』を挙げたのはそれだけが理由じゃないんです。老いた「坊や哲」が「ヒヨッ子」と呼ぶ若者と繰り広げるバクチ旅は面白いし、とりわけ、最後のマカオのカジノの部分には、バクチというものに関する要諦が無数にばらまかれているということもあります。もし、この夏、どこかのカジノでバクチをするつもりの人がいたら、これを読んでおいて損はないんじゃないかな。いや、カジノに持っていって、負けたらホテルの部屋で読み返すといいと思います。

ストーリーより雰囲気を味わうということになれば、池波正太郎の『鬼平犯科帳』を挙げないわけにはいかないかもしれませんね。

小《お》野十蔵《のじゅうぞう》が、目ざす家の前へ立ったのは、その日も夕暮れになってからである。

しかし、『鬼平犯科帳』の唯一の欠陥は、それが短編連作のスタイルを取っているということなんですね。大長編を一気呵成に、という条件から外れてしまう。でも、その一点に目をつぶれば、そして、その世界に浸ることができるようになれば、しばらくは読む本に困らないという利点がありますなんといっても、文庫版で二十二冊も控えているんですからね。

藤沢周平の『蝉しぐれ』は、お家騒動と淡い恋というストーリーの骨格はあるものの、やはりどこかで藤沢周平に独特な世界の雰囲気を味わうための作品のような気がします。

海坂《うなさか》藩普請組の組屋敷には、ほかの組屋敷や足軽屋敷には見られない特色がひとつあった。

その味わうべき雰囲気というのも、池波正太郎における江戸という都市の微細な気配といったようなものではなく、現代人に通じながら実際には存在しえない、背筋の通った人間のたたずまいとでもいうべきものだと思います。

☆

ようやく、ここまでたどり着きましたけど、残念ながら日本のノンフィクションや海外の作品について触れている余裕がなくなってしまいました。それは、いつかまた機会があったら、ということで勘弁してください。

（95・8）

旅の方へ　この十六冊

『何でも見てやろう』小田実《まこと》

僕が中学二年、十四歳のときに父が買ってくれたのは二段組の廉価版のペーパーバックでした。オリジナル版はその一年ほど前に刊行されていて、一段組のもう少し分厚いものだということは後に知りました。

父が買ってくれたこの本は、しかしずっと開くことなくそのままにしていました。正直興味が湧かなかったんです。この本がというより、紀行文、ノンフィクションというものに興味がなかったんだろうと思います。僕が読まないもんだから、「先に読んでもいいかな？」と言って父が持っていき、読み終わって返してくれた。そのとき「こんなだったらな」と言っていたのが印象的でしたね。自分に対してだったか、僕に対してだったかいまでもよくわからないんですけど。

結局、僕自身はだいぶ経ってから読むことになります。しかし、一読して「これはすごい！」という風にはならなかった。帯に「世界一周一ドル旅行」と書いてあって、一日一ドルでどんな旅ができるのかなと興味があったんですけど、それについてはほとんど書かれていなくて、なんか裏切られた感があったんでしょうね。そもそも全体の半分くらいは留学記なわけで、支給された奨学金でアメリカにいる。そのため少し肩すかしをくったような感じがあったんじゃないかな。いまとなれば、戦後に書かれた紀行文としては最高のものだろうということは理解できます。引用にあるように、好奇心が世界に向かって全開され、最後までそれが持続するというのはすごいことですからね。しかし、当時の僕には、その文明論的なところがつまらなかったんだろうと思います。

ところが、僕は深いところでこの本に「当たって」しまった。小田実のエネルギーに感応してしまったんです。中学三年の夏休み、伊豆大島に一人で旅に出たのは、この『何でも見てやろう』という本の熱を浴びたからだったんじゃないかと思います。

大学時代はよく小田実を読んでいましたが、しだいに読まなくなっていきます。虫瞰図《ちゅうかんず》と鳥瞰図《ちょうかんず》、偉いさんとただの人、殺す側と殺される側というように、ある種の二分法によって描かれるものが多くなり、わかりやすいけど、何か大切なものを取り落としてしまっているんじゃないかと、違和感を覚えるようになったからです。

『アデン　アラビア』

ポール・ニザン
篠田浩一郎訳

この本はたしか一九六八年、僕が大学三年生の時に、友人の妹さんで東販だか日販だかに勤めていた人に何割引きかで買ってもらったんだと思う。これは、僕と同世代の人たちのあいだで、冒頭の一行が疫病のように流行したという意味においても、『アデン　アラビア』というタイトルに、どこかでランボーの匂いを嗅ぐことで旅への憧れを覚えさせてくれたという意味においても、忘れられない本ですね。

紀行文としての『アデン　アラビア』は、けっして秀れた作品ではないような気がします。《ぼくは二十歳だった。それがひとの一生でいちばん美しい年齢だなどとだれにも言わせまい》という たった一行によって、この本はある世代にとっての不滅の本になってしまった。この一行には喧嘩をするときの啖呵《たんか》に近いものがあって、言葉の勢いにみんな飲まれてしまい、熱病のようにひたすらこの言葉を繰り返すことになってしまったけれど、いま読み返すとこの一行以外に何があったんだろうかと思ってしまうところがありますね。

ちなみにこの一行はその後こう続きます。

《一歩足を踏みはずせば、いっさいが若者をだめにしてしまうのだ。恋愛も思想も家族を失うことも、大人たちの仲間に入ることも。世の中でおのれがどんな役割を果しているのか知るのは辛いことだ》

この本には、旅のアフォリズムは豊富だけれど、アデンという街が描かれることはほとんどないんです。船に乗って、アデンに行き、帰ってくるだけで、ひたすら抽象的な思索が述べられる。「あなたが行ったアデンという街はどういうところで、どんな感慨を抱いたのか」という疑問にも、ほとんど答えられていない。せっかく色々な人との関わりがあったはずなのに、そのやりとりが具体的に書かれることはないんです。紀行文とすればずいぶん欠陥があるように思う。要するに、具体的な行動が読み手に見えてこない。だから風景の描写がこちらに届いてこないんです。やはりこの本は僕にとっても、多くの人と同じように、第一章の第一行だけ、ということになるのかもしれませんね。

ポール・ニザンはサルトルと同級生だったのかな、戦前に共産党に入党して精力的に活動をした後、党に裏切られるという形で抹殺され忘れ去られるんです。ところが、ある時期から再評価の気運が高まる。そういう彼の人生、死後もう一回甦るという有り様も、この一行のヒロイックな感じと共鳴し合っているように思います。

ポール・ニザンはものすごいインテリで優等生だったから、カミュが持っている官能性のようなものがあまりなかった。そのためせっかくアデンまで行きながらその街が持つ官能性に気がつかない。それが共産党との関係より、もっと悲劇的だったような気がしますね。

『黄金のゴア盛衰記』 松田毅《き》一《いち》

この本は僕がユーラシアへの旅をしている最中に出版されていたので、帰国してから読みました。読んで、日本の、ごく限られた時期というか、時代を研究することで、もっと大きなところに突き抜けていくことのできる学問が存在するんだなと確認できたような気がしましたね。微細な世界の先には豊かに広がる世界があるんだという感じを受けて、あらためて研究者というのはすごいなと思ったんです。

旅に出る一年ほど前、当時中央公論社に「中央公論別冊　歴史と人物」という雑誌があって、時おり松田先生がマカオやゴアについて書いていた。松田先生はルイス・フロイスを研究していた方で、もちろん十五、六世紀の日欧交渉史に関するテーマで中公新書などを書いていたのは知っていましたけど、こんな形でも書かれるんだなと興味深く思ったのを記憶しています。

僕は大学の講義で松田先生が得意とした「雑談」を、この本に重ねて読んでいったように思いますね。「黄金のゴア盛衰記」「歴史の博物館マカオ」などを読むと、「ゴアやマカオのことをよく喋ってたよなあ、あのオッサンは」と、ふっと懐かしい記憶が甦ってきます。

たとえば僕の旅では、当初、香港は二、三日でいいと考えていましたが、マカオには一日行ってみようと思っていました。松田先生がよく話題にしたマカオの聖パウロ天主堂跡を訪ねるつもりだったんですね。『深夜特急』の冒頭にも書きましたが、ゴアへは、行くかどうか迷って結局行かなかった。その惹かれながらも逡巡する思いにも、やはり先生の「雑談」が頭のどこかにずっとあったのだろうと思います。シンガポールに行く途中に、マラッカに足を延ばすのも、先生が授業中に喋っていた夕日の中のマラッカがとても魅力的に記憶されていたからなんでしょうね。

ゴアとマカオは長くポルトガルが領有していた要塞都市です。マカオは先頃中国にスムーズに返還されましたが、ゴアは一九六一年、インドが武力でポルトガルから奪い返した土地です。僕が旅したときにはすでにヒッピーの聖地になっていましたけど、僕にとっては、ゴアといえば「ヒッピーの聖地」というより、「黄金のゴア」という響きが相応しかった。ポルトガルの大航海時代には「黄金のゴア」と呼ばれるほどに栄えたのだという松田先生の言葉には、ものすごく魅力がありましたね。もしあのままゴアに行っていたなら、その後の旅はまったく違うものになっていたでしょう。

思えば松田先生には二年間、スペイン語を教わりましたが、「雑談」を聞いていたという以上に特別親しくさせていただいたという記憶はないんですね。でも、それでよかったのだと僕は思います。教師というのは、学問上の何かを教えることも重要だけれど、結局のところ、若い人たちに情熱を伝えることがいちばん大切なことなんですから。

あらためてこの本を開いてみると、松田先生のこんな夢が語られています。自分が歳をとって教師をリタイアしたら、ゴアかマカオに行って、日本人観光客のガイドをしたい、と。実際リスボンの観光ガイドは教養があって四カ国語ぐらいは自由に操れる老人がなっていたりするらしいんです。だから先生はヨーロッパとアジアの接点としてこの街はどういう風に存在して、栄え滅びたのか、ガイドしてあげたいというんですね。

松田先生は学者として深い知識を持っていました。観光客の中には、その熱を受け取って、そのことをもっと調べてみようと思う若者も現われたかもしれない。そう思うと、いまでは叶わないことだけれど、あのオッサンにガイドやらせてあげたかったなと思ったりします。

『風浪の旅』檀一雄

本来、日本の文学の伝統に漂泊というのがあるはずなんだけど、近現代では俳人を除いて、漂泊を文学にする人はあまりいなくなってしまった。実際、物書きで目的地の定まらない旅を続けて紀行文を残してる人はあまり見当たらないんですね。しかし、わずかな例外が檀一雄かもしれません。檀一雄は、目的もなく目的地もない旅を一生やってきた人だということができるんじゃないかな。代表作の『リツ子　その愛・その死』も『火宅の人』も、旅が重要な意味を持っている。いつでも彼は旅をしているんですね。小説においても、実人生においても。

一九七四年の一月、この本は僕が『深夜特急』の旅に出る直前に出版されています。

この頃の僕は、その後に自分が檀一雄のことや、檀一雄の奥さんのヨソ子さんのことを書くなどとはまったく考えてもいなかった。だから、僕がこの本を買ったのはこの装幀が気に入ったからだと思う。この本は檀一雄が書き散らしたエッセイを集めただけのものだから、それ自体が素晴らしい紀行文として成立しているというわけではないんですね。実際、当時の僕の感想は、本としてのまとまりがない本だな、というものだったように思います。

ところが、いま読んでみると、驚くんです。ここで檀一雄が書いていたのと同じようなことをやっている自分がいる、ということに驚くんです。

旅人としての檀一雄の魅力、この『風浪の旅』という本に収められた文章の魅力は、あらゆるところに行ってさまざまな風景や人々と出会っているということだろうと思います。そのため、話題が無限に広がっていく豊かさがある。そういえばハンブルクではこうだった、そういえば中国ではああだったと、いくつもの風景が記憶から引き出され織られていく。その引き出し方がとても軽やかなんですけど、まさに彼はそういう具合に世界中を旅していったんでしょうね。

たとえば、街をうろつくときは、まず最初に市場に行って、色んなものを食べて、飲んでみると記されている。そしてその様子を軽やかな筆致で書いていく。現代では当たり前の話かもしれないけれど、当時、こんなやり方で旅をし、旅について書いていた人はいなかったはずです。ポルトガルのサンタクルスという港町で一、二年、王侯貴族のように暮していたことも、この本のいくつかのエッセイから窺い知ることができたりもするんですね。

僕はこの本で、檀流の旅のスタイルを知らないうちに学んだような気がします。しかし、もちろん、相容れない部分もあります。彼が時々自嘲気味に、あるいは誇らしげに自分はヒッピーの元祖だったのではないかと書いたりする。それはまったくその通りだと思います。目的地のない旅をするということができる大人はあまり日本にはいなかったでしょうからね。

彼が文章でよく使う言葉に「喪家《そうか》の狗《いぬ》のように」という表現があります。それは家を失った犬がうろついているさまを表現するために使うんですけど、まさにそれは檀一雄が自分自身に対して強く抱いていたイメージなんですね。しかし、檀一雄は人が必要な人だった。サンタクルスを訪ねたのも、自分の弟子のような人が先に行っていたからだし、ニューヨークでもパリでも日本人の女性と親しくなったりする。彼にはやはり人が必要だったんですね。そこが僕と根本的に違っているところだと思います。旅先で、僕は檀一雄のようなかたちでは人を必要としませんから。檀一雄はまったく一人きりでうろつく野良犬ではなかったということかもしれません。

『逆桃源行』竹中労

この本が竹中労の作品の中ですぐれたものかというと違うと思います。この本は、彼の旅に関する思いがあふれたエッセイが集められたものという域を出ません。

僕が旅に出る前から、竹中労は「話の特集」に旅の途上からのレポートを断続的に掲載していたんですね。旅先は台湾だったり香港だったり、東南アジアを中心にさまざまでした。竹中労がアジアを旅行していたのは観光が目的ではなく、革命運動、反政府運動に共感を抱き、自ら何かをしようと思っての旅でした。

当時、東南アジアへ買春以外の目的で旅をする人はほとんどいなかった。旅をするという感覚で東南アジアを書く人もいなかった。だから、長い旅を終えて帰国したばかりの僕はこの本を読んで親近感を抱きました。

東南アジアを旅する際にいくつか参考になるものもこの本にはちりばめられています。一つは筆談の有効性。アジアでは華僑がいるかぎり、筆談を通してコミュニケーションがはかれると教えてくれています。また竹中労は東南アジアで女を買うということを厳しく否定している。開高健は女を買うことでその国がよくわかると言うけれど、竹中労は、女を買うことは良くない、特に東南アジアに行って金の力に物を言わせて女を買うなどということは、人間の品性として良くないと言う。その考え方はまったくその通りだと僕も思います。開高健的な、買った女によってその土地がよくわかるという言い方にも確かなところはもちろんある。でも、僕は竹中労のように人間の品性として良くないんだという言い方の方に与《くみ》したいと思う。この点は、一見やくざっぽい荒々しいところがあるように見える竹中労という人の、人間としての上品さが見て取れる一例かもしれませんね。

竹中さんには、ある依頼をするために一度会ったことがあります。その時、僕が『鞍馬天狗のおじさんは』は素晴らしい作品だと思うと言うと、少し照れながらとても嬉しそうだったのが印象的でした。

亡くなる前の夜、竹中さんの夢を見た。ある編集者と僕が山頂の寺院から階段を下りてくると、竹中さんが一人で上がってくる。編集者と竹中さんが知り合いだとは思えないんですが、「あ、どうも」と挨拶を交わすと、編集者が竹中さんにお金を渡してすれ違った。

朝起きて新聞を開いたら、竹中さんが亡くなったという記事が掲載されていて一日中不思議な思いの中にいたことがありました。いまもってそれに何の意味があるかわからないんですけどね。僕は旅に、李賀《りが》の詩集を一冊持って行きましたが、帰ってきてこの本を読んだら、僕が一番好きな李賀の詩を竹中さんもあげていて、自分で訳していたのには驚きました。それは「飛光よ、飛光よ、汝に一杯の酒をすすめん」という一節を含む詩でした。

『アレキサンダーの道』井上靖

この『アレキサンダーの道　アジア古代遺跡の旅』も、井上靖の西域をテーマにした紀行文の中でいい作品かと言うと残念ながら違うかもしれません。しかしこの本は『深夜特急』にとってとても重要な意味を持つことになったんですね。

これは「文藝春秋」に連載されたんですけど、一回目が掲載されたのが一九七四年の一月号、つまり一九七三年十二月に発売された号でした。

その回ではアフガニスタンからイラン、トルコを、平山郁夫《いくお》さんたちと一緒に自動車で回った時の様子が描かれていました。それを読んだ僕は、この人たちが車で回れるということは間違いなく道路があるのだなと思った。だとすればバスもあるんだろうと考えた。インドからパキスタンまではバスで行けるだろうと思っていたけれど、アフガニスタンからイラン、トルコというのはバスで行けるものかどうか、情報が乏しくてわからなかったんです。

僕はデリーからロンドンまで乗り合いバスで行きたいと思っていたけど、実際のところ、そんなことが可能なのかどうかまったくわからなかった。なかば途方に暮れていた時に井上さんたちが車で回ったことを知って、これは行けるかもしれないと思うことができたんですね。あのとき、この文章に出会わなかったら、きっとその迷いは解消されなかっただろうという気がします。その意味で、この本は『深夜特急』の旅のルートを決定する大きな要素になったんです。行こうか、どうしようかと思い悩んでいる最中だったので、僕としては背中を押されたというような気さえしています。素朴にありがたかったという思いが残っています。

後に、平山郁夫さんから「広島でシルクロードのシンポジウムをやるから来てくれないか」と誘われたことがあります。僕はシンポジウムというのはあまり好きではなくて、出ないと決めているのだけれども、平山さんにはあの時の「恩義」があると思って出席することにしたんですね。で、シンポジウムの前に、少し雑談したんですけど、そのとき「平山さんや井上さんが先に行ってくださっていたので、僕の『深夜特急』の旅が成立したんです。本当に感謝しています」と伝えた。そして「あんなお年の人たちが行けるんだから僕にも行けないはずがないと思った」とよけいなことを言うと、平山さんに「その時は私たちもまだそんな年寄りじゃありませんでした」と反論されたりして笑い合うなんていうことがありました。

とは言うものの、井上さんたちの旅は僕の旅とは本質的に違う贅沢なものだったことは確かです。たとえば、井上さんの文章には、途中、カーブル川の岸で自動車をとめ、大使館で用意してもらった弁当を開くと書いてある。つまり、そういう旅、ある意味で王侯貴族の旅だったわけですね。井上さんたちも僕も、アレキサンダーが東上した道を逆に行ったように、アフガニスタン以降のルートはかなり重なっています。だから、井上さんの文章に描かれる風景の描写が非常に正確であることに驚かされるんですが、同時にその文章には読み手を興奮させる何かが欠けているように思えます。井上さんが本当の思いを述べているのは最後の一頁だけで、あとは正確な叙述に徹している。

つまり、このぐらいの年齢の人たちがこういう旅をするとこういう感じになるんだろうな、と思えるんです。彼らにははっきりと見たいものがあるんですね。あそこであれを見たい、この遺跡でこれを見たいというはっきりとした目的がある。そこに真っすぐ行って真っすぐ帰ってくる。だから何も起きない。僕には見たいものなどなかったから勝手気ままに前に進むだけでした。勝手気ままに行けば、そこに何が起こっても不思議ではないですもんね。

『李賀』荒井健注

李賀の詩集を旅に持って行こうと思ったのは、そこに漢字が多くあったからです。漢詩でなければ、国語辞書でもよかったかもしれない。推理小説では一日で読めてしまってどうしようもない。旅に持参する基準はひとつ、長持ちすること。旅がどれくらいの長さになるかわからないから、とにかく飽きない本を持って行こうと思ったんです。漢詩の詩集には漢字がいっぱいある。見ているだけで退屈しないだろうし、字が恋しくなったらこれを見ていたらいいなと思った。実際、これは大正解でした。一年中見ていても飽きなかったですからね。

漢詩の中でもなぜ李賀だったのか。それは当時よく出入りしていた雑誌「調査情報」の編集部での会話が発端でした。あの編集部では夕方から飲み会が始まるんです。平日のなんでもない日でも、です。みんな仕事の手を休めて、飲みながら話をする。その時の話題は芸能ゴシップからスポーツ、政治までいろいろなんですが、僕の知らないことが多かった。そんなある時、李賀が話題に出たんですね。もちろん僕は彼のことを知らなかったんですが、すぐその後、李賀の本を探して読んでみた。読んでみたといっても李賀については一冊しかなくて、それがこの中国詩人選集のものでした。その時は、特に深い感慨を抱かなかった。難しいということもあったんでしょうね。ただこの人は若くして死んだんだということ、「鬼才」というのはこの人の才能を表すために作られた言葉なんだということが心に残ったというくらいかもしれません。

ただ、李賀にこんな詩があります。

《長安に男児あり。二十にして心已《すで》に朽ちたり》

この言葉は『アデン　アラビア』の一行「ぼくは二十歳だった」と重なって、強い印象を受けました。自分は二十歳にして心朽ちたりなどしていないから、逆に憧れのようなものを感じたのかもしれません。当時二十六歳の僕にとって、持っていく漢詩集が杜甫や李白ではなく李賀だったのは、ポール・ニザンに対する関心と同じようなもので、自分に近い年齢で、夭折に近い死に方をした人としての関心からだったように思えます。

『深夜特急』の第三便のタイトルに「飛光よ、飛光よ」と付けましたが、当初は紀行文全体のタイトルとして考えていました。第一便、第二便、第三便というより「飛光よ、飛光よ」というタイトルでひとつの塊、一冊の本という意識があったんですね。

『マラケシュの声』エリアス・カネッティ
岩田行一訳

このエリアス・カネッティの『マラケシュの声』は、インドのブッダガヤで知り合った此経《これつね》啓助さんという人から教えてもらった本です。此経さんは日本語の教師になるためにブッダガヤにやって来たけれど、なかなか教師にさせてもらえずぶらぶらしているという時に出会いました。

僕はカネッティという作家を知らなかったし、『マラケシュの声』という作品も知らなかった。そこで、さっそく日本にいる友人にカブール大使館留めで送ってもらいました。当時は大使館気付で手紙や本などを日本から送ってもらうことが可能だったんです。いまはどうなっているのか、知らないんですけどね。

ユダヤ人であるカネッティがマラケシュという街を訪れ、ユダヤ人街に深く入っていく。何も具体的には起きないけれど、彼はこの街を描いてみたい、それも音を通して描いてみたいと思うんです。現地の言葉を理解できないが、理解しなくてもいい、言葉をあえて覚えずに音を通して理解しようと心に決める。その理解する過程をモチーフに、短い文章が連ねられていくんですね。

僕が『深夜特急』を書く時に、まずイメージしたのが『マラケシュの声』でした。この手法で描けないかと、短編を真珠の首飾りみたいに連ねた紀行文を何度か試みたものです。

この中の短編のひとつに、習い覚えた世界の諸言語を忘れてしまい、ついにどの国に行っても、人が話す言葉の意味がもう理解できなくなってしまった一人の男を想像する、というように始まる文章があります。その中の一節、《言語のなかには何があるのであろうか？　言語は何を蔽《おお》っているのであろうか？　言語はわれわれから何を奪い去るのであろうか？》という文章には強く心を動かされたものです。

この本を読んだ後、僕は旅先でノートの余白に短編のタイトルのようなものをいくつも書き連ねるようになりました。それほど影響を受けたということなのかもしれません。

しかし、結局、『深夜特急』は手紙や記録や記憶を繋いでひとつにするというかたちをとることになります。『マラケシュの声』のようなスタイルで書いてみたいと思いましたが、書けなかったということかもしれません。

『マラケシュの声』には瞬間的な出会いと別れがある。『深夜特急』は、むしろもっとゆるやかな連なりによって構成されている。連続性の中にある旅を短編化してしまえば、少なくともいまあるものよりもっと短くシャープになったかもしれないけれど、最終的に僕はそのスタイルを選択しませんでした。

『ミッドナイト・エクスプレス』

ビリー・ヘイズ
ウィリアム・ホッファー
小関哲哉訳

なんといっても『ミッドナイト・エクスプレス』は、まず映画ありきでした。本については、出版元がヘラルド出版ということもあって、映画のノベライゼーションかなと思ったんですが、これが本物の原作だったんですね。でも、映画とは物語の展開がだいぶ違っています。

映画を観た時の恐怖感はすさまじく、体が震えるほどの衝撃がありました。主人公はひょっとしたら僕かもしれないという怖さ。その思いが僕に『深夜特急』を書かせたのだともいえるような気がします。ちょうどユーラシアまでの旅をずっと書きたいと思いながら、上手く書けずにいた時期だったんで、強い刺激になりました。

最初に主人公がハシシを手に入れたというカフェが映るんですけど、思わず身を乗り出すように見てしまいました。あれは「プディング・ショップ」じゃないかなとね。こんなシーン、トルコで撮ることなんてできないんじゃないか、だから本物を模したセットなんじゃないかと思いましたが、それこそ僕がイスタンブールでよく行っていたカフェとそっくりだったんです。

その冒頭から彼の運命と僕の運命が重なり合ってしまった。

あの「プディング・ショップ」で彼はハシシを買い、それが露見して逮捕された後、何年にもわたって牢獄に入れられ凄まじい体験を重ねるわけです。どうにかしようと思うけれど、どうにもならない。

僕が震えたのは、もしかしたらそれが自分の運命だったかもしれないと思えたからですが、ビリー・ヘイズと僕の違いはどこにあったのか。単なる運に過ぎないのか。その視点が『深夜特急』を書く時の重要な視線になっていったのは間違いありません。そういう眼で『深夜特急』の旅をもう一度振り返ってみると、いかに危険と隣り合わせだったのかということがわかってきます。この『ミッドナイト・エクスプレス』はその視点を僕にプレゼントしてくれたんですね、あの恐怖の二時間と引き換えに。

『さもなくば喪服を』ラリー・コリンズ ドミニク・ラピエール 志摩隆訳

一九七七年、僕にとってはとても珍しいことなんですけど、友人三人と連れ立ってスペインを一カ月ほど旅したことがあります。その時、たった一冊『さもなくば喪服を』という本を持っていったんです。『パリは燃えているか?』を書いたラリー・コリンズとドミニク・ラピエールの共作で、僕が読んだノンフィクションの中でも最も素晴らしい作品のひとつだと思います。その後、何人もの編集者やライターに勧めもしました。この作品はスペインの近現代史と闘牛と闘牛士の個性というのが、見事に織りなされた傑作だと思いますね。

マノロ、通称エル・コルドベスという闘牛士が、大事な闘牛の試合に出ていって、見事成功するまでのある一日を、彼のライフストーリーを絡めながら書いていく。僕自身がとっている記述のスタイルと似ていたということもあって共感したのだと思います。エル・コルドベスのライフストーリーを書くということが、そのままスペインの近現代史に重なっていく。戦後のスペインの困難な状況がエル・コルドベスの少年期に重ねられ、大きなひろがりのある物語となっているんです。

主な舞台はアンダルシア地方で、僕たちが四人で車を駆っていてもガイドブックを読まなくてもいいくらい、アンダルシアのことがよくわかるという感じでした。別に読んでるところと場所が一致するわけではないけれど、アンダルシアの景色の中でこの本を読んでいくというのはとてもスリリングな経験でしたね。読書を通してその土地のことがよくわかっていくという実感をこれほど感じさせてくれる本はそうそうないだろうと思ったりもしました。土地を体験しながら読んでいくと、身体の中に入ってくる情報の度合い、深さは計り知れないところがあります。

ノンフィクションということに関していえば、その構成が見事でした。一人の闘牛士の物語に、歴史、風土、人間と、さまざまな要素が絡むように入ってくる。章立てもマドリードを核として据え、さまざまな場所に飛びながら、最後はまたマドリードに戻り、闘牛のクライマックスになだれ込んでいくという構成が美しかった。自分と似たようなことを考えている人たちがいるんだなと思ったことを覚えています。

『コーマルタン界隈』 山田稔《みのる》

この作品は、コーマルタンというパリの一角に、作家であり大学の教師でもある山田稔が留学してそこにしばらく暮し、さまざまな人たちとふれあうことによって生まれた短編連作の物語だと説明することができるかもしれません。

短編の一作一作が実にさりげなく、小説という作り事の枠を離れてとても気持よく伝わってくる。僕は一カ所に長期に滞在することに憧れているところがあるんですが、ひとつのところに居続け、言葉を覚え、そこに住む人たちとここまで意思の疎通が図れているということが、この本をより一層魅力的なものにしています。見知らぬ街で暮し、勉強し、そして言葉を覚える。人びとと触れ合う。そういうことがさりげなく描かれていて、それをひとつの旅と考えると、旅のありようとしてとても羨ましいものに感じられました。僕もいつかそのような旅をしてみたいと思いつつ、いまだできていません。

この作品において重要なのは「住む」ということだったと思います。住んだことの結果、広がる世界というのがある。何が理解できたのかということを大袈裟に口にするわけではないけれど、すれ違ったり関わったりすることによってささやかな了解を手に入れる。本当に些細なことしかここには描かれていないけれど、深く心に染み入ってくる。結局、旅とはそういうものなのだろうとも思えますね。

『モーテル・クロニクルズ』サム・シェパード
畑中佳樹《よしき》訳

これもやはり異国で長期間暮らすことと同じように、僕にとっての夢のような旅のスタイルが見てとれる作品かもしれません。

サム・シェパードの『モーテル・クロニクルズ』には、まさにアメリカの旅を生きているような世界があるんです。車で移動し、モーテルに泊まる。そこで日付のある文章を記す。それだけなんです。しかし、そこには僕の夢のような旅が存在するんですね。

僕は昔からサム・シェパードに関心があったわけではないんです。彼の戯曲も読んでいなかったし、まあ、読もうにも本が出版されていなかったこともある。一冊ボブ・ディランをドキュメントした『ローリング・サンダー航海日誌　ディランが街にやってきた』があったくらいで、それもドキュメントというより、記録映像『激しい雨』のメイキングというようなものだった。サム・シェパードが脚本を書いている映画や出演している映画も意識的には観ていなかったと思う。

きっかけは雑誌の特集記事でした。雑誌「SWITCH」に載っている記事を読んで、気になる人だなと思った。それ以降、友人がアメリカに行く時にサム・シェパードの本を買ってきてもらったりしたけど、残念ながら僕の語学力では彼の戯曲はすらすらと読むというわけにはいかなかった。そういう中で『モーテル・クロニクルズ』が翻訳されて、初めてサム・シェパードがいくらかわかったと感じることができたんですね。

この「移動しながらモーテルで書く」というスタイルはとても面白いと思った。移動した場所でとにかく書く。そしてそれだけを集める。その発想はユニークだと思ったし、何よりもアメリカ的であり、サム・シェパード的であるとも思いました。

『モーテル・クロニクルズ』の中で、唯一生々しいのは父親についての描写ですけど、それが特に大きな意味を持っているわけではありません。この本のモチーフは移動なんです。

荒々しい感じはするけれど、何か他の作品のためのノート、メモ書きのようなものではないと思います。非常に断片的であるけれど、実にバランスがとれている。読者はこの本を読みながら、彼の移動感を自分のものとして、モーテルからモーテルへと旅する気持を味わうことができるのかもしれませんね。

『小沢昭一的　東海道ちんたら旅』

小沢昭一
宮腰《みやこし》太郎

これも僕にとっては夢の旅のひとつなんですね。今回のこの「旅をすすめる16冊」としてあげている本は、僕にとって面白かった、僕の旅にとって大事だったといった但し書き付きだけれども、小沢昭一のこの本は掛け値なく面白いものだといえます。

まずこのすごいタイトルが目を惹きますよね。『東海道ちんたら旅』は『小沢昭一的こころ』というラジオ番組と同じで、宮腰太郎という人の構成になるものだと思う。どういうプロセスを経て本になったのかは興味のあるところだけれど、小沢さんと宮腰さんの共著ということになっているから、小沢さんが喋って、それを宮腰さんが整えて書いたのかもしれない。本当の作られ方はわからないんですけど、しかしこれは絶対に小沢昭一の本だと言うことができるように思えます。なぜかといえば、東京から大阪まで鈍行列車に乗って少しずつ西へ向かっていくというのが基本なんだけど、東京駅を出発したところからもう小沢昭一の世界が始まっている。これは本当に小沢さんならではの芸当だと思います。

浜松なら浜松で途中下車して泊まるとする。この場所にも小沢さんならではの思い出がある。そういえば、昔この街に俳優の加藤武と一緒に芝居の公演で来たことがあったな、そして、加藤武があんなことをして大騒ぎになったな、と語っていく。それが行く先々の街にあるんですから、凄いとしか言いようがないんです。もちろん新しく体験、取材している部分もあるけれど、自分の記憶、体験というものが、東京から大阪まで、考えてみれば「のぞみ」でいけばわずか二時間半の距離の所で、本一冊分が語られていく。これは誰にでもできるということではありません。

旅というのは、それまでの過去の人生というものと無縁には存在しません。いわばその人の人生を引き連れて旅はあるんですね。おそらくこの本の魅力は、語り手である小沢昭一という人の内部に蓄積された「人生のすぐそばにある知識」の魅力につきるのかもしれません。劇団で役者をやり、映画のバイプレイヤーとしてロケにもでかけていく。作家として大道芸を追いかけて地方に行く。そのような経験が蓄積されて、この旅ができあがっていったのだと思います。

小沢昭一の先達は松尾芭蕉かもしれないなんて思ったりもします。『東海道ちんたら旅』は『奥の細道』と同じだなんてね。『奥の細道』において芭蕉は、古典についての文学的な教養をもって東北を旅する。小沢さんは雑学的な教養をもって東海道を旅する。方法論としてはどちらもまったく変わらないんですね。

いつか僕も『東海道ちんたら旅』のような旅をしてみたいんですが、この旅はさっきも言ったように誰にでもできる旅ではないんですね。なにより人間としての力が必要とされるからです。芭蕉には古典的な教養があったからああいう旅ができた。小沢さんには、ある意味で人間的な深い教養があったからこういう旅ができた。でも、僕にはどっちの教養もない気がするんです。だから、いつかそういう旅ができるような教養を身につけられればと思います。ほんとうにむずかしいことですけど。

『サイゴンから来た妻と娘』近藤紘一

大宅壮一ノンフィクション賞を同じ時期に受賞するという縁がありながら、僕は近藤紘一という作家をあまりよく知りませんでした。この本を読んで、最初からピンときたわけでもなかった。奥さんや娘さんという彼の家族を知ることで、作品にも親愛の情を持つようになったというのが正直なところなんですね。

しかし、その後、僕は近藤さんの書いたベトナム、特に近藤さんの書いたサイゴンに惹かれて訪ねて行くようになります。そう考えると、やはりベトナムという国は、近藤さんによって教えてもらったんだと思います。

近藤さんの本には、北が正義で南が悪でという単純な図式ではなく、人々が活気に満ちて生きている場所としてのベトナムが描かれていました。当時、日本のベトナム報道にはそういう視点からのものはほとんど存在していなかった。近藤さんはたまたま現地の女性と知り合って、その女性と結婚するということを通して、そのベトナムの土地と深いかかわり合いを持つようになるわけです。そんな視線で書かれた近藤さんの作品を読み進めながら、ベトナム戦争中のサイゴンに行ってみたかったなという思いが強くしてきたんですね。

僕にとっての新しい旅へと導いてくれた近藤さんの一連の著作の中でも、やはり『サイゴンから来た妻と娘』が一番いいかもしれません。実際読み物としても命を失っていない。そこにはベトナム戦争下の状況もいくらか描かれているけれど、それはさほど重要ではありません。この本には、ある人と知り合い、その人に惹かれ、どこか逡巡しながら最後はきちんと引き受けるという男らしい男が存在しています。

『コーマルタン界隈』と同様、深い物語が生まれるのは、あるところに住むことによってなのかもしれません。そして多分、近藤さんはベトナム語を覚えなかったけれど、フランス語でフランス語の喋れる女の人とコミュニケートすることで、彼女の住む世界に入っていけた。外国で単に暮したというのではなく、そこでパートナーを見つけ一緒に暮し、そこから出てきて日本で暮すという過程は、一人の主人公の物語としてもとても面白い。そして全体に漂うユーモアがこの本を下から支えているような気がします。

ベトナムに行くことで、僕自身『深夜特急』で行けなかった場所に行くというテーマを発見したことも収穫でした。ベトナム、モロッコ、中国へと僕の旅が続くようになったからです。

『マルーシの巨像』ヘンリー・ミラー 幾野宏訳

ヘンリー・ミラーというのは旅する巨人の一人ですよね。彼はアメリカからパリに渡って長く滞在し、『北回帰線』や『南回帰線』などの作品を書いていった。

前からミラーの『マルーシの巨像』は買って持っていて、ギリシャの紀行文だということは知っていたけれど、なかなか読む機会がなく本棚に立て掛けたままになっていました。それが二〇〇四年に開かれたアテネ・オリンピックを前にして、ギリシャに行って紀行文を書く機会があって読むことになりました。

ヘンリー・ミラーという作家は僕にはどこか遠い存在でありつづけていたんですね。しかしこれがきっかけとなってずいぶん近づくことができました。

ギリシャを書くにあたって、ギリシャのどこに行ってもいいという。そこで、どうするか迷っていた。そんなときにギリシャ観光局の人と会う機会があって、その方がこんなところはどうですかというようにいろいろな土地を紹介してくれたんです。僕はギリシャもペロポネソス半島は知っていましたが、島に行ったことがなかった。でも、正直エーゲ海の島にいく気はなかったんですね。するとギリシャにはエーゲ海だけではなく、イオニア海にイオニア諸島というところがあると教えてくれたんです。そこには七つの島があるという。その数字には惹かれたんですけど、決定的なものにはならなかった。

その日、家に戻って、そうだヘンリー・ミラーの『マルーシの巨像』もギリシャについての紀行文だったよな、と思い出して、本棚から抜き出してきて、開くとパラッと地図が落ちてきた。もともとその本に挟み込まれていた地図なんですけど、その地図を見ると、なんとイオニア諸島が出ていたんです。『マルーシの巨像』はイオニア諸島のひとつのコルフ島に行った時の紀行文だったんです。作家のロレンス・ダレルに会いに行くためのね。

これも何かの縁だろう、それでは自分もイオニア諸島に行こうと思い、その旅に『マルーシの巨像』を持っていったんです。ここから不思議なことにヘンリー・ミラーがすらすら読めるようになっていくんです。

僕はヘンリー・ミラーのパリで書かれた作品にはあまり魅力を感じていなかったけれど、半月ものあいだ『マルーシの巨像』を持ってイオニア諸島を旅しているうちに、なんとなく彼に親愛の情を抱くようになったのかもしれません。いまは、なんとなく、変な奴と知り合いになってしまったなあ、という妙な気がしていますけど。

『ぼうふら漂遊記』色川武大

色川さんから博打について具体的に教わったことはないんですね。でも、日々接触しているあいだに、彼の生き方や話を通して、博打とは何かということを少しずつ教わっていったような気がします。

もし色川さんに会っていなかったら、『深夜特急』第一便のマカオの章はあんな風に長くはなっていなかったと思います。もちろんすべて経験したものだけれど、それについての考え方が色川さんと話している中ですごく整理されていった。色川さんの眼を通してマカオでの行為をもう一回読み直すということがあったと思うんです。それによって、マカオでの博打の持つ意味がどんどん大きくなっていった。色川さんに会わなければ、あの章は三分の一くらいで終わっていたかもしれません。

『ぼうふら漂遊記』という本は、世界中のカジノで色々な博打を打っていく話です。博打はルーレットだったり、バカラだったり、ブラックジャックだったりします。色川さんには連れがいて、彼女は英語のよくできる人妻だった。そのちょっと危険な匂いのする道行きも重要な要素のひとつになります。この頃は色川さんの身体の調子があまりよくなかったこともあって、派手な大博打というふうにはならなくて、全体に静かな博打になっている。

僕は色川さんに博打を教わりながら、やはり人生についての考え方を教わっていたのかもしれません。その意味で、色川武大という人は本物の教育者だったのではないかと思ったりもします。最初に色川さんと会ったのは銀座の小さなバーでした。確か僕が二十八、九歳の時ではなかったかと思います。地下にあるその店に入って行くと、たまたま吉行淳之介さんと二人で飲んでいた。実際は他の人もけっこういたと思うけれど、ただ二人が光っていたという記憶が残っています。黒光りしているという感じのすごい光り方でした。以来、僕は敬愛の念のようなものをずっと抱きつづけてきましたし、そういうこちら側の思いは、色川さんにも伝わっていたと思います。

僕が色川さんの文庫本の解説を書いた時のことも強く印象に残っていますね。なかなか書けなかったんです。文庫の解説といっても僕の場合はつい「本格的に」なんて思ってしまうので、なかなか終わらない。そのうち違う仕事もあって海外に出なくてはならなくなった。仕方がないので、僕は色川さんの本をすべてバッグに詰めて、旅の途中で書いていった。不要になった本はホテルや駅のベンチに置いてくる。そんなふうにして文庫の解説を書いたんですね。

文庫の解説には、色川さんのこんな一面がありますよと、スケッチを描くように軽く書くという方法もあるけれど、僕は好まなかったんで、そんなふうになってしまったんです。でも、色川さんには「おおこういうのが出てきたのか」と驚いてもらうことができたように思えます。

実は僕の『バーボン・ストリート』の解説は色川さんが書いてくださることになっていて、今晩書くよと編集者に言っていた、まさにその晩に亡くなってしまった。急遽山口瞳さんがピンチヒッターを引き受けて下さったんですけど、色川さんが果たしてどういうものを書こうとしていたのか、ちょっと知りたかったような気がします。

（05・11）

本を編む

山本周五郎との遭遇

山本周五郎とは三度出会ったことがある。

といっても、山本周五郎と実際に会ったことがあるというのではない。山本周五郎は今から五十年前に死んでいるから、私はそのとき大学生にすぎず、まだ物書きの端くれにさえなっていなかった。

出会ったのは、読者としてである。

私が初めて読者として山本周五郎に出会ったのは、イランにおいてだった。

二十六歳のとき、ユーラシア大陸の端を伝うようにして陸路ロンドンに向かうという長い旅をしたことがある。そのとき、ザックに本は三冊しか入っていなかったが、たまにヒッピーたちのオアシスのような宿で日本人旅行者とすれ違うと、互いに読み終えたものを交換することで新しい本を手に入れることができていた。

アフガニスタンからイランに入ったとき、ひとりの日本人男性から山本周五郎の文庫本を譲られた。

それは『さぶ』だった。日本語の活字に飢えていた私はすぐチャイハナに行き、甘いチャイを飲みながら本を開いた。

《小雨が霽のようにけぶる夕方、両国橋を西から東へ、さぶが泣きながら渡っていた》

冒頭の、その一行を読んだだけで、私は不覚にも涙が出そうになってしまった。理由は自分でもよくわからなかった。恐らく、その一行によって、長く離れている日本の風景が現前するように感じられたのかもしれない。

旅に出て一年後に日本に戻ると、私はあらためて山本周五郎を読みはじめた。そして、日本にはこのような作家がいたのかと震撼させられた。

二度目に出会ったのは、それから数年たったある日のことだった。

私の家に新潮社の編集者から連絡があり、会うと意外な仕事の依頼をされた。新しく新潮社から日本文学全集を出すことになったが、その山本周五郎の巻に解説を書いてくれないかというのだ。私は喜んで引き受けると、「山本周五郎小説全集」の全三十八巻を机の上に積み上げ、そのすべてを読み、『青べか物語』を軸に「青春の救済」という山本周五郎論を一気に書き上げた。

そして三度目が、この半年前だった。

文春文庫の編集部から山本周五郎の短編のアンソロジーを編んでもらえないかと相談されたのだ。

私は未読の短編を読むよい機会だと思い、これも喜んで引き受けた。そして、三百編に達しようかという山本周五郎の短編群を時系列に沿って読み直した。

読んで、溜め息が出た。もしかしたら、山本周五郎は本質的に短編作家だったのではないかと思えるほど、粒ぞろいだったからだ。

しかし、そのあとで、いくらか類型化したものや、同工異曲《どうこういきょく》と思われかねない重複した結構を持ったものを除き、真に傑作と思われる六十編を選び出してみた。

さらに、そこから「名品」と呼ぶにふさわしい三十六編を選び抜き、全四巻に編み直した。そして、私は、それを「山本周五郎名品館」と名付けることにしたのだ。

かつて開高健がこんなことを書いた。

《山本さんは〝女〟については、どうやら、一人っきりのイメージを持っていて、それをつぎからつぎへと作品のなかで増殖させてゆくのだ》

だが、この「名品館」に登場する女性たちは、たとえば第一巻のおさんや菊千代やふさなど、かつてどんな作家も書かなかっただろう独特な人物像であり、それぞれに大きく異なっている。

山本周五郎自身は、開高健のその評言に対して、ただ笑っているだけだったというが、内心そんなことはないと思っていたことだろう。

しかし、純文学とか大衆文学といった無意味な区分けではなく、真の文学の頂に登りたいと精進を続けた山本周五郎にも、若い純文学の担い手たちに褒められることを嬉しがるところがあったという。

そこに、やはり、時代小説の作家だった山本周五郎の哀しみのようなものがあったと言えなくもない。

だが、少なくとも、「山本周五郎名品館」のこの四冊を読めば、多くの人が、単なる時代小説という枠組みを超えた、豊饒で芳醇な日本文学の財産に出会えたという鮮烈な印象を受けることになるはずだ、と私は信じている。

（18・5）

一丁目一番地のひと

『おたふく――山本周五郎名品館Ⅰ』

まだ私が三十代の頃だったと思う。

しばらくフランスに滞在する機会があり、ひとりでレストランで食事をすることが続いた。そのときは、なぜか懐が温かく、多少の贅沢は許されるという状況だった。

私はレストランにワインリストがあり、そこにブルゴーニュのムルソーがあると、それを一本飲むことにしていた。もちろん、同じムルソーでも作り手によって値段は違い、いろいろなランクのものがあったが、とにかくムルソー村で作られた白ワインならよしとしたのだ。

なぜブルゴーニュなのか。それもなぜムルソーなのか。

理由は自分でもはっきりしていない。もちろん、あの撫で肩のボトルに入ったブルゴーニュの佇まいが好ましいということはあっただろう。そして、私が大学生のころから愛読し、経済学部の学生であるにもかかわらず卒論のテーマにしてしまったアルベール・カミュの代表作『異邦人』の主人公の名前と同じだったということもあるだろう。しかし、選択する最初のきっかけはそうしたことがあったとしても、その香りや味に魅力を覚えなければそれほど長く飲みつづけることもなかったはずだ。

私は、黄金色に変化したムルソーの、軽やかな深みとでも表現したいような純一な味が好きだったのだと思う。

　そして、フランスから帰ってきても、日本のレストランで白ワインを頼む機会があり、びっくりするほど高い値段がついていない場合には、できるかぎりムルソーを頼むようになった。

　すると、あるとき、面白いことに気がついた。

　私はムルソー以外の白ワインを飲むと、ムルソーからの「距離」でそのワインの味を判断、記憶するようになっていたのだ。この白ワインの味と香りはムルソーからこちらの方向にこれくらい離れている。あの白ワインはあちらの方向にあれくらい離れていた、と。

　つまり、私にとってムルソーは、白ワインという酒のフィールドの一丁目一番地に位置するものになっていたのだ。

　今回、山本周五郎の短編の名品を集めてアンソロジーを編むことになり、三百編にも達しようかという膨大な作品群を読み返しながら、私は自分が無意識のうちにそれと似たようなことをしているのに気がついた。

　山本周五郎は女性を描くのが極めて上手な小説家である。当然、短編にも魅力的な女性たちが多く登場してくる。私はその女性たちを、あるひとりの女性を軸にして、彼女との距離によって判断、記憶していたのだ。私が白ワインの味をムルソーからの距離で判断、記憶していったように。

　あるひとりの女性――それは「松の花」のやすだった。

　やすが出てくる「松の花」は、戦前に書かれた『日本婦道記』の中の一編で、単行本ではその冒頭に置かれている作品である。『日本婦道記』は山本周五郎が世に認知されるきっかけとなった作品であり、直木賞に推されたものの受賞を断ったということでも有名になった作品である。だが、私が、「松の花」のやすを、いわば山本周五郎の作品世界の一丁目一番地のひとする ようになったのは、最初の代表作ともいうべき『日本婦道記』の、その最初に置かれた物語に出てくる女性だからというだけが理由ではなかった。

やすは、禄高千石もの大身《たいしん》の武家の妻として、夫に仕え、子を育て、大過なく家を守り、死んでいく。貞淑で、質実な、まさに「婦道」の鑑《かがみ》のような女性である。

だが、同時に、そのような妻の立場をまなじりを決するかのようにしてつとめているのではない、おっとりとした柔らかさを持っていた。だから、夫の佐野藤右衛門《とうえもん》にも、自分の妻が千石の家を守るために陰でどのように心を砕き、心を配っていたかが死ぬまでわからなかったのだ。

そのやすの象徴的な行為として、嫁や使用人に高価な着物の贈り物をしながら、自分は粗末な木綿の服を洗い、繕い、着つづけていたということが述べられている。その結果、佐野藤右衛門は嫁や使用人にやすの形見分けをしようとして、簞笥にあまりにも貧しいものしか残っていないことに衝撃を受けることになるのだ。

そうしたやすに、山本周五郎は女性のあるべき姿を見ていたことは間違いないが、私がやすを山本周五郎の作品世界の一丁目一番地のひとするには他にも理由がある。

第一は、やすが山本周五郎の母をモデルにした女性であるらしいということである。

のちに、山本周五郎が「語る事なし」というエッセイで書いている。

故郷の山梨で母が死に、東京からかけつけた山本周五郎は、その通夜の席で近所のおかみさんたちが話しているのを耳にする。それは母から受けた小さな恩義についてのあれこれだった。しかし、父はその人たちのことも、母がそのようなことをしていたということも知らなかった。

《ずっとのちに、私はこのことを「婦道記」の一篇にヴァリエーションした。「松の花」というのがそれであるが、その中で、日本の女性のもっとも美しくたっといことは、その良人さえも気づかないところにあらわれている。ということを書いた。もちろん母のことを言ったわけではなく、日本の女性一般に対する献辞であったが——》

第二は、やすの造形には母だけではなく早くに死んだ先妻も大きくかかわっていたと自ら語っている点だ。

戦後、急速に親しくなり、晩年の山本周五郎に寄り添うようなかたちで共通の時間を過ごしてきた編集者に木村久邇典《くにのり》がいる。その木村が、あるときこんなことを聞いたという。

《『日本婦道記』のなかの『松の花』を書かせたのは、おふくろであるとぼくは書いた。だが大部分のモデルになったのは、前のひとだった、と山本さんはいった》(『人間山本周五郎』)

前のひととは、山本周五郎が再婚した夫人と区別するために用いた、先妻を指す言葉だったという。

第三に、その再婚した妻にもこんなことがあったと山本周五郎が驚きをこめてエッセイにしたためている。

晩年近く、金はあるていど入るようになったが、家計などにまったく顧慮することなく、酒のために右から左に使ってしまう。妻から特に文句も出ないので、それでなんとかやれるのだろうと思っていた。

しかし、あるとき、と山本周五郎が書いている。

《私は家人の箪笥をあけてみて、自分の軀が唐竹割りにされたようなショックを受けた。彼女の母親から譲られたその古風な箪笥は、五つある抽出《ひきだし》の全部がからっぽになっていたのである。（中略）ほんの常着用の物を幾らか残すだけで、きれいさっぱりなくなっていたのである》（「からっぽの箪笥」）

山本周五郎は、まさに「松の花」の佐野藤右衛門と同じような思いを味わっていたのだ。

これは、単なる偶然の一致かもしれないが、再婚した妻が山本周五郎の作品を読んで、夫の最も好む女性はこのようなひとだと察知し、そちらの方向に身を寄せていった結果だと考えられなくもない。虚構が現実を模しただけでなく、虚構が現実に模倣させる力を持ったかもしれないのだ。

そうしたいくつかの点から見ても、「松の花」のやすを山本周五郎作品の一丁目一番地に位置するひととすることにさほど大きな無理はないだろうと思われる。

もしこの「松の花」のやすを一丁目一番地のひととすれば、そこからの距離で、他の作品の女性の位置を計測することができるようになる。

たとえば、この『おたふく』の巻には、「松の花」のやす以外にも、「あだこ」のおいそ、「晩秋」の津留《つる》、「おたふく」のおしず、「菊千代抄」の菊千代、「その木戸を通って」のふさ、「ちゃん」のお直、「おさん」のおさん、「雨あがる」のおたよという八人の魅力的な女性たちが登場してくる。

この八人の中で、やすから最も遠くにいるのは誰か。たぶんそれは「おさん」のおさんだ。可愛い女だが、性の極限の瞬間に自らの官能を制御できないため、下降に下降を繰り返していかなくてはならない運命に見舞われる。「おたふく」のおしずは本質的にはおさんに近い女性だろう。しかし、やすに似た制御心の持ち合わせもあるところから、やすとおさんの間に位置することになる。「あだこ」のおいそはさらに「松の花」のやすに近いところにいる女性だろうと思われる。「雨あがる」のおたよは、もし夫が浪々の身にならなければやすと同じような人生を生きただろうし、「晩秋」の津留は父が生きていて、普通に結婚していたらやすと同じか、やすそのものの人生を生きたことだろう。そして、長屋のおかみさんである「ちゃん」のお直は、貧しさの中で、それでも夫が生きたいように生きることを願っているというところからすると、武家の妻ではないがやはりやすの近くに位置する女性だと思える。

では、「菊千代抄」の菊千代はどうか。女という自分の性を完璧に抑圧して生きなくてはならなかったという意味において、菊千代は、おさんとは正反対の方角の端に位置する女性と言えるかもしれない。

そして最後に残るのが「その木戸を通って」のふさである。記憶喪失という絶対的な条件が、どこに位置させることもできない不思議さを持つことになる。日常のふさは若き日のやすのようでもあるが、過去の記憶が甦りかけた瞬間、自身を制御できなくなる。制御できないというより別人になってしまう。そこにおいて、ふさはおさんよりはるかに遠いところに行ってしまうのだ。

一方、「あだこ」の小林半三郎、「晩秋」の進藤主計《かずえ》、「おたふく」の貞二郎、「菊千代抄」の椙《すぎ》村《むら》半三郎、「その木戸を通って」の平松正四郎、「ちゃん」の重吉、「松の花」の佐野藤右衛門、「おさん」の参太、「雨あがる」の三沢伊兵衛らの男たちは、このさまざまなところに位置する女たちに、明るかったり昏《くら》かったりする独特な光を照射されることで、一瞬、輝くことになるのだと言える。

＊

「あだこ」

若い武士である小林半三郎が婚約者に裏切られ、腑抜けたような日々を送っている。金も尽き、雇い人に去られ、あとは餓死するばかりかと自嘲していると、そこに、下女として雇ってくれという若い娘が現れ、強引に居着いてしまう。「あだこ」と呼んでくれという娘は、いっさいの金を使わず、魔法のように米や味噌や酒を屋敷に運び入れる……。

こうしてその御伽噺《おとぎばなし》のような物語は始まる。

半三郎を絶望させてしまう裏切りをする婚約者は、少女時代に、彼の眼の前で、一枚一枚着物を脱いで裸身を見せつけるようなことをしたという。この江戸時代に、大身の武家の娘が、そのような振る舞いをすることがありうるだろうかという疑問は残る。しかし、その鮮烈な経験がなければ、半三郎が彼女の裏切りに、そこまでの痛手を受けることもなかっただろうことも確かなのだ。

巧みなのは、あだこがどのように米や酒を手に入れていたのかが半三郎にもわかる瞬間の描き方だ。そこから物語は一気にラストに向かって動き出す。そして、そのラストは幸福感に満ちた笑いと共に終わるのだ。

物語の本筋とはあまり関係がないが、あだこが故郷の津軽から江戸まで出てくることになる過去を半三郎に話すところで、仙台からは石巻で船に乗ってきたと述べるところがある。江戸時代にそのような長距離の移動が簡単にできたのかと不思議に思うかもしれないが、実際、当時も、かなり簡単に船による移動ができたらしい。

江戸時代の庶民の旅日記として知られている『筆満可勢《ふでまかせ》』の主人公である芸人の富本繁太夫《とみもとしげたゆう》は、こうした船の一隻に乗って江戸から東北へ、具体的には浦賀から石巻へ、一種の出稼ぎに出ているくらいなのだ。江戸時代も、思いのほか人々は自由に移動していたらしい。

「晩秋」

藩主の側用人《そばようにん》で、冷酷な奸臣《かんしん》と言われた進藤主計《かずえ》。その主計を父の仇と狙う津留という娘。この二人の、ほとんど一瞬に近い、ある触れ合いを描いた物語である。

山本周五郎は、戦前から戦後にかけての一時期、「岡崎藩物」とでも呼ぶべき一連の作品を多く生み出している。「武道無門」は臆病者であるがゆえに周到な準備ができることを藩主の水野忠善《ただよし》に認められる武士の物語であり、「討九郎馳走《とうくろう》」はやはりその忠善が無骨そのもののような武士に、およそ彼には似合わない、藩内を通過する大名の接待役を申し付けるところから始まる物語だし、また「蕭々《しょうしょう》十三年」は、忠善に遠ざけられてしまった荒武者の、最後の「御奉公」の物語、といった具合だ。藤沢周平における海坂《うなさか》藩ほどの明確な意図はなかったかもしれないが、これらの作品を集めれば岡崎藩というひとつの藩をめぐる小宇宙が成立するかもしれないと思えるほどの量である。

この「晩秋」もまた、やはり舞台は水野忠善から忠春《ただはる》に家督が譲られた岡崎藩に設定されている。

津留は、世話係として身近に接しているうちに、果たして、この進藤主計が本当に冷酷な奸臣なのだろうかという疑問を覚えるようになる。だが、それは、奸臣を取り除こうとして失敗し、自刃《じじん》に追い込まれた父の恨みを晴らす、という娘としての絶対の使命に混乱をもたらすものだった……。

この二人の最後の「対決」のシーンの美しさは格別だ。

そこで津留は、ひとりの男の、その冷酷さの奥に秘めた深い覚悟を知ることになる。

そしてまた、私たち読者は、このときの「人には世評だけでは判断できない複雑なものがある」という人間理解が、やがて長編『樅ノ木は残った』で全面的に展開されるのを知ることになるのだ。

「おたふく」

この「おたふく」は、一般に「おたふく物語」として流布されている連作三編のうちの一編である。

その三編は、たとえば新潮社版の「山本周五郎小説全集」の第二十五巻においては、「おたふく物語」という総タイトルのもとに「妹の縁談」「湯治」「おたふく」の順に並べられている。「妹の縁談」では姉のおしずが妹のおたかの縁談をまとめるまでが描かれ、「湯治」ではおしずとおたかの姉妹にとって悪縁としか言いようのない兄との葛藤が描かれ、最後の「おたふく」でおしずの結婚と、それによって巻き起こる小さな嵐が描かれる。

だが、この三編はそれぞれにおしずという魅力的な女性を描き出しながら、三編が並ぶと話の展開に滑らかでないところのあるのが気になってくる。それは、これらの三編が最初から意図された連作ではなかったために、ある種の重複感を覚えてしまう箇所があるからなのだ。

まず、最初に「おたふく」が書かれた。たぶん、そこで生み出されたおしずというキャラクターに山本周五郎が惚れ込んでしまったのだろう。一年半後にふたたびおしずを主人公に、「おたふく」に描かれた時期より以前のことを描く「妹の縁談」が執筆された。さらにその半年後にはその二つの作品の間の時期を描く「湯治」が発表されているところからすると、「妹の縁談」を書いた時点で、すでにこれらを三部作として構成するという腹案が成っていたのかもしれない。

いずれにしても、「おたふく」を書いたあとで、自身が生み出した「かわいい女」の中でも一、二に挙げられるようなおしずを、山本周五郎は簡単に手放せなくなってしまったのだろう。そこで、どうしてこんな「かわいい女」であるおしずが三十過ぎまで結婚しなかったのか。その理由を明らかにすることで、さらにおしずを立体的に描こうとしたのだ。

おしずの「かわいい女」ぶりは「妹の縁談」や「湯治」にもたっぷりと描かれているが、それらは、どちらかと言えば、「おたふく」に至るまでの踏み台的な役割を担わされている。なによりも、おしずの真のドラマは「おたふく」に描かれ切ってしまっているのだ。

そこで、この「名品館」では、「おたふく物語」のうちの最上の一編である「おたふく」だけを採ることにした。

「菊千代抄」

山手樹一郎《やまてきいちろう》という時代小説家がいる。『桃太郎侍』や『夢介《ゆめすけ》千両みやげ』といった浪人物に代表される、向日性を持った明るく鷹揚な主人公を描くのに秀でた作家である。

その山手樹一郎は、多くの時代小説家と同じく御家騒動物を書いているが、そこではお家乗っ取りを図る一味に狙われた姫君が男装して城下から江戸に、あるいは江戸から城下に逃れるというパターンが多く用いられた。美しい姫君が、胸にさらしを巻いて男装する姿には、ほのかなエロティシズムが匂い立つ。そうした作品が何作か描かれたことには、山手樹一郎という職人的な作家には、それが読者に好まれるという確信があったのだろう。いや、山手樹一郎だけではなく、柴田錬三郎にも姫君に男装させて逃避行をさせる作品があるから、それは時代小説の読者の多くに支持された「定番のコスプレ」と言えるのかもしれない。

だが、ここで、山本周五郎は、同じように男装の姫君を描きながら、それを読者サービスのエロティシズムとしてではなく、現代の用語を使えば「性同一性障害」に近い、ひとりの女性のアイデンティティーの危機の物語として提出した。

お家の都合で姫君が若殿として育てられる。自身も男として生きているところに、突然、初潮が訪れることでいっさいが明らかになる。それによって、菊千代という女性の、混乱した苦しみの人生が始まるのだ。

それにしても、時代小説において、かつてこのようなテーマで女性が描かれたものがあっただろうか。いや、これが描かれた昭和二十五年当時、時代小説という枠組みを取り除いても存在していなかった世界ではないかと思われる。

この当時から、すでに山本周五郎は、時代小説か現代小説かとか、大衆小説か純文学かといった枠を超えた、先端的な「文学」の曠野をひとり走りはじめていたのだ。

この痛ましい物語には、菊千代の母親が死の間際に発した言葉の変奏である「可哀そうな菊さん……」という言葉が繰り返し現れ、冷たい霧のように世界を覆うことになる。

「その木戸を通って」

この作品は「菊千代抄」がそうだったように、時代小説というジャンルを飛び越えた、真に文学的な傑作だと思える。

記憶を喪失した若い娘が若い武士を訪ねてくる。娘は自分がどうしてそこに現れたのかの記憶もない。しかし、その娘、ふさの魅力に惹かれ、若い武士、正四郎は妻として娶《めと》ることになる。

やがてふさが身籠り、幸せを絵に描いたような、と表現し得る家庭に、ふと不幸の影が差す。それは、ほんの一瞬、ふさの、失われていた過去の記憶が甦るところから始まる。

その深夜のシーンは鮮やかだ。

《「ふさ」と彼はまた云った、「どうかしたのか」

ふさはじっと立っていて、それから口の中でそっと呟いた。
「お寝間から、こちらへ出て、ここが廊下になっていて」ふさは片手をゆらりと振り、なにかを思いだそうとして首をかしげた、「——廊下のここに、杉戸があって、それから」
正四郎はぞっとした。（中略）ふさは過去のことを思いだしたのだ、と彼は直感した》

そこから一歩一歩、不幸に向かっての歩みが始まるのだが、それがどのような不幸のかたちを取るのかがわからないまま、読者は息を呑むようにしてその破局が訪れるのを見守ることになる……。

そして、その破局を目の当たりにした読者は、また別の家で同じことが繰り返されるかもしれないという、無限連鎖の恐ろしさに身を竦《すく》ませられることになるのだ。

「ちゃん」

これを分類すればいわゆる「人情物」ということになるのかもしれない。

重吉はうだつの上がらない職人で飲んだくれの「ちゃん」だ。

いや、その定義は間違っている。稼ぎは少ないが、火鉢づくりの腕は確かな職人だし、月に何日かは飲んだくれるが、それ以外の日は素面《しらふ》で良い父親でいる。

そのことを長屋の住人はみな知っており、だからこそ温かい眼で見守っているし、なにより家族のみんながよく理解している。妻も幼い伜や娘たちも。

せっかく手に入れた手間賃で飲んだくれ、金を使い果たしてしまった夜、重吉が家に帰ってきたときに入り口の戸の前でくだを巻くときの台詞がこうだ。

《「銭なんかない、よ」と重さんがひと言ずつゆっくりと云う、「みんな遣《つか》っちまった、よ、みんな飲んじまった、よ」》

この読点「、」の打ち方がすばらしい。あの、酔っ払いの、いまにもしゃっくりが出そうな、もったりとしたしゃべりの呼吸が見事に伝わってくる。

金のない父親に、まだ少年の伜の良吉が、自分で稼いだ金で飯屋に連れていき、酒をおごるというシーンがある。

「ちゃんは酒だ、肴《さかな》はなんにする」

そこには息子が自分の父親におごるという誇らしさのようなものが滲んでおり、その父親も戸惑いながらも嬉しさを覚えて酒を飲みはじめる。

こうしたシーンがひとつひとつ提示され、心を深く動かされるクライマックスまで「人情物」の階段を一歩一歩上っていく。

そして、最後に父親が言う。

「おめえたちは、みんな、ばかだ」

すると子供が応じる。

「そうさ、みんな、ちゃんの子だもの」

とりわけ、要所要所に出てくる幼い娘のおしゃまで舌足らずな物言いが、この作品を御伽噺のようにふくよかな香りを持つものにしている。

《「たん」もちろん父《ちゃん》の意味である、「へんなって云ってゆでしょ、へんな、たん」》

そう言って、家に入りにくいため管《くだ》を巻いている、酔っ払いの父親を家の中に入れるのだ。

山本周五郎が河盛好蔵《かわもりよしぞう》との対談で述べているところによれば、これらの台詞は、意外にも創作ではなく、馬込の文士村に住んでいた頃、実際に水道工事を生業《なりわい》としている親子の口から出ていたものだったという。

だが、仮にそうだったとしても、これは、裏長屋という花のお江戸のワンダーランドに山本周五郎が見事に咲かせた小さくも美しい花であるだろう。

「松の花」

これは先に述べたように戦前に刊行された『日本婦道記』の一編であり、まさに婦道記というタイトルにふさわしい「女の生き方」が描かれていると言える。

しかし、一見、戦前の婦道記物という範疇にすっぽり入りそうに見えながら、夫が妻の本当の姿を知らなかったと驚愕するという展開には、現代の夫婦に置き換えても充分に通用する問題を包摂している。

夫の佐野藤右衛門は、妻のやすを、死の直前まで、いや、死んでからも、ごく普通の「貞女」だったと理解している。ところが、その通夜のときから、彼のまったく知らなかった一面が明らかになっていく。

それは「貞女」の枠を逸脱するものではないが、藤右衛門は、妻のやすが、家を守るために、自分のわからないところで、ある種の苛烈な戦いをしていたということを知っていくことになる。

これは、禄高千石の家を賢く切り盛りしていた「貞女の物語」ではなく、夫が妻を新たに発見していくという物語でもあるのだ。

「おさん」

ここには短編にもかかわらず、かなり実験的な手法が用いられている。

主人公の参太の一人称によって妻であったおさんについての「記憶」が語られる部分と、三人称で参太の上方から江戸への帰還の「道中」が述べられる部分が、交互に配置されている。それだけではなく、真の主人公といってよいおさんはついに登場しないまま終わるのだ。

おさんは参太に心から惚れている。しかし、性の陶酔が始まり、深く感じ切ると、そこにいなくなってしまう。

《男がもっとも男らしく、女がもっとも女らしくむすびあう瞬間に、むすびあう一点だけが眼をさました生き物のように躍動しはじめ、その他のものはすべて押しのけられるのだ。それは陶酔ではなく、むしろそのたびになにかを失なってゆくような感じだった》

そして、やがて、陶酔が頂点に達すると、誰とも知れない男の名前を口走るようになる。その名前に特別な意味がないとわかっていても、どうしても耐えられなくなった参太は上方に「逃げて」しまう。

そして三年、風の噂でおさんは男から男へと渡り歩いているらしいと知りつつ、心を決めた参太は江戸に帰ろうとするのだ。

この作品には、おさんとは別に、参太が江戸へ帰る旅の途中で出会う、宿の飯盛り女が出てくる。この飯盛り女のおふさも魅力的だ。とりわけ、参太との、掛け合いのようなやりとりには、時代小説家としての山本周五郎の圧倒的な力量を示す見事な呼吸がある。

江戸までいいから連れていってくれというおふさの頼みを仕方なく受け入れてしまった道中で、二人はこんなやりとりをする。

《「ねえ、ほんとのこと聞かしてよ」とおふさが云った、「あんた独り身なんでしょ」

「諄《くど》いな、会いたければかみさんに会わしてやるぜ」

「あたしが押しかけ女房になりたがってるとでも思うの」

「除《よ》けろよ、馬が来るぜ」と参太は言った》

やがて江戸に入った参太は、おさんを求めて関わりのあった男たちのあいだを歩きつづける。

そして……。

参太を含めた男たちの口から語られるおさんは、かつてどのような作家にも造形できなかった女性像である。その意味でも、これは山本周五郎のひとつの頂点をなす作品であると思われる。

この一人称と三人称が交互に配置されるという方法は、やがて長編『虚空遍歴』で完成されることになる。

「雨あがる」

山本周五郎の作品は多くが舞台化、映画化、テレビドラマ化されているが、とりわけ映画監督の黒澤明が好んで映画化したことはよく知られている。連作長編の『赤ひげ診療譚』を『赤ひげ』に、短編の「日日平安」を『椿三十郎』に、そしてやはりこれも連作長編の『季節のない街』を『どですかでん』に、それぞれシナリオ化し、映画化しているのだ。

この「雨あがる」も、黒澤がシナリオ化に取り組み、ほぼ完成していたが、ついにメガホンは取らなかったものである。黒澤の死後、弟子筋にあたる小泉堯史《たかし》によって映画化されるが、長編の劇映画としてはいささか物足りないものに仕上がっていた。

しかし、これは長編映画にはふさわしくないかもしれないが、たとえばかつて一時間物の名作ドラマを多く世に送りつづけていたＴＢＳテレビの「日曜劇場」の枠ならば、ぴったりの作品だと思われる。

雨に降りこめられた渡し場。河が増水したためそのほとりの宿屋に長逗留せざるをえなくなった貧しい旅人たち。その重苦しい空気を払うように、主人公の浪人者が道場荒らしをした金で大盤振る舞いをする。だが、それが仇となって、叶いそうになった仕官の夢が危機に瀕してしまう……。

長編映画にするには、もうひとつ起伏に欠けるが、短編小説としては物悲しくも心温かくなるという不思議な読後感を与える見事な作品に仕上がっている。

とりわけ最後の最後に決定的なひとことを発する主人公の妻おたよの造形が鮮やかだ。夫の力量を誰よりも強く信じてはいるが、その心やさしくお節介な性格に危なっかしいものを感じている。しかし、それも含めて夫なのだという思い切りを抱いているのだ。

この夫と妻に魅力を感じたのは読者だけでなく、作者の山本周五郎も同じだったらしく、一年後に同じ主人公夫婦をふたたび登場させて、「雪の上の霜」を書いている。これも「雨あがる」と同じように、ずば抜けた武芸の力によって仕官が可能になりかかるが、やはりそのやさしさによって望みから遠ざかってしまうという結構を持っている。「雨あがる」と同工異曲の作品と批判されるかもしれないが、やはり物悲しくも心温まるという読後感をもたらしてくれる佳品となっていると私には思える。

*

ところで。

昭和の映画界における大スターのひとりに高峰秀子がいる。

私は高峰秀子の自伝『わたしの渡世日記』の文庫版で解説を書くことを依頼されたというところから、晩年の高峰さんと親しくさせてもらう契機を得た。

常に切れ味のいいポンポンとした喋り方をする女性で、会うと必ずからかわれたり叱られたりしたものだった。

高峰さんはあまり多くの時代劇映画には出演しなかったし、私も一作も見てはいなかったが、なぜか高峰さんに会ったり、高峰さんのことを思い浮かべたりすると、江戸時代に生きていた女性とはこのような人だったのではないだろうか、という気がしてならなかった。

江戸の長屋のおかみさん。江戸の商家の内儀《ないぎ》。江戸の御家人や旗本の奥方。どれもふさわしい。もっとも、大名の正室や側室、大奥の上臈《じょうろう》などとなると、少し違ってきてしまうような気もするが。

たまたま高峰さんは麻布のある町の一丁目一番地に長く住んでいた。だからというわけでもないのだが、そのカラッとした潔い生き方を含めて、私にとって、江戸の女性の一丁目一番地に位置するのは高峰秀子なのだ。

ところが、この『おたふく』に収録された山本周五郎の短編に出てくる女性たちを思い浮かべながら、高峰さんに役を当てはめようとしても、なかなかふさわしい役が見つからない。

かろうじて、「あだこ」のおいそなら若いときの高峰さんが演じることができるかもしれないし、「ちゃん」のお直も、もう少しきつめの台詞を増やすことで演じ切ることができるかもしれないが、あとの女性は、少なくとも「適役」ではない。

そう見ていくと、高峰さんのような、チャキチャキした口調で、機転の利く賢さを持ち、きついけれどやさしいという女性は、この『おたふく』の巻に収められた山本周五郎作品の中の女性とはかなり距離があるということになるのかもしれない。

つまり、もし私が、高峰さんのような女性を「わたしの江戸おんな地図」の一丁目一番地に置くとすると、『おたふく』の女性たちは他の町にいることになるような気がするのだ。

高峰さんが住んでいた麻布の町の、その近くの町の一丁目一番地には「松の花」のやすがいる。すると、菊千代が住むべき町は……などと考えていると、瞬く間に時間が過ぎていってしまう。

（18・4）

彼らを輝かせるもの

『裏の木戸はあいている——山本周五郎名品館Ⅱ』


私に『バーボン・ストリート』というエッセイ集がある。

その本が文庫化されるとき、解説を阿佐田哲也こと色川武大が書いてくれることになった。

当時、色川さんはひとりで岩手の一関《いちのせき》に移住していたが、ある日、偶然、銀座のはずれの小さな酒場で出くわし、一晩飲みつづけた。その別れ際に、色川さんはこんなことを言った。

「もうすぐ締め切りだけど、一関に戻ったらすぐ書くからね」

それが色川さんとの最後の会話になった。

担当の編集者によれば、一関に帰った色川さんと電話で話したところ、「今夜、これから『バーボン・ストリート』の解説を書こうと思っている」と言っていたという。だが、その夜に亡くなられてしまった。

色川さんが急逝された悲しみとは別に、私たちには校了の迫っている『バーボン・ストリート』の解説をどうするかという問題が起きてしまった。新たにどなたかに依頼するには日にちがなさすぎる。解説をなしにするか、私が文庫用のあとがきを書くか。

すると、その窮状を知った山口瞳が、急遽、ピンチヒッターになることを引き受けてくれた。

そして、山口さんは、わずか数日のうちに解説を書き上げてくださったのだ。

その中に、私に触れたこんな一節がある。

《私は、『新潮現代文学17・山本周五郎』の巻の解説と、文春文庫・向田邦子『父の詫び状』の解説を読んでいて、彼はタダモノではないという感触を得ていた》

最後の部分は、山口さんの、年少の書き手へのちょっとした「サービス」にすぎないが、私が山本周五郎と向田邦子の本に解説を書いていたのは確かである。

しかし、それにしても。どうして山口さんが私の解説などに眼を通していたのか。向田邦子の『父の詫び状』の「解説」を読んでいたのはわかる。山口さんが向田邦子を直木賞に強く推したことはよく知られているし、『父の詫び状』は向田邦子の代表作であるからだ。しかし、どうして山口さんが文学全集に収録されている山本周五郎の巻の「解説」にまで眼を通していたのか。

三十代に入ったばかりだった私に、あるとき、新潮社から意外な申し出が舞い込んだ。新潮社の新しい日本文学全集「新潮現代文学」の一巻に山本周五郎を充てる予定だが、ついてはその巻の解説を書いてくれないか、というのだ。

本来、純文学系の作家のものである文学全集に時代小説家の山本周五郎を収録するというのも珍しかったし、何人かとの抱き合わせではなく、まるまる一冊を充てるというのもあまり例のないことだったように思う。

その山本周五郎集の解説に私のようなノンフィクションのライターを起用するというのも異例だったはずだ。

社内でどのような話し合いが持たれたのかわからないが、私は喜んで引き受けた。そして、神楽坂にある「新潮社クラブ」という、新潮社専用の「カンヅメ」用の家に自ら「カンヅメ」になりに行き、机の上に「山本周五郎小説全集」の全三十八巻を積み上げ、十日ほどこもって「青春の救済」というタイトルの解説を書き上げた。

すると、何年かして、突然、山口瞳から文庫の解説の依頼があった。紀行文『迷惑旅行』の解説だったが、間に入ってくれた編集者によれば、山口さんが「青春の救済」を読んで面白いと思ってくれたのだという。

山口さんが私の「青春の救済」を読んでいたのには理由があった。

その新潮社版の新しい日本文学全集は全巻箱入りだったが、箱の表には一巻一巻それぞれ異なる画家の絵がプリントされていた。そして、山本周五郎の巻には、本職の画家ではなく、山口さんの水彩画が用いられていたのだ。山口さんは『青べか物語』の舞台となった浦安に赴き、その風景を写生していた。

なぜ山口瞳の絵が用いられたのか。

他の作家について辛辣な意見を平気で述べていた山本周五郎が、山口瞳の『江分利満氏《えぶりまんし》の優雅な生活』についてだけは、例を見ない口調で絶賛していたのだ。

《山口瞳。ありがたい作家があらわれたものだ》（「江分利満氏のはにかみ」）

これがもとで、山本周五郎と山口さんとのあいだに、ある種の交流が生まれた。私も、のちに何度か共にすることになる酒席で、山口さんの口から山本周五郎と初めて会ったときの昂揚を聞いたことがあった。

新潮社の文学全集編集部は、その交流を踏まえて、単なる「日曜画家」にすぎないと言えなくもない山口さんの絵を用いる決断をしたのだ。

山本周五郎と山口瞳。この二人の共通点はどこにあるのだろう。

それは、二人が二人とも、あらゆることに独特のこだわりを持っているというところにあったと思われる。文学についてこだわりを持っているのは当然としても、物書きとしての生き方についても、作家同士の付き合い方においても、いや、料理屋の仲居やタクシーの運転手に対する心遣いにおいてさえも、似たような独特のこだわり、独特の流儀があった。それは、人によっては「意固地」と名付けたくなるようなものだったかもしれない。

山本周五郎はかつて「曲軒《きょくけん》」というあだ名をつけられていたという。

戦前、東京大森の馬込に、多くの文士たちが暮らす、いわば文士村とでもいうべきものがあった。山本周五郎もそこで二十代後半から四十代にかけての十五年間を過ごしたが、その文士村の「ぬし」的な存在だった尾崎士郎が「曲軒」とつけたのだ。

もしその「曲軒」をやさしく嚙み砕くとすれば、「ヘソ曲がり」ということになるかもしれない。

山本周五郎のその「曲軒」、「ヘソ曲がり」ぶりを象徴するのが直木賞をめぐる対応だったろうと思われる。

昭和十八年に『日本婦道記』が第十七回の直木賞に選ばれるが、山本周五郎はこれを辞退した。

《こんど直木賞に擬せられたそうで甚《はなは》だ光栄でありますが、自分としてはどうも頂戴する気持になれませんので勝手ながら辞退させて貰いました》（「直木三十五賞『辞退のこと』」）

自分は「新人」でも「新風」でもないからというのが表向きの理由だったが、実際には他にいくつかの理由があったと言われている。自分の原稿を粗略に扱った文藝春秋社主の菊池寛に対して含むものがあったらしいこと、吉川英治をはじめとする選考委員たちへの蔑視を含んだ拒否感があったらしいこと、などだ。

この「曲軒」には、「ヘソ曲がり」以外にも、「頑固」とか「気むずかし屋」という意味合いが込められているが、最も近いのは「意地っ張り」だろう。

意地っ張りというのはいくらか否定的なニュアンスを含んだ揶揄的な評言である。しかし、それを、意地っ張りという「性格」としてではなく、意地を張るという「行為」に比重を置いて見ていくと肯定的な響きを持つものに転化する。さらにそれが、意地を貫く、と言い換えられると全面的に肯定的なものになっていく。ここにおいて「意地」は、人間のドラマを生む重要な要素となるのだ。

山本周五郎の世界を生きる男たちを動かす重要なエネルギー源は「意地」である。

山本周五郎の小説世界の登場人物、とりわけ時代物の市井《しせい》の男たちは、さまざまな意地を貫き通す中で光を放ち、輝きはじめる。

たとえば、「ちいさこべ」の茂次《しげじ》は大工の棟梁の息子だが、大火で焼けてしまった家を再建するのに誰の助けも借りないと意地を張り、その意地を貫きつづける。

同じ職人でも、江戸っ子ではない「こんち午《うま》の日」の塚次《つかじ》は、田舎者らしい鈍重とも思える行動の中に、やはり独特に張りつづける意地を見せることになる。

もちろん、意地は、市井の男だけのものではない。「裏の木戸はあいている」のように、貧しい庶民を助けるという、ほとんどヒューマニズムと分かちがたい意地を張る武士も出てくるし、「橋の下」のように、好きな女と生きるという意地を張り通した末の悲劇の中を生きる武士もいる。

そしてまた、山本周五郎の作品世界における意地は、市井の職人たちや武家社会の武士といった男たちの専有物ではないことになっている。

山本周五郎は、武士道や男伊達、一般に男らしさと言われているものへの懐疑心を抱いていたが、この意地というものだけは素直に受け入れた。その理由は、意地が必ずしも男だけのものではなかったからかもしれない。

茂次が意地を張りつづける世界を描いた「ちいさこべ」では、相手役として登場してくるおりつにも大火によってみなしごになった子供の世話をしつづけるという意地がある。そして、最初はその意地を打ち砕こうとする側に回っていたはずの茂次が、お上からの圧力がかかったとたんに護る側に回り、おりつが意地を張るのを認めるようになる。認めるだけでなく、おりつの意地が茂次自身の意地ともなることで、さらに茂次を輝かせることになるのだ。

意地が男だけのものではないことは、「法師川八景」のつぢという女性によっても明らかにされる。

つぢは、未婚の母となることで、恋人としての意地、娘としての意地、母としての意地を同時に張りつづける女性となる。

しかし、その意地が常に人を幸せにするものになるとは限らない。男を待ちつづけるという意地を貫く、さわという娘が登場してくる「榎《えのき》物語」では、自分の意地がもたらした空白の年月を悔やみ、憑き物が落ちたかのように意地が消える瞬間が鮮やかに描かれている。

男と女の入り組んだ意地を描いているのは「ひとでなし」である。おようと康二郎と吉次という三人三様の意地が複雑に交錯する。永く胸に秘めていた愛を貫こうとする康二郎。最後の最後にそれを拒絶するおよう。その二人の姿を見て、本来、意地とは異なる世界に住んでいるはずの吉次が生涯最後になるかもしれない意地を見せるのだ。

また、「若き日の摂津守《せっつのかみ》」では、大名家の世継ぎが「暗愚」の評の中を生き切るという意地を貫くことが、意地とは次元の異なるものになっていく様が描かれていく。

だが、一方で、山本周五郎はその意地を笑い飛ばすことも忘れていない。「よじょう」では、その敗残の姿を、世間からは逆に意地を貫こうとするがための仮の姿と誤解された男の哄笑《こうしょう》が響きわたることになるのだ。

＊

「ちいさこべ」

主人公の茂次は、江戸で暮らす大工の棟梁の息子だ。「大留《だいとめ》」の大工たちを率いて、父の名代《みょうだい》として川越の現場に泊まりきり、仕事に取り掛かっているときに江戸で大火が起きる。
その火事で「大留」の家だけでなく父と母を同時に失ってしまうと、そこから茂次の「意地」

の人生が始まる。

この茂次に江戸っ子の意地っ張りぶりを体現させている。

まず、失われかかった家業の立て直しに際しての頑固さ。親切にも助けの手を差し延べてくれる周囲の申し出をにべもなく撥《は》ね付けてしまうのだ。

《「それに、大留をたて直すにしても自分の腕でやってみるつもりです、どうか私のことはうっちゃっといて下さい」》

こうして茂次の「意地」がひとつひとつ「張り」増されていく。

だが、この「ちいさこべ」に登場してくる「意地」は茂次だけのものではない。

再建された「大留」の内向きの仕事を手助けしてくれている娘のおりつが、火事でみなしごになってしまった町外の子供たちを集めて世話を始めてしまう。最初は、茂次も否定的だったが、おりつは一歩も引こうとしない。

物語は、この二人の意地の張り合いを軸に展開していく。

もしこれが長編なら、もうひとりの魅力的な女性である質屋の娘のおゆうとおりつとの、恋における意地の張り合いが、もう少し多めに描かれることになるだろう。だが、これが短編であるため、おゆうの思いは直接的には描かれない。おゆうは町内で自分の家だけ焼け残ったことに負い目を感じているという娘だ。そんなおゆうに茂次が惹かれていないはずがない。しかし、それを書いていくと、紙数がさらに必要になってしまう。そこで、茂次の、おりつに対する「おい、よく聞け」というすっぱりとした台詞によってエンディングを迎えさせることになった。

タイトルの「ちいさこべ」については、作中で、学のあるおゆうから教えてもらったとして、おりつの口から説明されている。

天皇に蚕を集めてこいと命じられた臣下が、誤って子供を集めてきてしまった。蚕も「こ」、子供も「こ」であるため、勘違いしてしまったのだ。天皇は笑って許し、その臣下に「ちいさこべのすがる」という名前を与え、子供たちを養育する責任者としたという。

これは『日本書紀』に出てくる挿話で、雄略《ゆうりゃく》天皇の時代のこととされている。おゆうは、これを踏まえて、「ちいさこ部屋」という言い方をしたのだ。

「法師川八景」

法師川という名の川は山形と和歌山にあり、群馬の法師温泉の脇にも流れている。しかし、それがどこかを確定することはあまり重要ではない。景勝地に若い男女が逢い引きに使う料理屋がありそうなところならどこでもよかったのだろう。

未婚の若い武家娘であるつぢが妊娠してしまい、それを相手の若侍である豊四郎に法師川沿いの料理屋で告白するというところから物語は始まる。そして、その豊四郎が、二人の仲を家の両親に明らかにすると約束した直後に急死してしまう。ひとり残されたつぢは、未婚の母となって女手ひとつで子供を育てようと決意する。

そして、つぢが農家の離れでひとりひっそりと産んだ子供は男の子だった……。

女手ひとつで遺児である息子を育てるというと、『日本婦道記』の「箭竹《やだけ》」に出てくるみよと似ているが、主家への「御奉公」のためという要素がないだけ、より個としての女の意地の物語になり得ている。つぎの意地がくっきりと立ち上がることで、豊四郎の父母や、つぎの元婚約者の行動が際立つことにもなるのだ。

この「法師川八景」でひとつ気になるのは、最初の節の、最後のところに出てくる「あのことを気にしているんだな、それでいけないんだ、忘れてしまわなくちゃだめだよ」という豊四郎の台詞である。「あのこと」とは何か。まさか、女が妊娠していることを告げている場面で、女の「水の音が雨のように聞えますわ」という台詞に対して、男が「妊娠していることを気にしているんだな」などという間の抜けたことを言うとは思えない。もっと違う意味がある言葉のように聞こえる。しかし、この伏線は最後まで回収されないのだ。

一度書き上がった作品の校正作業をあまり熱心にしなかったという山本周五郎の単純なミスだったのか、あるいはそのまま流れていってよい台詞として書いたのか、あるいはやはり妊娠していることを指すもので、豊四郎の無神経ぶりを表したかったのか。少なくとも、私にはどういう意味なのかわからないままになっている。

「よじょう」

吉川英治が『宮本武蔵』で描いた求道者的な宮本武蔵像を全否定する意志に貫かれた作品と言える。

ある男が宮本武蔵の腕を試すため不意打ちに襲いかかる。だが、宮本武蔵は一刀のもとに切り捨てる。

その男の長男は無謀なことをした父を恥じるだけだが、次男の岩太は宮本武蔵がそれほどの腕を持っているならどうして父を軽くあしらってくれなかったかと不満に思う。

しかし、その岩太はすでに身を持ち崩しており、ついには道の脇で浮浪の生活を始めるようになる。

ところが、たまたまそこが宮本武蔵の用いる通り道でもあったため、世間の人から父の仇討ちをしようと狙っているのだろうと誤解されてしまう。

岩太は、そこを日々往来する姿を見ているうちに、宮本武蔵をただの「見栄っぱり」にすぎないと喝破《かっぱ》し、ひそかに嘲笑するようになる。

しかし、さて、岩太に武蔵を討つことなどできるのだろうか？

誤解が誤解を呼び、岩太は思いがけない運命に見舞われることになる。

ここで山本周五郎は、宮本武蔵の「見栄っぱり」ぶりを嘲笑しつつ、一方で、意地に過剰な意味を見つけたがる世間というものをも笑い飛ばしている。

「複物語」

これは「醜いアヒルの子」が「美しい白鳥」に変貌する物語である。同時に、その「美しい白鳥」に変貌した娘が、「白馬に乗った王子様」を待ちつづけるという物語でもある。

白鳥は王子に会えたのか。会えた白鳥は幸せになったのだろうか……。

村の大庄屋の長女として生まれたさわという娘は、可愛く利発に生まれた次女の陰で、家族や雇い人のすべてにまるで存在していないかのようにないがしろにされて育つ。そのさわの味方は、やはりみんなから馬鹿にされていた足助《あすけ》という老いた下男と、山猿と呼ばれている国吉《くにきち》という若い下男の二人だった。さわはいつしか国吉と榎の木の下で言葉をかわすようになる。すると、二人の仲を嫉妬した足助の告げ口によって国吉が家から追い出されることになる。さわは家から離れていく国吉にいつまでも待っていると約束する。

醜いアヒルの子のさわが美しい白鳥に変貌するのは、住んでいた村を一挙に飲み込む山津波に襲われる絶望的な悲劇からだったというところに説得力がある。それは、家族を失い、彼女を知る者たちすべてから切り離されることで、本来の美しさが輝きはじめるからなのだ。

ひとり命ながらえることができ、有力者の息子の嫁にと所望されるが、さわは一途にかつての下男だった国吉が自分を迎えに来るのを待っている。

この運命的な恋は意表を衝かれる無残な終わり方をする。無残だが、どこか美しくないこともない。それは、現実というものはそういうものかもしれないと思わせることのできる透明なリアリズムに貫かれているからだろう。

「裏の木戸はあいている」

ある城下町のひとりの武士が、自宅の裏庭に非常用の金庫のようなものを設置し、誰でもそこから金を取り出し使うことができることにする。利子は不要で、元金も返せるときに返せばよいと。いつしか、それは貧しい市井の人々の「救急箱」のようなものになっていた。

それはひとりの武士、高林喜兵衛《きへえ》の幼い頃の苦い記憶から出発したものだった。わずかな金があれば死ななくても済んだ出入りの職人の一家を、大人たちは言葉だけで何もしなかったために死なせてしまった。自分だけは、できることをしよう、と思い決めたのだ。

しかし、そこに、エゴイスティックで卑しい義兄が登場して、その「救急箱」の存続が危うくなりかかる。

ここに出てくる卑小な存在としての義兄の十四郎は、山本周五郎の短編に比較的よく登場してくる人間類型である。真っ当に生きている人間の前に、さまざまな理由から自堕落に生きることになってしまった人間が立ちはだかる。

それに対して主人公たちは愚かしいほど彼らの更生を信じようとする。その結果、立ち直っていくというパターンが多いが、もちろん山本周五郎である。それが単純なハッピーエンドを迎えるだけの物語にするはずはない。

この「裏の木戸はあいている」の十四郎の場合はどうか。

《それでも彼は逃げなかった》

どちらとも言えないような終わり方をするが、希望の火は灯されることになる。少なくとも、高林喜兵衛のヒューマニズムはぎりぎりのところで敗北しないということになるのだ。

しかし。

金があまり潤沢ではない高林家で、家禄の高い実家の法事のためにと高価な帯を新調してしまう妻がいる。そういう見栄は捨ててほしいと言う高林喜兵衛に対して、妻が鋭く反撃する。わたしのやっていることが見栄で、あなたのやっていることが見栄でないと言えるのですか、と。

確かに、意地と見栄との違いには不分明さが存在する。さすがの高林喜兵衛も妻の一撃の前には沈黙せざるを得ないところにこの物語の別のおもしろさが隠れていたりもする。

「こんち午の日」

これは耐える男の物語である。それは一見すると意気地なしと見間違えられかねない男の姿でもある。

豆腐屋の職人である塚次《つかじ》は冴えない男だが、気がやさしくて真面目な働き者である。作る豆腐にちょっとした工夫を加えるという熱心な職人でもある塚次が、家付きの一人娘と結婚することになる。ところが、その三日目に娘は出奔《しゅっぽん》し、男とどこかに消えてしまう。取り残された塚次は、病んだ義父とおろおろするだけの義母を抱えて、ただ豆腐を作り、売っていくだけの日々を送ることになる。

しかし、ある日、勝手に家を出て行ったはずの娘が、勝手に家に帰って来て、やくざな男と二人で塚次を追い出しにかかる。

そのとき、塚次は……。

ここには、耐えに耐えた男が最後に爆発する姿を見るという快感がある。それはかつての東映のやくざ映画で繰り返されたパターンでもある。

だが、豆腐屋の塚次は、高倉健や鶴田浩二が演じるような男たちとは違って、憎い敵を討って華々しく散るというわけにはいかない。豆腐屋を守らなければならないというだけでなく、討つべき相手にさえ「あいつだって可哀そうなやつなんだ」と思ってしまうようなやさしさを持っている男であるからだ。

しかし、こういう男の良さをわからない女がいる。だからこそ、物語が生まれるというわけなのだが。

この作中に、客のおかみさんが塚次に向かって「賽《さい》の目にして一丁」というシーンが出てくる。私も子供の頃、近くの豆腐屋におつかいに出され、「さいの目に切って下さい」と頼んだ記憶がある。それは味噌汁に使うということを意味していたのだろうが、いま考えれば、自分の家で切ってもよかったのではないかと思う。ただ、あの豆腐屋に独特の薄く平たい包丁で、親父さんが水槽の中に浮いている豆腐を手のひらに乗せ、スッスッと切っていくのを見るのは楽しいことだった。

その包丁を、江戸時代の塚次も使っていたかどうかはわからないのだけれど。

「橋の下」

武士と武士との果たし合いこそ、意地と意地とのぶつかり合い、意地の張り合いの結果かと思われる。

その意地の張り合いの行く末がどういうものになるか。

老いた「乞食」の過去の話が、果たし合いを前にした若い武士を根底から変える力を持つ。

――自分は恋しい女のために親友と果たし合いをすることになった。その親友を切り、恋しい女と二人で家と故郷を捨てた結果、体を壊し、いま「乞食」であるしかなくなってしまった……。そのひとり語りをする老いた「乞食」の、悲しいけれど、決して哀れではない姿がくっきりと浮かんでくる。

まさに鮮やかな一幕劇のような物語である。

この「橋の下」の中には、山本周五郎の時代小説には珍しい台詞が出てくる。

《「七つじゃないか」と彼は云った、「捨て鐘をべつにして、たしかに七つだった、すると刻を間違えたのか」》

山本周五郎は、時刻の表現として「七つ」とか「六つ」とは言わず、現代風に四時頃とか六時過ぎとか書く。それは、いかにも時代劇らしい表現を用いたりせず、読者にもっとすっきり時間を頭に入れてもらい、物語を前に進めたいという思いがあったからではないかという気がする。

しかし、ここは武士の台詞として存在しているので「四時の鐘じゃないか」とは言わせられなかったのだろう。

「ひとでなし」

この作品の中心に、圧倒的な力を持って存在している言葉はひとつである。女が酔ったあげく、親切でやさしくしてくれる男に愛想づかしの台詞を吐く。それは、心にもない言葉に見えて、女の深いところにある思いが表出されているようにも見える微妙な台詞が続いたあげくの、ひとことだ。

《「そうよ、――あの人は悪党の人でなしよ、その代り自分も泥まみれになったわ」》
その台詞を聞いて、二人の男が強く心を動かされる。
女と結婚するため待ちつづけていた親切でやさしい男が打ちのめされ、それを物陰で聞いていたならず者の男がひとつの決意を固める。それによって、最後に、女の未来に微かな光がふたたび差してくることになるのだ。

「若き日の摂津守」

日頃からよだれをたらし、家臣の言いなりになっている愚鈍そうな若殿様が国元に帰還する。しかし、側女《そばめ》として豪商の娘と偽って奥に上げられてしまった村娘が疑問に思う。

――殿さまはばかをよそおっているのではないか？

この疑問が物語を引っ張っていくサスペンスとなる。

やがて、彼の馬鹿殿ぶりの、「よそおったものではない」が「暗愚でもない」という矛盾した内実が明らかになっていくのだ。

もしかしたら、それは意地を貫くというような生易しいものではなく、生きるための必死の方便であり、仮面が皮膚に貼りついて取れなくなるという悲劇でもあったのかもしれない。

だが、それをはぎとるような峻烈さで、若き摂津守は腹心の家臣に命じる。

《「民部、槍を持ってまいれ」》

このひとことから始まる結末も鮮やかである。

＊

かつて私は、「青春の救済」という文章の中で、山本周五郎の文業についてこう書いたことがある。

《開高健が山本周五郎全集の月報で述べているように「晩年の十年ほどに氏は圧倒的な大勝を得た」ことは確かである。しかしその事実は、同時に、作品の多くが文壇的な評価とは別に読者だけに支えられることで書きつづけなくてはならなかった、長い困難な年月が必要だったことをも意味している。山本周五郎は、必ずしも恵まれていたとはいえないその時代を、大衆文学でもなく純文学でもない「文学」の未知の頂に登るという野心を抱きつづけることで、自らを持してきたのだった》

その山本周五郎は、生涯、文学賞をはじめとする褒賞《ほうしょう》をすべて拒否しつづけた。

中には、『青べか物語』を連載した「文藝春秋」の「読者賞」という、他の賞とはいくらか意味合いの違う賞もあったが、やはり受けることを拒絶して、次のような一文を寄せた。

《これは頑固さからではなく、極めて謙遜な気持からの辞退であるということを認めていただけるよう、感謝とともにお願いを申上げます》（「文藝春秋読者賞を辞すの弁」）

山本周五郎は、直木賞を辞退するというところから始まった「意地」を最後まで貫いたと言える。

それが可能だったのは、自分は常に読者と共にあり、自分の本を身銭を切って買ってくれる読者に支えられているという自信と自負があったからだと思われる。

私が山本周五郎に惹かれるのは、賞の授受におけるそうした対応のひとつひとつではなく、読者という存在に対して信仰にも近い信頼感を抱きつづけたところである。山本周五郎は、終生、読者に支えられていればいいのだという一点から動こうとしなかった。

もし、そういう言い方が許されるなら、私もまた、山本周五郎と同じく、読者に支えられることで生きてこられたといってよい人生を歩んできた。

大学卒業後、せっかく入った会社をたった一日で辞めてしまった私は、いくつかの偶然からフリーランスの物書きになった。そのとき、「フリー」であることを望んで自由の世界に一歩足を踏み出した以上、これから、あらゆる組織、集団に属することはしないと思い決めた。どんなところであっても「禄」を食《は》むことはしないと思い決めたのだ。

だから、ふたたび企業に入るなどというのはもちろんのこと、大学で教師をしないかという誘いも受けず、政府の委員会や審議会の委員などというものもいっさい引き受けてこなかった。

単にそういう生き方が心地よかったということもあるが、ほんのちょっぴり本音を吐けば、それが私のささやかな「意地」だったということもあったかもしれない。

そしてさらに、そのような生き方をしてこられたのは、頭のどこかに、読者を信じて人生を歩みつづけた山本周五郎の姿があったからかもしれないとも思う。私は山本周五郎の作品から常にひとつのメッセージを受け取りつづけてきた。

手を抜かない、というひとつのことを守りさえすれば、きっと読者は待っていてくれるはずだよ、と……。

（18・5）

寒橋《さむさばし》のまぼろし

『寒橋――山本周五郎名品館Ⅲ』

私の父は、二十年前に八十九歳で死んだが、その晩年の一時期、熱心に俳句を詠んでいた。もちろん、素人俳句の域を出ていなかったが、二つ三つは私にも悪くないと思える句があった。「聖夜なり雪なくばせめて星光れ」とか、「差引けば仕合はせ残る年の暮」とかいった句は、その季節になると、ふっと口をついて出てきそうな気がするくらい親しいものになっている。

その父の句の中に、こんな一句がある。

樟脳《しょうのう》を纏《まと》ひし母の冷たさよ

これだけではよくわからないかもしれない。だが、その句については、父が所属していた結社の句誌に載せた短い文章が残されており、それを読むと、なるほどそういう句だったのかとわかる仕組みになっている。

そこでは、まず齢をとればとるほど幼少期の記憶が鮮明になってくるらしいという前振りがあったあとで、次のように記されているのだ。

《冒頭の句は、そうした私の句なのである。私も又、幼少期の方が思い出すのにより愉しくもあるし、鮮やかでもある。一例を挙げれば、時間を決めて家に来る髪結いに、小さな鏡台に向かって髪を上げさせている若い母の横顔は、鬢付《びんつ》け油の匂《におい》と共に昨日の事のようにはっきり思い出す。そして樟脳を――外出しようとする母の晴着から舞い昇る樟脳のひいやりとした匂と、絹物の持つ特有の冷たい肌触り、しゃんと身仕舞した外出姿の何か普段とは違った取り付きにくさ――を纏いし母の冷たさよである》

父は幼い頃に母親を亡くしている。その樟脳の匂いが、幼かった父が母親について記憶しているわずかなもののうちのひとつだったのだろう。

もちろん、父の幼い頃に亡くなっているのだから、私の祖母にあたるその人を私は知らない。美しい人だったと聞かされているが、古い写真ではその美しさを正確に認識することはできない。ただ、父のその句からは、なんとなく幼い父と美しかったという母親のいる空間が想像できるような気がする。

六畳くらいの日本間に小さな鏡台が置いてある。そこに向かって座っている母親の背後には髪結いの女がいる。髪を結ってもらっている若く美しい母親の姿を幼い男の子が不思議そうな面持ちで眺めている。髪が結い終わり、外出着に着替えようとしている母親のところから樟脳の香りが漂ってくる。その香りは、羽織っている絹の着物の質感と、母親のちょっと取り澄ましたような顔の表情とがないまぜになって、幼い男の子には「冷たさ」と記憶される……。

その情景が展開されたのは、父の年齢から考えると、大正の初期だったと思われる。しかし、その部屋の雰囲気は、明治をさかのぼり、江戸時代にまでつながっているような気がしないでもない。

ところで。

山本周五郎に「寒橋」という短編がある。私は、それを読んで二つのことに驚かされた。

ひとつはタイトルの読み方である。実際に中身を読むまで、私はそのタイトルの読み方がわからなかった。かんばし？　かんきょう？　さむばし？　どれも違うように思われる。そのため、私は、読めない字が現れたときによくそうするように、「寒橋」という文字を頭に入れたまま「読むこと」を停止して、放置してあった。

そして、あるとき、「山本周五郎小説全集」に収録されていた「寒橋」を読んでいくと、次のような一節に出くわすことになった。

《寒橋というのは小田原町から築地明石町へ渡したもので、京橋堀と見当堀が大川へおちるおちくちにあった。汀《みぎわ》に大きな石のごろごろした、吹きさらしの、「さむさ橋」という俗称のぴったりする観景である》

まず、寒橋は「さむさばし」と読むのであるらしいということに驚かされた。寒橋の「寒」を「さむさ」とはなかなか読めないが、しかし、そう教えられると、寒橋は「さむさばし」としか読めなくなってしまう。

そしてもうひとつの驚きは、その「さむさばし」が小田原町にあるということだった。寒橋だけでなく、主人公のお孝《こう》が住む家も小田原町にあるらしい。

小田原町！

私の父が、所属する俳句の結社の句誌に書いたもうひとつの文章の中に、次のような一行がある。

《本願寺の裏を流れる築地川と、将《まさ》に東京湾に注ぎ込もうとする隅田川に挟まれた小さな島のような小田原町が、私の生まれて十まで育った所だ》

そう、私の父は、小田原町で生まれ育ったのだ。

父にとっては、その小田原町がことのほか愛着深い土地だったらしく、通信機器の会社を興してちょっとした成金になった祖父が山の手に引っ越しても、本籍地をそこから動かそうとしなかった。だから、必然的に私の本籍地も小田原町だった。いや、いまは町名変更で築地に包摂されてしまったが、私の本籍地が旧小田原町であるのは変わりないのだ。

調べて見ると、父が「小さな島のような」と表現しているように小田原町はとても狭いエリアである。

もし山本周五郎の「寒橋」の主人公であるお孝が実在の人物で、その子孫が明治、大正時代にも生きていたとしたら、父と一緒に隅田川で川遊びをしていたかもしれないし、少なくとも旧築地小学校には一緒に通っていたにちがいない。

そして私はといえば、山本周五郎の「寒橋」を読みながら、不思議なトリップ感を味わってもいた。

冒頭、主人公のお孝が鏡の前で自分の体をうっとりと眺めているという情景が描かれる。その部屋が、父の母が鏡台に向かって髪を結ってもらっている部屋と重なり、いつの間にか幼い父が小田原町のような町を歩きまわっている姿が見えてきて、やがて私自身が寒橋のような橋を渡っていく……。

私が父の俳句に心を動かされるのは、たぶん私の、父を深いところで敬愛しているという「情」のなせるわざだろう。そして、父が幼いときに失った母の「冷たさ」を憶《おも》うのも、父の、その母への思慕という名の「情」からだろう。

そう言えば、「寒橋」もまた、「情」の世界を描いたものであった。お孝の、亭主の時三への恋着に近い「情」と、父親の伊兵衛の、娘のお孝に対する憐憫に近い「情」の交錯がストーリーの骨格をなしているのだ。

しかし、山本周五郎は自分の作品を「人情物」と簡単に片付けられることを嫌ったという。この「山本周五郎名品館」の第二巻に収録した「こんち午の日」の舞台化に際して寄せた文章では、うんざりした調子でこう記している。

《こんど劇化される「こんち午の日」が雑誌に掲載されたとき、或る女流評論家が――こんな現代ばなれのした話は興ざめであり信じ難い、というふうに仰せられた。なにを隠そうこの話の骨子は私の住居のすぐ近くで、昭和三十年以来、現になお進行している出来事なのであり、登場人物のうち豆腐屋の若夫婦や出ていった家付き娘などは健在しているのである。もともと、私の小説は一部の批評家から「古風な義理人情」というレッテルをよく貼られたものだ。（中略）こういう諸賢が「古風な義理人情」と一蹴する生活倫理や隣人関係は、いまなおそのまま生きているし、それらによって貧しい庶民たちの生活が支えられているのである》（「小説と事実」）

その苛立ちはよくわかるが、「古風な」という形容を取り去り、「義理」という言葉を取り去った「人情」は、山本周五郎の短編世界の背骨のようなものになっていることは間違いない。

そして、その人情からさらに「人」を取り去り、ただの「情」になったとき、それは山本周五郎の世界を、日の光のようにあまねく照らすものになっている。


かつて開高健は、山本周五郎の描く女は結局ひとりである、と書いたことがあった。作家がひとりの女のイメージを追い求めているというのは文芸批評の常套的な手口であり、開高健にしては月並みすぎる評言のように思える。実際は、山本周五郎は多種多様な女を描き分け、結果として多種多様な「情」の様態を書き残すことになった。

女の、男への情。妻の、夫への情。少女の、少年への情。母の、子への情。岡場所の女の、客への情……。

だが、「意地」が男の専有物ではなかったように、「情」も女だけのものではない。男も女も、大人も子供も、老いも若きも、胸にさまざまな「情」を抱き、それに振りまわされ、よろめくように生きていく。

山本周五郎の短編世界では、その姿が、時に一筆書きのように軽やかな筆致で、時に家を建てる大工のような精密な組み立て方で、それぞれ描かれていくことになるのだ。

たとえば、「落ち梅記」における武士の、同輩への友情と、許婚《いいなずけ》への断ち切れない愛情との葛藤。「人情裏長屋」における、浪人の、赤ん坊に対する人情が愛情に変わっていくプロセス。「なんの花か薫る」における、岡場所の女たちの、若い武士に対する好意が憎悪に変わる瞬間。「かあちゃん」における、長屋住まいの一家の、究極の人情ともいうべきものの有り様。「あすなろう」に登場してくる兄の、妹への愛情とその妹のろくでなしの男への激しい恋情との行き違い。「落葉の隣り」における、幼なじみ同士の友情と入り組んだ愛情の歴史。「茶摘は八十八夜から始まる」における、自らも痛みを抱いた武士の、落魄《らくはく》した者への労《いたわ》りの情とそれによって甦る誇りの存在。「釣忍《つりしのぶ》」における、一匹狼の魚屋の、親子や兄弟の情よりも妻への情を取ろうとする覚悟……。

この「山本周五郎名品館」における『寒橋』の一巻もまた、さまざまな「情」が乱反射する、「情」の万華鏡とも言うべきものになっている。

*

「落ち梅記」

金之助と半三郎とは幼少期からの親友である。いまは放蕩のかぎりをつくしている半三郎を、金之助はなんとか立ち直らせようと悪戦を続けている。

金之助にはまた由利江という幼なじみがいて、やがていつかは結婚することになるだろうと思っている。

ところが、由利江が半三郎の妹から、兄を救うと思って結婚してほしいと懇願されたところから、二人の運命が変わってしまう。由利江は、半三郎の妹の必死さに打たれ、自分が誰かの役に立つのならと、結婚することに同意してしまうのだ。そして、金之助もまた親友の半三郎を立ち直らせることができるのならと自分に言い聞かせ、由利江が離れていくことを受け入れてしまう。

その金之助には、さらに困難が降りかかる。家老だった父の横領の罪をかぶらなければならなくなるのだ。

それがある種の冤罪だということを知った上で、藩政を立て直すために黙って罪を被ってくれるようにと、幼いころ共に過ごしたことのある主君から頼まれると、友情に殉じて許婚同然の女性への愛情を抑え込んだ金之助は、このときもまた忠義に殉じることで自分の立身出世の道を封殺する道を選んでしまう。

その、愚直すぎる心根を持った金之助の、気高くも、ある意味で哀しい姿が静かに描かれていく。

ある夕、友情に殉じて別れた男と、使命感に衝き動かされて別れた女の二人が再会する。立場が大きく異なってしまったこの二人の再会には胸が締め付けられる。

《——梅が落ちた》

女が去ったあとの描写に続くこの一行の中にある「梅」という字をじっと眺めていると、その木偏を立心偏に変えるだけで「悔」という字になることに気がつく。

金之助は生涯にわたって後悔という「情」を抱くことがなかったのだろうか。物語が終わったところから、またもうひとつの物語が始まるような気がしないでもない。

「寒橋」

この主人公のお孝は「おたふく」のおしずと同系の女と言えるかもしれない。一緒になった夫の時三に自分で恥ずかしくなるほど惚れ抜く。

しかし、その夫の時三が女中のおたみと間違いを犯す。おたみは何も言わずに暇を取り、実家に帰ってしまう。それが時三によって妊娠させられたせいだと知ったお孝は、その苦しみに耐え切れず、ある夜、死んだ母親に引き寄せられるようにしてふらふらと寒橋に向かっていく……。

ここで展開されるのは、女の激しい愛情と、それが裏切られたときの惑乱のドラマである。

だが、それだけでは、「寒橋」の真のドラマは成立しない。女の、男への愛情という「情」に、父親の、娘への愛情というもうひとつの「情」が絡むことで、つまり、舞台に二方からの光が差し込まれることで、ドラマに複雑さが増し、輝きが増すことになるのだ。

同居している父が倒れ、その瀕死の口から娘のお孝に驚くべき告白がされる。

実は、あのおたみの腹の子は……と。

「人情裏長屋」

裏長屋に人気者の浪人がいる。その松村信兵衛は、大酒飲みだが酒の飲み方も金の支払い方も綺麗である上、長屋の住人が困っているのを見過ごせない親切心も持っている。

ある日、その長屋に、妻を失い、乳飲み子を抱えた浪人が引っ越してくる。信兵衛は、さっそく、道場破りをしてなにがしかの金を手にすると、その浪人のもとに届けてやる。

ところが、何日かすると、乳飲み子を置き去りにして、父親であるその浪人が姿をくらましてしまう。なんとか仕官をして戻ってくるから、それまで預かっていてほしいという手紙を残して。その日から、信兵衛の、好きな酒をやめ、長屋の女に乳を貰い、泣く子をあやすという、子育ての日々が始まることになる。

このように、不意に眼の前に現れた赤ん坊を育てるために、大の男がてんやわんやの日々を送るという物語は珍しくない。

映画の領域では、戦前にチャールズ・チャップリンの『キッド』があったし、戦後でも『赤ちゃんに乾杯！』といった佳品がある。

もしかしたら、映画好きだった山本周五郎の頭の片隅にはチャップリンの『キッド』がなくはなかったかもしれない。

私は、少年時代に東映の時代劇映画をよく見たが、この「人情裏長屋」は、まさにその東映時代劇の世界の雰囲気と共通するものがある。

当時の記憶に従って登場人物のキャスティングをすれば、信兵衛は若き日の大友柳太朗《おおともりゅうたろう》がぴったりだろうし、子育てを助けてくれる長屋の娘は丘さとみがふさわしい。そんなことを考えていると、大友柳太朗が赤ん坊を抱いて必死にあやしているあのコミカルな演技が浮かんできそうだ。

この「人情裏長屋」は、山本周五郎に短編作家としての頂点が訪れる何年か前の作品であるため、少し文章の密度が薄いように思えなくもない。

しかし、あえてそれをこの「名品館」に選んだのは、私の東映の時代劇に対するノスタルジーであったかもしれない。

「なんの花か薫る」

酔ったあげくの喧嘩で人を斬ってしまった若侍を、岡場所の女が部屋に匿《かくま》ってあげる。すると、難を逃れたうぶな若侍の江口房之助は岡場所の女であるお新に惚れてしまい、店に通いはじめるだけでなく、やがて大身《たいしん》の跡継ぎである自分の妻にすると言い出すようになる。

店の同輩たちは誰も信じないが、江口房之助のあまりにも純な態度に、「ひょっとしたら」と思いはじめる。世の中に、ひとつくらいそんな奇跡が起こってもいいではないかと。「客に惚れるな」というのが口癖の年上の女も、「死ぬほど惚れる男に会ってみたい」という同じ年頃の女も巻き込んで、岡場所のシンデレラ・ストーリーが進行していく。

しかし……。

山本周五郎の短編は、そのすべてがハッピーエンドというわけではないが、悲劇においても最後はなるほどとそれなりに胸に納まるものが多い。だが、これは救いのない残酷な終わり方をする。

それ故に、見事な「情」の短編に仕上がっていると言える。薄情もひとつの情だとすれば、その極北に立つかもしれない薄い氷のような情を一閃《いっせん》で描き切っているからだ。

無邪気な薄情とでもいうべきものに対して、同輩の女のひとりが叫ぶ。

《「あの人でなし、殺してやる、放して、放して」》
と。

「かあちゃん」


冒頭の第一節で、居酒屋で交わされている長屋の住人たちの噂話によって、この物語の骨格と伏線がすべて提出される。

お勝と子供五人の一家がいかに吝嗇《りんしょく》で付き合いが悪いか。以前はそんなではなかったのに、どうして金の亡者にでもなったかのように貯め狂っているのか。

《「ほんとだぜ、ちゃんと聞えるんだから、十四日と晦日《みそか》の晩には、毎月きまって、銭勘定をするんだから、まったくだぜ」》

やがて、その理由が明らかになるにつれて、裏長屋の聖家族とでもいうべき一家の姿が浮かび上がってくる。

これは、山本周五郎の長屋物としては、「ちゃん」と好一対をなす作品である。共に裏長屋の聖家族が登場してくる。「ちゃん」では酔っ払ったちゃんの重吉が泥棒を連れてきて家に泊まらせてしまうが、この「かあちゃん」では強盗に押し入った男をかあちゃんのお勝が泊まらせてしまう。

朝になると、「ちゃん」の方はわずかな家財を盗まれて逃げられてしまう。しかし、盗まれた家族は、盗まれて上等、ちゃんが盗人にならなかっただけでいいと言う。一方、「かあちゃん」

の方は押し込みに遭うが、この押し込みはお勝の言葉の前にうなだれ、何も盗まないだけでなく、逆にそこに泊まり、やがて一緒に暮らすようになる。結果は真反対になるが、どちらもその一家の聖家族ぶりが鮮やかに描かれることになるのだ。

とりわけ、「かあちゃん」におけるお勝一家の強靭な無私の精神には心を打たれる。よくある人情話のように見えて、これほど完璧に、これほど美しく仕上げられた例を知らない。すれっからしの読者である私のような者でも、ふっと涙が流れそうになる瞬間があったりする。

それを支えているのが、ここで起きているすべてが極めて貧しい世界の行為だということを巧みに表現している細部のリアリティーである。

久しぶりの酒が出た食卓で、お勝の息子のひとりが茶碗で飲もうとする。しかし、その酒が、大勢に対してわずか銚子一本の量だと知って、茶碗を引っ込める。

《「じゃあ小さいのにしよう」と三郎は茶碗を戻した、「ひとなめずつとなると、大きいのは損だ、大きいのは茶碗のまわりへくっついちゃうからな」》

そうした貧しさの中で、彼らはある目的のために必死に金を貯めているのだ。

「あすなろう」

これは「かあちゃん」とは正反対に、いったいどのような方向に進むのか、なかなかわからない物語である。

二人の男の掛け合いのような会話が続いていく。やがて、ひとりが女をたぶらかしては売り飛ばす、女衒《ぜげん》のような女たらしだということがわかり、もうひとりが目明かしたちに追われている凶状持ちだということがわかってくる。

そして、その夜もまた、女たらしが、大きな商家の娘に金を持ってこさせた上、飽きれば売り飛ばそうとしているということを知って、凶状持ちの男はひとつの決心をすることになる。

この二人のはぐれ者による、女を巡ってのやりとりが、この短編のリズムを形作っている。そして、そのやりとりの最中に、凶状持ちの男の口をついて出てくる「おめえはいやなやつだ」という言葉のリフレーンが、最後に向かってしだいに重い意味を持つようになっていく。

凶状持ちの男が柄にもなく、女たらしに「普通の生活」への希求を述べるというシーンがある。

《「あたりまえに女房を貰って家を持ちてえ、一日の仕事から帰ると湯へいって汗を流し、女房子といっしょに晩めしを喰《た》べてえ、それが人間に生れて来たたのしみってえもんだ」》

しかし、そうした生活を断念して、凶状持ちの男は最後の善行をしようとするのだ。にもかかわらず、その善行が相手の心には届かない……。

人によっては、この「あすなろう」というタイトルにちょっとした訝《いぶか》しさを覚えるかもしれない。井上靖に『あすなろ物語』という有名な先行作品があるからだ。『あすなろ物語』はすでに一九五三年の「オール讀物」に発表されており、山本周五郎の「あすなろう」が「小説新潮」に掲載されるのは一九六〇年のことである。にもかかわらず、どうして似たような挿話をストーリーの核に据え、似たようなタイトルをつけたのだろう、山本周五郎らしくないな、と。

確かに、檜に似てはいるが檜ではなく、「明日ひのきになろう」というところからあすなろと呼ばれるようになったというのは、井上靖の『あすなろ物語』によって広く知られるところとなった。しかし、それは一般に知られるようになる契機ではあったが、文学上の最初の「発見」ではなかった。

すでに平安時代に、清少納言が『枕草子』で、あすなろについて《何のこころありてあすはひのきとつけけむ》と書いているのだ。どういうつもりで「明日は檜」などという名前にしたのだろう、と。

山本周五郎も、これを踏まえて、あえて「あすなろう」というタイトルにしたのだろう。『あすなろ物語』、なにするものぞと。まさに、かつてのあだ名である「曲軒」ぶりを全開にして。

「落葉の隣り」

描かれるのは、同じ長屋に住む三人の幼なじみの長い歳月である。三人のうちわけは男二人に女一人。この人数の配分は、若い男女の友情と愛情の交錯を描く物語における「黄金比」のようなものであるかもしれない。

主人公の繁次《しげじ》は、親友になった参吉のことを、自分より数段上の人間だと思い、おひさが好きになるのも当然だと引き下がる。

だが、成人して蒔絵職人になった参吉が、いかがわしい品を作っていると知った繁次は、初めて親友をありのままの姿の人間として見ることができるようになる。

繁次はおひさに言う。

《「あいつはもうだめだ、参吉はいい腕を持っているが、その腕のいいのが仇になった」》

もちろん、この「落葉の隣り」は、『さぶ』に連なる若者の友情物語ではあるが、同時に、山本周五郎の職人観、仕事観がよく出ている作品でもある。

腕がいいだけでも、目端が利くだけでも、真にいい職人にはなれない。たとえば「ちゃん」の重吉は、酔っ払ったあげくにこう言ったりする。

《「身についた能の、高い低いはしようがねえ、けれども、低かろうと、高かろうと、精いっぱい力いっぱい、ごまかしのない、嘘いつわりのない仕事をする、おらあ、それだけを守り本尊にしてやって来た、ところが、それが間違いだっていうんだ、時勢が変った、そんな仕事はいまの世間にゃあ通用しねえ、そんなことをしていちゃあ、女房子が可哀そうだっていうんだ」》

繁次が、この重吉につながる職人になりそうな予感を漂わせながら「落葉の隣り」は終わっているが、最後の台詞は「これからどっちへいったらいいんだ」という絶望的なものになっている。

「茶摘は八十八夜から始まる」

これも、山本周五郎がある一時期に多く書いた岡崎藩物の一作であり、当主は水野忠善の孫である水野忠之《ただゆき》の代となっている。

主人公は水野平三郎という名前の若侍だ。父は千石近い禄高の老職だというところからすると、藩主との血縁がある名家なのかもしれない。

その平三郎は、明朗な酒飲みで金払いもいいため、どんなところでも人気が高い。しかし、あるとき、自分が置かれている状況の危うさに愕然とした平三郎は、父にひとつの頼み事をする。

岡崎藩には、かつては六万石の領主だったが、領地を召し上げられ「他家お預け」になった本《ほん》多《だ》政利《まさとし》が暮らしていた。

前途に絶望した本多政利は、酒を飲むと粗暴になり、相伴役の岡崎藩士の手に負えなくなっていた。平三郎はその相伴役に自ら名乗り出たのだ。

誰もが扱い切れない「暴君」を、平三郎は御することができるのか。どんな方法で立ち直らせようとするのだろうか。その興味が読者にページを繰らせていく。

最後は、悲劇で終わる。だが、それは透明な悲劇とでも言うべきもので、ハッピーエンドよりもさらに大きなハッピーエンドを持つに至るのだ。

「釣忍」

この釣忍も私には読めない字だったが「つりしのぶ」と読むらしい。竹などで作った芯にシダ植物のしのぶを巻き付けてさまざまな形にしたもので、涼を呼ぶため軒下に吊るしたりするものだという。言われてみれば見た記憶はあるが、風鈴のように自分の手で吊り下げたことはない。

主人公の定次郎《さだじろう》は、長屋住まいの「ぼて振り」だ。桶に魚を入れて、天秤棒でかつぎながら、売り歩く。恋女房のおはんには、しがない魚屋の息子で、勘当されているため親戚付き合いはいっさいしていないと説明している。ところが、ある日、定次郎の兄だという人が訪ねてきて、その嘘がばれてしまう。実は、定次郎は大店《おおだな》の呉服屋である越前屋の勘当された息子で、事情があって隠れ住んでいるらしい。

そこから、夫婦別れの危機が訪れる……。

長屋、ぼて振りの魚屋、勘当、夫婦別れと、すべての道具立てがなんとなく落語の人情噺の世界につながっているような気がしてくる。

そう言えば、山本周五郎はかなりの落語好きだったらしい。実際、この「名品館」には収録できなかったが、「末っ子」という作品における骨董品の扱い方は、落語の「井戸の茶碗」とそっくりだったりするくらいである。

山本周五郎がよく高座に行っていた戦前から戦後にかけての名人上手ということになると、六代目三遊亭圓生、初代柳家三語楼、七代目三笑亭可楽、三代目春風亭柳好、八代目桂文楽、といったところになるのかもしれない。しかし、私は、この「釣忍」を読みながら、定次郎をはじめとする登場人物の台詞を、十数年前に亡くなった三代目古今亭志ん朝のキレのいい口跡に乗せて聞いていたような気がする。

《「おめえまでが義理か」と定次郎は吐きだすように云った、「よしてくれ、おらあ義理に縛られるっくれえ嫌《きれ》えなことはねえんだ、おめえがいやなら独りで引越しちまうぜ」》

そして、最後に近く、勘当が解けた祝いの席で定次郎が徐々に酔いを深めていくさまは、志ん朝が演じたらどれほどすばらしいものになっただろうと残念に思ったりするほどだった。

*

まだ春には遠い冬のある日、私は築地にある新聞社での仕事を終えたあと、家に帰る前に少し寄り道をすることにした。

寒橋を見るためである。

といっても、現在では、「さむさばし」という俗称を持った明石橋はなくなっている。小田原町と明石町を隔てていた堀が昭和の高度経済成長期に埋め立てられてしまったため、必然的に明石橋もなくなってしまったのだ。聞くところによれば、いまはその近辺に「月島の渡し跡」というプレートが立っているだけだという。

晴海通りを隅田川に向かって歩いていくと、途中の左手に小田原町交番という派出所が姿を現わす。ここだけは、小田原町の町名がまだ生きているらしい。その前を通り過ぎ、勝鬨橋《かちどきばし》の手前の道を左に曲がる。

すると、やがて、巨大生命保険会社のビルの先にあかつき公園が見えてくる。その手前の小さな交差点であたりを見回すと、ひとつの角に、なるほど立て札風のプレートが立っている。

――ここが寒橋のあったあたりなのか……。

しばらくその周辺で時間をつぶしてから旧小田原町のあたりをぶらぶらしていると、しだいに暗くなってきた。

風は冷たく、人通りはほとんどない。そのとき、父の作ったもうひとつの句が思い出されてきた。

寒柝《かんたく》に幼児の怖れ憶ひけり

冬の夜、「火の用心」の声をあげながら拍子木《ひょうしぎ》を叩いて廻る人たちがいる。その声と拍子木の乾いた音とが、幼い父をどこか不安にさせる。もしかしたら、関東大震災前の東京は、火をつければすぐに大きな火事が起こるという木と紙の家がほとんどで、父にも幼いながらにそうした江戸東京で暮らしてきた人たちの火事に対する恐れが根付いていたのかもしれない。

もちろん、いま、築地と町名を変えてしまった夕暮れどきの小田原町に「寒柝」の響きはない。

しかし。

《ずっと遠くで、火の番の柝《き》の音が冴えて聞えた》

これが「寒橋」の最後の一行である。

夜の小田原町をひとり歩いていると、お孝の住んでいた小田原町に聞こえる「柝の音」と、幼い父の寝所に響いてくる「寒柝」とがひとつになり、私にもまたどこからか拍子木の音が聞こえてくるような気がした。

私も幼い頃に聞いたことのある、「火の用心、さっしゃりましょう」という声とともに。

（18・6）

悲と哀のあいだ

『将監《しょうげん》さまの細みち――山本周五郎名品館Ⅳ』

私の少年時代を振り返ると、本当の意味での図書館は家のすぐ近くにあった貸本屋だったと思う。

読んだのは、主として、松本清張、高木彬光《あきみつ》、木々《きぎ》高太郎《たかたろう》、水上勉といった人たちの推理小説と、柴田錬三郎、五味康祐、司馬遼太郎、山手樹一郎などの時代小説である。ほとんど一日に一冊の割合で借り、読んでいった。

しかし、この時期の私は、山本周五郎を読んだという記憶が薄い。何作かは読んだはずだが、中学生の私にはあまり面白くないものと判断されたのかもしれない。山本周五郎とは二十代に入ってからあらためて「遭遇」することになる。

その貸本屋という名の図書館で、最も多くの棚を占領していたのは山手樹一郎だった。

私も山手樹一郎の作品はよく読んだ。どれも似たような主人公が登場してきて、同じような展開をするものが多かったが、クラブ活動の激しい練習で疲れたあとなどは、とりわけ山手樹一郎の小説に手が伸びた。

その山手樹一郎が山本周五郎と深い関わりのある人物だったというのは、ずいぶんあとで知った。三十代に入って、山本周五郎についての文章を書く際に、いくつかの伝記的事実を追うなかで知ることができたのだ。

戦前、山手樹一郎は井口長次《いぐちちょうじ》という名の博文館の編集者だった。

二十八歳で入社した博文館で、「少女世界」という雑誌の編集者から「譚海《たんかい》」という読物雑誌の編集長になる。井口は、そこに若い無名の時代小説家を多く登場させたが、やがてその中から戦後の時代小説の世界で中心的な存在となる作家が生まれるようになる。村上元三《げんぞう》、山岡荘八《そうはち》、そして山本周五郎。

編集長の井口は、彼らを育て、助けることに労を惜しまなかった。読者に受け入れられるためにはどう書かなくてはならないか。一字一句、一行一行、丁寧に読み込んでは、何度も書き直しを命じたという。同時に、金のない作家たちには、原稿を受け取るとすぐに金を支払うようにしていたともいう。

上野一雄の『聞き書き山手樹一郎』には、編集者時代の山手樹一郎に関する、村上元三の次のような文章が引かれている。

《原稿を持って行くと、応接間に編集長の井口氏が出てきて、原稿を読み、ここをこう直せ、ここを削れ、とうるさく注文をつける。

その代わり、帰る時には、ちゃんと会計のところで原稿料を出していてくれるので、博文館へ行く時は、片道の電車賃だけでも安心であった》

山本周五郎もそうした援助を受けた作家のひとりだった。いや、他の誰よりも濃い付き合いだったかもしれない。

まだ自分の進むべき方向が見定められず、苦しい日々を送っていた青春時代の山本周五郎に、移り住んだ浦安で生起したことを綴った『青べか日記』がある。そこには、井口に関する実に多くの記述が残されている。
《昨日山本で貸出しを拒絶された。博文館へ少女小説を持って行った。井口は大変に親切にして呉れた》
《一昨日博文館を訪ねた。井口が親切を尽して呉れた。感謝している》
《七日の日に博文館を訪ねたが井口も横溝もいなかった。金がないので、本を四冊売って帰った》
《予の窮乏のどん底に於て井口の情ある通知があった、予はまた三十円足らずの金ではあるが井口の手で稼がせて貰える訳である。（中略）予は思わず涙を覚え、井口の手紙を犇《ひし》と握った。井口も予の恩人の一人である、予の日記は大きく彼の名を書くだろう》
しかし、その井口がやがて作家に転身する。四十歳になったのを機に博文館を退社し、筆一本で生きることを決意するのだ。大家族を養うのに出版社の薄給ではやっていけなくなったということもあったらしいが、元来、井口にも作家になりたいという強い思いが存在していたからでもあった。そのときは、逆に、四歳年下の山本周五郎が、作家の心得のようなものを教授したという。
山手樹一郎というペンネームを持つにいたった井口は、戦後、時代小説家として読者からの圧倒的な人気を博するようになる。そして、昭和三十三年の文壇長者番付では堂々一位に張り出されるほどの収入を得るまでになる。

まさにその直後くらいから、少年の私は貸本屋で小説を借りて読むようになった。だから山手樹一郎が貸本屋の棚を最も多く占有していたのも当然のことだったのだ。

私もまたあの向日性に満ちた主人公が好きだったと思う。とりわけ、憂鬱になるようなちょっとしたことがあったあとなど、難しい展開の他の作家の小説ではなく、山手樹一郎の安心できる小説世界にひたりたいと思うことがあったのをよく覚えている。

かつて、私は山手樹一郎について次のような短文を書いたことがある。

《以前、ある評論家が、柴田錬三郎や五味康祐の時代小説は読むが、さすがに山手樹一郎までは読む気が起こらない、何を読んでも同じだから、と書いていたのを見かけた記憶がある。確かに山手樹一郎の作品には、登場人物にもストーリーにも、明らかなひとつの型がある。芒洋《ぼうよう》としているが実は肝の座った若侍と悪漢に狙われた町娘か姫君、これに鉄火な姐御や小悪党風の町人、あるいは豪傑風の浪人がからみ、市井の長屋や東海道を舞台に物語は進展していく。（中略）しかし、山手樹一郎が飽きもせず提出しつづけてきたこの型には、単純だが練り上げられた力強さがある。だからこそ、読者もまた飽きもせず、その型の中に彼らの夢を見つづけることができたのだ。読者にとっては、その型こそが重要だった。同じだから読まないのではなく、同じだからこそ読みつづけてきたのだ。

山手樹一郎の作品は少年時代にほとんど読みつくしたが、そしてその単純で力強い型をやはり愛したが、いまの私には、その型そのものよりも、そのような型の作品を書きつづけるのだと意志した、作家の「断念の契機」こそが最も興味あることのように思える》（「最初の図書館　五人の時代小説家」）

ひとりの作家が、文学の高みを目指すのではなく、読者に受け入れられる世界をひたすら再生産していこうと思い決める契機とはどのようなものなのだろう、と私は思ったのだ。

その山手樹一郎の「断念の契機」については、のちに、山本周五郎がこう語っているのを知って、なるほどと思った。

井口が作家として立つため博文館をやめるのを知って、山本周五郎は自分の住む大森馬込の文士村に引っ越してきて、一緒にやっていかないかと勧めた。すると、井口はこう言って断ったという。

《自分は家族を大勢かかえて裸を覚悟で初めるのだから、明日紙屑になってしまうものでも生活のために原稿を書いて行かなきゃならないんで、つまり慣れた仕事でやって行くほかはない、そっちの仲間に入るのは勘弁してくれ》

ここに山手樹一郎の「断念」の根があったのだ。

そのやりとりの詳細が記されているのは、山本周五郎の「畏友《いゆう》山手樹一郎へ」という談話においてである。

昭和三十五年、三世社が「時代傑作小説」という雑誌の増刊号として『山手樹一郎・山本周五郎―小説読本―』という、今風に言えばムックのような出版物を企画した。

そこで、その編集者は面白いことを考えた。二人に、往復書簡ならぬ、往復テープを録音させ、相互に聞かせるということをしたのだ。

そのテープに吹き込まれた談話を活字化したもの（「畏友山手樹一郎へ」「畏友山本周五郎へ」）から判断すると、まず山本周五郎が山手樹一郎に対する音声を吹き込み、それを聞いた山手樹一郎が山本周五郎へ返答をするということだったらしい。

しかし、そこにおける山本周五郎の談話「畏友山手樹一郎へ」には、さらに思いがけない挿話も語られていた。

山本周五郎によれば、山手樹一郎は酒を飲むと「泣き上戸」になるところがあったが、最近も、酔って泣くというようなことがあると聞いている、というのだ。胸を衝かれるのは、酔った山手樹一郎が口にするという言葉である。山手樹一郎は「自分はもう少し違った方向にすすみたかったんだ」と言って泣くというのだ。「もう少し違った方向」とは、いわゆる「純文学的な作品」を書くということであったらしい。

その、作家としての悲哀に私は思わず立ちすくんでしまう。あの山手樹一郎にして、やはりそのような思いが残っていたのかと。「断念」の向こうに、やはり「文学」に対するそのような祈りに近い思いが残っていたのかと。

だが、「畏友山手樹一郎へ」の中で、山本周五郎は、山手樹一郎にこう助言している。

《山手に僕が言いたいのは、現在のものが彼自身にとって一番いいものだと思う。異った方向のことなど考えずに、もうお互い持ち時間が少くなっていることだし、いまの道をまっしぐらに進んでいって貰いたい》

そこには、昔からの、恩人同然の友人に対する思いやりと同時に、ほんのわずかだが、自分は「文学」の曠野を切り拓いているという「自負」、あえて言えば勝者としての「傲《おご》り」のようなものが滲んでいないことはなかったと私には思える。

いま、私は山手樹一郎について「作家としての悲哀」という言葉を使った。悲哀。悲と哀。どちらも、かなしい、という意味を持つ。しかし、その二つのかなしみは微妙に異なっているようにも思える。

吉行淳之介は「からだ」という字にこだわった作家として知られている。自分の書く文章の中には「体」や「躰」はどうしても使えないというのだ。そして、終生、「軀」を使いつづけた。確かに、性を通して女体を描くことの多かった吉行淳之介の小説世界には、「軀」がふさわしかった。

悲も哀も、人によって独特の思いを込めて使われることの多い字のひとつであるといえるだろう。

山本周五郎も、あるときは「悲しい」と書き、あるときは「哀しい」を使い、またあるときは「かなしい」を用いたりして、微妙な使い分けをしている。

私には、「悲しい」は透明で乾いているが、「哀しい」はいくらか濡れているように思われる。寒い空気の中で煌《きら》めくダイヤモンドダストのようなものが「悲しい」だとすれば、湿り気を帯びた空気の中の霧や靄《もや》のようなものが「哀しい」であるような気がする。

あるいは、「悲しみ」は外に向かって進んでいく可能性を持つが、「哀しみ」は裡《うち》に籠もったままその内部にとどまるものであるような気もする。「悲」からは透明な水のようなすきとおったかなしみが、「哀」からは霧や靄に覆われた見通しのきかないかなしみが感じられる。

もし、いくらか強引に性別をつけるなら、男のかなしみは鋭角的な「悲」であり、女のかなしみはどこか丸みを帯びた「哀」であると言えるかもしれない。

山本周五郎は短編小説の書き手としての技量が頂点に近づくにつれて、居酒屋と岡場所を舞台にした作品を多く書くようになっていった。男たちは酒と女によって「悲」を打っちゃろうとし、女たちはそんな男たちによって「哀」を積み増されることになる。

居酒屋と岡場所は「悲」と「哀」が生まれるところであり、棲むところであり、棄てるところでもあるのだ。

この「山本周五郎名品館」の第四巻にあたる『将監さまの細みち』では、「野分」において江戸っ子の老人の意地が生み出してしまう孫娘のかなしみが、「並木河岸」では子供を持てない夫婦の行き場のないかなしみが、「墨丸」では養女の身の処し方に隠された深いかなしみが、「夕靄の中」では、かなしみが新しい人間の関係を生み出す不思議が、「将監さまの細みち」では岡場所の女の消えそうで消えないかなしみが、「深川安楽亭」においては、はぐれ者のつどう居酒屋がかなしみの防波堤になる意外な展開が、「ひとごろし」では弱者ではなく強者にもかなしみが生まれるという、思わず笑いを誘われてしまう姿が、「つゆのひぬま」ではかなしみを抱いた男と女の最後の救いが、それぞれ描かれていくことになる。

だが、山本周五郎は、悲哀を悲哀として描きながら、その悲哀を乗り越える姿も貴いものとして描いている。「桑の木物語」では、主君との蜜月を過ごしたあとで、その日々の大事なものが失われてしまった家臣のかなしみと、それを乗り越えていく姿が雄々しく描かれてもいくのだ。

＊

「野分」

藩主の庶子だった又三郎は、生まれ落ちると家臣の手に渡され、その二男として育てられることになった。ところが、藩主の正嫡《せいちゃく》である男子が次々と死んでしまったため、又三郎が世継ぎ候補として浮上することになる。

しかし、ちょっとしたことから植木職の老人とその孫娘と知り合い、交流を重ねていくうちに、武家の生活というものに嫌気がさしてくる。

そして、ついには、武家の生活を捨て、心惹かれるようになった孫娘を妻に迎え、町住まいをして生きたいと思うようになる。

だが、どうしても世継ぎにならざるをえなくなったとき、植木職の老人に言う。町家の娘を大名の正室とすることはできないだろう。しかし、自分は彼女しか妻にする気はない。側室という名目にはなるかもしれないが、彼女ひとりを愛しつづけるので、自分にくれないだろうか。

それを聞いて、植木職の老人は驚くべき行動に出る……。

これは江戸っ子の「意地」を描いたものとも言えなくはないが、あえていえば人間としての「倫理」を描いたものと言うべきもののようにも思える。

——自分のために人様をかなしませてはならない。

だが、その潔い「倫理」は、もうひとつの、深いかなしみを生むことになるのだ。

「並木河岸」

かつて時代小説というジャンルにおいてこのようなテーマで書かれた作品があっただろうか。今回の「名品館」には残念ながら収載できなかったが、「薊《あざみ》」はレズビアンの妻を持った男の異色の物語だった。しかし、この「並木河岸」は、それと同じか、それ以上に斬新なテーマを孕んだ物語になっている。

長屋に住む船大工の鉄次《てつじ》は、家に帰っても妻のおていとぎくしゃくした会話しかできない。それがなぜなのか、読み手である私たちにはよくわからない。しかし、やがて、鉄次が川でお守りの奉書包みを引き裂くというシーンに至ってようやくわかる。その奉書は水天宮でもらった安産のお守りだったのだ。

ぎくしゃくの原因は、おていが流産、それも三度目の流産をしてしまったことによっていた。鉄次は、一度目のときも二度目のときもおていを労ることができた。おまえの責任じゃないと。しかし、三度目の今度となると、どうしてもやさしい言葉が出てこない。鉄次が子供好きで、どんなに子供を欲しがっているかがわかっているおていには、それがつらい。

これは流産によってどうしても子供が持てない夫婦のかなしみを描いた物語だったのだ。子供を持ちたいが持てない女の気持を描くという物語は多くあるかもしれないが、そうした女を妻に持った男の気持を描いたものは、とりわけ時代小説ではほとんど存在していなかったような気がする。

空虚さを抱えた鉄次の心に、居酒屋の女との他愛ない言葉のやりとりがすっと滲みてくる。そして、軽い気持で、ほんの数日の旅の行楽の約束をしてしまう。

そのとき、何かを察知したおていは……。

これをそのままそっくり現代に置き換えて小説化することも不可能ではない。しかし、「並木河岸」という場所の力が、この物語にとって欠くべからざるものになっている。鉄次とおていが若い頃、いつも逢い引きをしていたという「並木河岸」という場所がなければ、ここまで深い話にはならなかっただろうからだ。

「墨丸」

これは『日本婦道記』の中の一編であり、岡崎藩物の一編でもある。

両親を失い、引き取られ、養家で育った少女と、その養家の息子である少年との、何十年にもわたる、出会いと別れを含んだ交情を描いたもの、と言えるだろう。

だが、そこにどのような「婦道」が描かれていたかというと、これもなかなか「婦道」という言葉には収まり切らないものがある。

この「墨丸」にはいくつかの要素が重なり合っているが、まずは、醜いアヒルの子が白鳥になるという物語がひとつの軸になっている。少女は、色が黒いので少年によって「墨丸」というあだ名がつけられるが、やがて、琴や和歌に能力を発揮するようになり、それと同時にみるみる美しくなっていく。

少年は成長し、やはり同じく成長した少女を娶《めと》りたいと望むようになる。しかし、成長した少女は、その申し出を決然と断り、家を出てしまう。

なぜ、どうしてだったのか……。

成長した少年である平之丞《へいのじょう》はその思いを抱きながら、やがて別の女性と結婚し、子供を持つに至る。

時が過ぎ、その理由はやがて明らかになるのだが、それがお石《いし》という名の少女の「婦道」であったとは思えない。

お石は、かなしみを胸に納めて家を出ていたのだ。

このとき、お石のかなしみは「悲しみ」と書きたいように思える。胸に納め、自ら封印したかなしみでありながら、涙に濡れたかなしみではないからだ。

この「墨丸」には毅然とした女性の生き方の美しさが描かれていくことになるが、それは「婦道」というものに限定されない、人間としての凜々しさ、清々しさによると思われる。

「夕靄の中」

道中姿の半七は、北関東から江戸に入ると、根岸の手前のあたりで誰かにつけられていると思う。それを撒《ま》くために大きな寺の墓地に入る。

花と線香を買い、水を入れた閼伽桶《あかおけ》を持つと、誰とも知らぬ墓の前に立ち、花を手向け、手を合わせる。

すると、不意に声を掛けられる。

――あのう、失礼でございますが……。

眼を向けると、そこには見知らぬ老女が立っている。

そこから物語は思わぬ展開を見せることになる。

これもまた、よくできた一幕物の舞台を見ているようだ。時間にしてほとんど一時間足らずのあいだに起きた出来事の顚末を描いて、過不足ない。静かに始まり、静かに終わる。

もちろん、そのあいだに、半七の過去についても物語られる。

いったんは江戸のやくざの世界を捨て、北関東の町に逃れたが、そこからある男への復讐を果たすため江戸へ戻ってきたのだ。

山本周五郎は、はぐれ者は描いたが、職業的なやくざ者をほとんど描かなかった。その意味では例外的な数作のうちのひとつといえるが、しかし、この半七という男がやくざ者には思えない。それは半七に、作者である山本周五郎が、人のかなしみに感応できるやさしさを付与してしまったからかもしれない。


「将監さまの細みち」

おひろは赤坂田町の岡場所で働いている。岡場所で働く女たちはそれぞれに事情を抱えてそこで働いている。そのことを互いにわかっているため、客のことなどで揉めたとしても、どこか深いところで理解し合っている。

しかし、おひろの場合は他の女たちから冷たい眼で見られつづけている。それはおひろが「通い」であるからだ。岡場所の女はほとんどが「抱え」なのに、おひろは外に家庭を持ちながら、「通い」でやって来て、こんな場所で稼いでいる。たとえそこにどんなにろくでもない亭主がいるとしても、「抱え」の女たちにとっては、家庭を持っているということが、やはり絶対的な嫉妬の対象になってしまうのだ。

おひろの亭主は指物師だったが、病気を理由に、いつまでたっても働きに出ようとしない。子供を抱えて、おひろは料理茶屋から岡場所で春を鬻《ひさ》ぐところまで来てしまった。そこに深い絶望があったが、ある日、ひとりの客の前で、ちょっと変わった童歌を歌ったところから、運命が急回転を始める。

《「五十年まえ、――」とおひろは無意識に呟いた、「そして、五十年あと、――」》

それはおひろの、絶望に耐える「まじない」のような言葉だったが、その境遇から脱出できそうになるのだ。

しかし……。

ちょっと変わった童歌とは、「天神さまの細みちじゃ」を「将監さまの細みちじゃ」と歌詞を変えて歌うものだった。なぜなら、おひろたちが育った長屋の町内の隣に「松平将監」の屋敷があり、遊び友達と共にそう歌う癖がついていたのだ。

その歌詞がこの短編のタイトルになり、また物語を動かす重要なバネになっている。

最後におひろが口ずさむ「将監さまの細みちじゃ」の哀切さが、私たちの胸に深く突き刺さる。

「深川安楽亭」

そこは、張り巡らされた堀によって「島」のようになった一角にあって、はぐれ者たちがつどう居酒屋だ。しかも、彼らは、はぐれ者の中のはぐれ者である。

そこには通常の意味での出入りがない。入ってきても出ていかないからであり、出ていくのは死んだときだけであるからだ。

これは一種の群集劇である。その扇の要《かなめ》にいるのが居酒屋の主の幾造である。

はぐれ者の彼らは、幾造の指示のもと、抜荷《ぬけに》の手伝いをすることで、金を得ている。そのようなことが可能なのも、同心たちに賄賂を摑ませることで、「お上」からの目こぼしを受け、一種の治外法権的な場所になっているからだ。

しかし、そんな「約束事」を無視し、彼らの悪事を暴き立て、手柄を立てようと「島」に踏み込んできた同心のひとりに、幾造がこう言う場面が出てくる。

《「私があいつらを押えている、世間へ出て悪いことをしないように、私があいつらを引受ける、そう旦那にお約束したんです」》

滅多にふりの客は入ってこないが、ある日、素人風だがわけあり風でもある客がまぎれ込み、いつしか常連のように飲むことを続けるようになる。飲むとひとりごとをぶつぶつとつぶやき、ときに涙を流す。その客の様子に、はぐれ者たちも慣れていくことになる。

その客の来訪とほとんど時を同じくして、親にはぐれた子雀《こすずめ》を拾うように、ひとりのはぐれ者が「外」で袋叩きに遭っている若者を拾ってきたところから、その居酒屋に大きな波風が立ちはじめる。

悪事を悪事とも思わないような男たちが、窮鳥が飛び込んで来ると、善行を善行などとも思わず、平然と命をかけて助けようとするのだ。

そして、深いかなしみを抱いた酔っぱらいの客もまた……。

「ひところし」

藩内で一番の臆病者と自他共に認める武士が、藩内で一番の武芸者を上意討ちのために追うことになる。

これが、この物語のすべてである。

臆病者の名は双子六兵衛《ふたごろくべえ》、武芸者の名は仁藤昂軒《にとうこうけん》。仁藤は口論の末、主君の御側小姓《おそばこしょう》を切り捨てて逃亡した。双子は臆病者という自らのレッテルをはがすため、志願して追っ手を引き受けた。

さて、どのように討てばよいのか。いや、そもそも討つことなどできるのだろうか。

主人公の双子が途方に暮れるだけでなく、読んでいる私たちも一緒になって途方に暮れざるをえない。

だが、ついに、双子六兵衛はその方法に思い至る。

《「卑怯者」と昂軒は顔を赤くしながら喚きかけた、「きさまそれでも侍か、きさまそれでも福井藩の討手か」

「私はこれでも侍だ」と逃げ腰のまま六兵衛が云った、「上意討の証書を持って、おまえを追って来た討手だ、だが卑怯者ではない、家中《かちゅう》では臆病者といわれている、私は自分でもそうだと思っているんだ、卑怯と臆病とはまるで違う、おれは討手を買って出たし、その役目は必ずはたす覚悟でいるんだ」》

これは、双子が「臆病者だが卑怯者ではない」という、その奇策を編み出すまでの物語である。これはまた、一種の滑稽譚でもある。臆病者と武芸の達人。弱者と強者。しかし、この立場が徐々に逆転していくというところに面白さがある。強者に対しては勝つ方法があるが、絶対の弱者に勝つ方法はない、という逆転の発想が鮮やかだ。途方に暮れていたはずの弱者の逆襲によって、今度は強者の方が途方に暮れる。

これは一九七〇年代に二度ほど映画化されており、双子を萩本欽一、仁藤を坂上二郎が演じたものと、双子を松田優作、仁藤を丹波哲郎が演じたものがあるらしい。

もし、私がプロデューサーだったら、黒澤映画の常連だった三船敏郎を仁藤に、『椿三十郎』で臆病な武士を演じていた小林桂樹を双子に配しただろう。たぶん、山本周五郎の作品を好んで映画化していた黒澤明も似たようなことを考えただろうが、何かの事情で実現しなかったのではないかと思ったりもする。

「つゆのひぬま」

これも岡場所物の傑作のひとつである。「将監さまの細みち」と「ほたる放生《ほうじょう》」と「つゆのひぬま」。岡場所物の傑作三作から二作を選ぶことになり、考えに考えた末に、「将監さまの細みち」とこの「つゆのひぬま」を採ることにした。「ほたる放生」を選ばなかったのは、他の巻に似たような結構を持つ作品を収載しているからでもあった。

深川の岡場所で客を取っているおぶんに若い男の客がつく。ただの客に過ぎなかったが、二度目に来たとき、懐に呑んでいた匕首《あいくち》を預かってあげたところから、深く心に残るようになる。

《「おんなしようよ」とおぶんは云った、「こういうところへ来る人って、みんな同じような感じよ、云うことやすることは違っていても、みんなどこかしら独りぼっちで、頼りなさそうな、さびしそうな感じがするわ、だからこんな、あたしたちみたいな者のところへ来るんじゃないかと思うの」》

ある日、深川一帯が嵐に見舞われる。風が吹き、水が出る。そして、徐々に水位が上がってくる。

かつて私が子供だった頃、戦後の東京の下町でも、近くの川が氾濫し、水が出るということがあった。私の家でも、大急ぎで畳を上げ、その上に大事なものを載せると、舟に乗って近所の風呂屋に避難したりした。その風呂屋には天井の高い浴場の上に大広間があったからだ。それから水が引くまでの数日間をそこで過ごしたが、子供にとっては、何かお祭り騒ぎのような楽しさがあった。

だが、このときの深川は、その域を超え、すごい勢いで水位が増してくる。やがて屋根の上までのぼって避難を続けなくてはならなくなるのだ。

その前に、みんなは逃げるが、姉さん格のおひろとおぶんだけは逃げようとしない。おひろは旅に出ている女あるじから家を任されているためだが、おぶんが逃げないのは、もしかしたら、という思いがあるからだ。

——もしかしたら、あの人が助けに来てくれるのではないか。

だが、その思いを打ち砕くようなものとして、おひろの口癖が反響する。

《「どんなにしんじつ想いあう仲でも、きれいで楽しいのはほんの僅かなあいだよ、露の干《ひ》ぬまの朝顔、ほんのいっときのことなのよ」》

本当に、二人の仲は「つゆのひぬま」のあいだだけのことなのだろうか。いや、そうではないと、証明できるのだろうか……。

最後に、主人公が、おぶんからおひろにするりと替わるような気がする。それが余韻の深さをさらに増していくように思われる。


「桑の木物語」


主人公は、大身の武家のもとに生まれたものの、双生児だったためにひとりだけ船宿にあずけられることになるが、そのおかげで伸び伸び育つことのできた土井《つちい》悠二郎。

しかし、少年時代に、ふたたび家に引き取られ、窮屈な武家の子供としての人生を送るようになる。

周囲からは、その野生児ぶりに呆れられるが、どこを見込まれたのか、若君である正篤《まさあつ》の「御学友」に上げられてしまう。

そこで、悠二郎は、ひ弱な正篤をさまざまな冒険に巻き込んでいく。近習たちの隙を見つけては屋敷を抜け出し、養家だった船宿にまで連れ出し、桑の実を食べさせたり、川遊びをさせたりする。

そうするうちに、二人の仲は深まり、正篤も健康的になっていく。

やがて成長した若君の正篤は藩政を任されるようになる。

ところが、二人で藩政の改革をやっていこうと固く約束したはずなのに、悠二郎は正篤からなぜか遠ざけられてしまう。

あの楽しい日々を共有した二人がどうして離れ離れになってしまうのか。悠二郎にはどうしてもわからない。

――なぜなのだろう……。

前半は、悠二郎の正篤との牧歌の時代が描かれ、後半に至り、悠二郎の懊悩《おうのう》の時代が始まる。やがてその懊悩が愁いを含み、かなしみを耐える物語になっていく。

そして、ついにその理由が明らかになる。

これは主従という関係を持った二人の若者の美しい物語である。あまりにも美しすぎるという異論もあるかもしれない。しかし、私は、かなしみの向こうに立ち現れる、このいくらか苦い味の残ったハッピーエンドが決して嫌いではないのだ。

＊

山本周五郎と山手樹一郎について、とりわけ、ひとつの挿話が心に残る。

昭和三十四年のある日、住んでいる横浜から東京に出てきた山本周五郎は、豊島区の要町《かなめちょう》にある山手樹一郎の家を訪ねようとする。

《三年くらい前に、僕の親しい新人落語家の会が池袋であった時、近所まできたから山手の家を訪ねようと思った》（「畏友山手樹一郎へ」）

そのとき山本周五郎に同行していた木村久邇典によれば、池袋で寄席をのぞいたあと、不意に山手樹一郎の家を訪ねる気になったらしい。しかし、近くまでいくと、偶然にも、講談社の編集者が、山手樹一郎が不在のため虚しく帰るところに遭遇してしまう。山手樹一郎はたまたま自分の作品が原作となった映画の試写会に行っていて、家を留守にしていたのだ。

木村久邇典が書いている。

《後日、山手は「めったに他出しないし、試写会などほとんど見にいくこともなかったのに――」と残念がった》（『人間山本周五郎』）

それが二人の会うことができたかもしれない、最後の機会だった。

もし、会えたとしたら、どんな話をしたのだろう。

当然、山本周五郎の来訪を喜んだ山手樹一郎は、妻に酒肴《しゅこう》を調えさせたに違いない。したたか酒を飲んだ山手樹一郎は、山本周五郎を前にして、自分も「違った方向」に進みたかったと、涙を流しただろうか。そして、やはり、山本周五郎は、「違った方向」などということを考えず、「いまの道」をまっしぐらに進んでいってほしいなどと、勝者に特有のある種の無慈悲さを漂わせながら言い放ったのだろうか。

山本周五郎は、この「幻の再会」から八年後に仕事場で死んだ。

衰えは見られたが、それは、文学の頂に登るという野心を燃えつづけさせたままの、途上の死だった。

一方、山手樹一郎は、その「幻の再会」以後、さらに十九年にわたって、山本周五郎の言う「いまの道」、つまり以前と同じような作品を書きつづけ、病院で死んだ。

二人の、文学的な評価という土俵での勝負はついている。

だが、それでも、私はあの向日性を帯びた明朗な主人公が出てくる山手樹一郎の小説世界に浸っていた少年時代を懐かしく思う。

そして、それを書きつづけた職人的な作家の山手樹一郎の姿が、ふと、山本周五郎の小説世界の住人のように思えてきたりもする。こつこつと確かな職人仕事をしながら、ときに酔っ払ってくだをまく「ちゃん」の重吉のように、悲哀に満ちた、あるいは、悲と哀のあいだを生きているような……。

（18・7）

右か、左か

『右か、左か——心に残る物語　日本文学秀作選』

最も単純に考えるなら、人が遭遇する典型的な「右か、左か」の局面とは、どこかを歩いていてどちらの道を行けばいいか迷うということだろう。たとえば、山歩きをしていて、どちらの道を行けばいいのかわからなくなってしまう。頂に登るために、あるいは麓に下るためには、左右のどちらの道を行けばいいのか。そこで、人は知識や、記憶や、感覚や、勘といったものまで総動員してさまざまに考え、決断を下すことになる。

そうした「右か、左か」の局面は、道を歩くということだけでなく、人生の歩みの中でもしばしば訪れる。進学や、就職や、結婚などに際し、「右か、左か」と思い悩む。いや、そのような人生の大事のときばかりでなく、競馬場で本命と対抗のどちらの馬券を買うか、スーパーマーケットでレジのどの列に並ぶかというようなつまらないことにも、「右か、左か」の問題は立ち現れる。

そして、あらためて思い起こしてみると、少年時代から読みつづけてきた小説には、いかにその「右か、左か」を描いたものが多いかということに気がつく。

ネヴァ河にたたずむ青年ラスコーリニコフも「右か、左か」の問題を抱えていたし、閉ざされた街にとどまってペストの流行と戦った医師リウーも「右か、左か」の判断を下さなくてはならない局面に立たされた。メキシコ湾で大きなカジキを仕留めた老漁師サンチャゴもやがて「右か、左か」の決断を迫られることになる。

長編小説ばかりではない。むしろ短編小説にこそ、鮮やかな「右か、左か」が存在すると言える。芥川龍之介にも、志賀直哉にも、太宰治にも、三島由紀夫にも「右か、左か」を主題とした短編がいくつもある。

これまで、自分が人生で最も重要な「右か、左か」の選択をしたのは二十二歳のときだった、と思っていた。

大学を卒業し、明日は入社式という前日の夜、眠れないままにどうしようかと考えつづけた。あの会社に入ってしまっていいのだろうか。丸の内に本社のあるような会社に入り、その一員となるということが、本当に自分の望んだ生き方なのだろうか?

ほとんど一睡もしないで考えつづけた私は、朝になってその会社に行くと、辞めさせてもらいたいと申し出た。いくつかの曲折はあったものの、私の申し出は受け入れられ、たった一日出社しただけで辞めることができた。これによって、私の「あらゆるものに属さない」という人生が始まったのだ。そう思っていた。

ところが、この「右か、左か」というアンソロジーを編んでいく中で、自分の読書体験を振り返るということをしているうちに、もしかしたらそうではないかもしれないと思うようになった。それ以前にも、もっと重要な「右か、左か」の選択をしていたのではないかと。

かつて私が少年時代に住んでいた家の近くに貸本屋があった。小学生時代の私は、放課後暗くなるまで野球をすると、帰りに貸本屋に寄って漫画を一冊借りてくるというのが日課だった。しかし、小学六年生のとき、とても心を動かされる映画を見た。そのことを父親に話すと、それには「原作」というものがあって、元になっているのは「小説」だと教えてくれた。そして、もしかしたら近所の貸本屋にもあるかもしれないよと付け加えた。

その貸本屋の店内には、中央の棚をはさんで、右の空間には子供用の漫画の棚と少年少女向けの雑誌の台が置かれ、左の空間には小説の棚と大人用の読物雑誌が並べられている台があった。私は、右の空間には毎日入り浸っていたが、左の空間にはほとんど足を踏み入れたことがなかった。それは、平台に並べられている大人の雑誌が、エロティックで扇情的な絵の表紙のものが多く、どこかまがまがしく感じられたからだった。

しかし、私は、父に教えられた翌日、「原作」の「小説」があるかどうか確かめるべく、左の空間に足を踏み入れた。そのとき、一瞬、いいのだろうかと思ったことを覚えている。こっちに行ってしまっていいのだろうかと。

よかったかどうかはわからない。だが、そのとき、左の空間に足を踏み入れ、その棚に並んでいる小説の世界に分け入ることで、いまの私の大きな部分が作られてきたのは間違いない。そして、その先に、無数の「右か、左か」の小説との遭遇もあったのだ。

ここに収めた十三の短編小説は、「右か、左か」という局面において決然とどちらかを選択するという物語であるより、「右か、左か」を前にして立ちすくんでいるという印象の物語の方が多いかもしれない。その根底に戸惑いや不安や怯えや恐れが潜んでいる。もしかしたら、それこそが「右か、左か」における人間の自然の姿なのかもしれないとも思う。

＊

「風薫るウィーンの旅六日間」小川洋子

ウィーンへのツアーに参加した若い女性が、旅慣れない老婦人と同室になってしまったばかりに、ひとつの愛の思い出に付き合い、結果としてひとつの死に向かい合う。そして最後の最後に思いがけない逆転に遭遇する。それが小川洋子の「風薫るウィーンの旅六日間」だ。

この作品は、「右か、左か」というアンソロジーについて具体的にどんな作品を収録したらいいか考えているとき、ちょうど文庫化されたのを契機として読むことができた。だが、これは、厳密に言えば「右か、左か」の物語ではない。最後の鮮やかな逆転は、気がつくと右ではなく左だった。あるいは、左ではなく右だった、というものである。しかし、それは、同時に、右であっても左であってもよかったということを含むものでもある。たとえそれがどちらであったとしても、主人公の若い女性は、ウィーンの美術史美術館や自然史博物館をくまなく見学したよりもっと深いものと出会うことができただろうからだ。

「魔術」芥川龍之介

少年時代、最も早い時期に遭遇した「日本文学」は、教科書に載っていたか父親に勧められるかして読んだ芥川龍之介と志賀直哉だった。志賀直哉の短編は「清兵衛と瓢箪」、「小僧の神様」、そしてなぜか「真鶴《まなづる》」が深く心に残った。

しかし、やはりよく読んだのは芥川龍之介だった。晩年の作品を読むようになるのは少し先のことになるが、教科書に採用されているような小説から入って、大部分の「名作」を読むことになった。

芥川龍之介の短編の中で、このアンソロジーのタイトルである「右か、左か」にふさわしい作品ということになれば、「杜子春」や「藪《やぶ》の中」ということになるのかもしれない。だが、ここでは「魔術」を採った。

魔術師に魔術の教示を乞い、私利私欲のために使わなければという前提で教えてもらえることになる。しかし、ふとしたことで……という展開の果てに、大きなどんでん返しが待っている。私も、少年時代にこれを読み、昂揚した気分のまま、似たような物語を考え出したことがあった。芥川龍之介の短編は、単に読むというだけの文学の窓口ではなく、書く上でも多くの少年少女にとっての文学の窓口になったことは間違いないと思われる。そのような小説としての芥川龍之介の作品の存在は、実に貴重だと思う。

それともうひとつ、小説の内容とはまったく関係がない話だが、「魔術」の舞台になっているのが明らかに大森山王《おおもりさんのう》だと思われることもこの作品への愛着を深める理由になった。少年時代を大森と池上の周辺で送った私には、魔術師が住んでいることになっている「西洋館」のような建物がいくつも記憶に残っている。実際、そうした一軒には私の友達が住んでいたものだった。かつて大森山王に存在していた「西洋館」へのささやかな憧れがこの作品を選ばせたもうひとつの理由でもあるのだ。

「黄金の腕」 阿佐田哲也

色川武大の短編には、「黒い布」や「百」に代表されるような私小説と、阿佐田哲也名義の「天和《テンホー》の職人」や「東一局《トン》五十二本場」のようなギャンブル小説の二つの系統がある。しかし、もうひとつ、エッセイのような語り口で実際の経験を語っているように見せながら、いつの間にか巧緻《こうち》なフィクションの世界に引き込んでいるという作品の系統もある。

ここに収録した「黄金の腕」は、その代表的な作品である。阿佐田哲也という「虚名」を持った生身の人間の存在が絶対の前提であり、その「虚名」ゆえに阿佐田哲也である「私」はたったひとつの牌《パイ》を切るにも脂汗を流すようになる。これを切ると左の上家《カミチャ》に当たるのではないか。いや、右の下家《シモチャ》に当たるかもしれない。「右か、左か」……。

そこにはギャンブルの果ての果ての風景を見た人としての色川さんでしか描けない世界がある。

「その木戸を通って」 山本周五郎

山本周五郎の長編にはすぐれたものが多い。それは純文学とか大衆小説といった分類を超えた「小説らしい小説」として圧倒的な存在感を持っている。中でも『虚空遍歴』は、一種の芸術家小説であるにもかかわらず、それだけにとどまらない普遍性を持つ傑作である。繰り返し読んでも常に新しい感動を得ることができる。

しかし、山本周五郎が山本周五郎であるのは、鮮やかな結構を持った短編群にあるように思われる。そして、この「その木戸を通って」は、ほとんど現代小説と言ってもよい気配を漂わせているが、時代小説の衣装をまとわなければ描けなかった作品でもある。その木戸を通って、ふさという名の女は右に行ったのか左に行ったのか。

山本周五郎の作品は、黒澤明をはじめとして多くの監督の手によって映画化されたり、テレビドラマ化されたりしているが、この「その木戸を通って」は市川崑によって映画化されている。最後は、原作と大きく変えられており、それもありなのかなという気もするが、やはり原作の終わり方のほうがすぐれていると思わせられる。

「プールサイド小景」 庄野潤三

私が、先頃亡くなった庄野潤三を読みはじめたのは大学生の頃だった。『静物』を読み、『夕べの雲』を読んだ。それは江藤淳が「第三の新人」を論じた『成熟と喪失』に導かれてというところが大きかったと思う。そこで江藤淳は、『夕べの雲』の主人公を、「最小限の秩序と安息とを自分の周囲に回復しよう」とする「治者」として捉え、「治者の文学」という切り口で読み解いていた。確かに、『夕べの雲』で描かれている、ほとんど聖家族と言い得るような美しい家族の姿は、ここに収録した「プールサイド小景」の家族を見舞う危機を乗り越えることで獲得できたものなのだなと思わせられる。

だが、久しぶりに「プールサイド小景」を読み返してみると、単なる「治者の文学」の補助線としてではなく、眼に見えるものの危うさと、その危うさの中で生きていくことの虚しさと美しさが同時に描かれている作品であったことがわかる。最後における妻の「その階段を上らないで」という心の叫びが、逆に夫はやはり上ってしまうのではないかと思わせることで、未来の危うさをも描くことに成功しているのだ。

夫はついに家には戻らず、いまもなおどこかをさまよっているのかもしれない。「その木戸を通って」のふさのように。

「寝台《ねだい》の舟」吉行淳之介

ある酒場で吉行淳之介と隣り合わせたとき、珍しく小説の話になり、つい言わないでもいいことを言ってしまった。

「僕は、吉行さんの作品の中では、『寝台の舟』が好きです。とてもすばらしいと思います」

自分のささやかな経験からしても、読者にそんなことを言われても、困惑するだけなのはわかっていたけれど、なぜかどうしても言ってみたくなってしまったのだ。私はそのときとても若かった。

それに対する吉行さんの答えは完璧だった。

「ときどきそう言ってくれる人がいるんだよ」

それが「よくそう言ってくれる人がいるんだよ」でも少し言いすぎだし、「そんなことは初めて言ってもらった」では嘘臭い。「ときどき」そう言う人が現れるというところに、「そんなに普通ではない」という私への配慮があり、しかも「言ってくれる」というところに、若輩の者に対しても決して自分の立場を上に置かない、吉行さん独特の位置の取り方がある。

この「寝台の舟」は、ホモセクシュアルの男に対して、心を開きながら体が思うようにいかない主人公が描かれている。「右か、左か」ではなく、「右も、左も」なのだが、ついに「右でもなく、左でもない」という状態のまま最後まで行ってしまう。

この作品でも、吉行淳之介は『マザーグース』の邦訳を効果的に使うことで、ホモセクシュアルの男との性という生々しいものを扱いながら、どこかおとぎばなしのような気配を漂わせることに成功している。もちろん、それは、「むかし話を一つ、します」という冒頭の一行の鮮やかさにもよっているのだけれど。

「ロマネ・コンティ・一九三五年」開高健

私の高校生から大学生の頃の開高健に対する印象は、外国にあちらこちら行っては作家だかジャーナリストだかわからないような文章を書いている人、というものだった。

それが一変するのは、文藝春秋から連続的に著書が出版されるようになってからである。とにかく装丁が斬新だった。その装丁に惹かれるようにして開高健を読んでいくと、そこにはなにより作家であった人の豊かな世界が広がっていた。私はそれによって開高健を「再発見」することになるのだが、出版界においても似たような迎え入れられ方をしたのではないかと思われる。

その意味では、開高健の劇的な「復活」にはひとりの編集者の力が大きかったと思う。いまは亡き萬玉《まんぎょく》邦夫で、彼が自分で装丁した開高健の単行本を続けて出していったとき、同年代で一緒に酒を呑んだりすることも少なくない間柄だった私は、その本の格調高いたたずまいに驚かされつづけたものだった。中でも、ギュンター・グラスのエッチングを表紙にあしらった「開高健全ノンフィクション」の五冊と、この「ロマネ・コンティ・一九三五年」を表題作とする短編集がすばらしかった。

短編集としての『ロマネ・コンティ・一九三五年』は箱入りの薄い本だったが、いかにもその中には芳醇な作品がぎっしり詰まっているとの雰囲気を漂わせていた。そして、実際、そこには開高健の中期の傑作がいくつも収録されていた。「玉、砕ける」、「飽満の種子」、「貝塚をつくる」、「黄昏の力」、「渚にて」、そして「ロマネ・コンティ・一九三五年」。

作品としては、「玉、砕ける」の方がすぐれているように思われるが、表題作の「ロマネ・コンティ・一九三五年」には、「右か、左か」というこのアンソロジーには不可欠の要素が組み込まれている。

ヴィンテージのワインの栓を開けるとき、多かれ少なかれ、右か左かということに息を詰めて待つところがある。生きているか死んでいるか。よりよく生きているか、息も絶え絶えか。主人公は、高級なレストランで極め付けのヴィンテージ・ワインを呑みながら、それと対極にあるような場所での別のワインの記憶を甦らせる。それがまた女の記憶につながっていくという流れが鮮やかだ。もちろん、そのヴィンテージ・ワインは壊れていなくてはならないのだが。

「散る日本」坂口安吾

私がまだ「徒弟修業中」のライターだったころ、ある編集者に二つの作品を読むよう勧められた。それが山口瞳の『世相講談』とこの坂口安吾の「散る日本」だった。不敗の名人と言われた木村義雄が塚田正夫八段の挑戦を受けた第六期名人戦の、その最終局となった第七局の一部始終を描いたものだ。

木村が勝つのか、負けるのか。午前二時過ぎに決着がついたとき、坂口安吾はこう思う。木村は負けるべくして負けた、と。

読み終わって、そうか、これはノーマン・メイラーの『一分間に一万語』と同じなのだと気がついた。メイラーの『一分間に一万語』は、フロイド・パターソンとソニー・リストンの世界ヘヴィー級タイトルマッチを描いたものだ。そこでメイラーは、パターソンの側に立つ。リストンは敗れるべきだと。単なるボクシングのタイトルマッチがこのような読み物になるということに驚いていた私は、それと匹敵する読み物が日本にも存在するということに驚かされた。そして、それは私の書くノンフィクションの教科書のひとつとなったのだった。

「ダウト」向田邦子

向田邦子の思い出は、酒場とラジオの思い出だ。

直木賞の発表の夜、偶然、受賞者である向田さんと酒場で出会い、勢いのまま朝まで一緒に呑みつづけたことがある。それからしばらくして、向田さんの最初のエッセイ集である『父の詫び状』が文庫化されると、解説を書いてくれないかという依頼を受けることになった。

夏だった。その長い解説を書き終わり、一息入れるつもりでラジオのスイッチを入れると、臨時ニュースが流れた。台湾の遠東航空機が墜落したというのだ。乗客の中に、「K・ムコウダ」という日本人らしき男性が含まれているという。

それを聞いたとき、直感的にそれは男性ではなく、向田邦子さんだと思った。

そう思ったのは、ただその直前に向田さんの世界に浸り切っていたからというだけが理由ではなかった。かつて色川武大も書いていたことがあるが、向田さんの激しいほどの活躍ぶりに、どこかハラハラするような危うさを感じ取っていたからのような気がする。

この「ダウト」は、最初にして生前最後の短編集となってしまった『思い出トランプ』に収められている。

「賽子無宿《さいころむしゅく》」藤沢周平

藤沢周平には、『蟬しぐれ』や『白き瓶《かめ》』というような長編と、「用心棒日月抄」や「彫師伊之助捕物覚え」といった連作のシリーズ物がある。しかし、山本周五郎と同じく、短編にすぐれた作品が多くある。とりわけ、全集の第一巻に収められている初期の短編群には、すでにその中に藤沢周平のすべてが含まれていると思われるほどの豊かさがある。

作品としては、暗い情熱とその悲しい末路を描いた「囮《おとり》」に惹かれるところが大きいが、右か左か、丁か半かということで、博打が重要な要素となっている「賽子無宿」を収録させてもらうことにした。

以前だったら、主人公の渡世人である喜之助は誰が演じたらいいのだろうと考えると、すぐにその俳優の顔が浮かんできたものだった。しかし、残念なことに、最近では股旅物ができる俳優の顔が思い浮かばなくなってしまった。

それに比べれば、「でも義理を作ったなどと思わないで。忘れてもらっていいの」とキリッとした台詞を吐くことになっている相手役のお勢については、まだ演じられる女優がいるような気がしないでもない。

「人間椅子」江戸川乱歩

少年時代、私が夢中になって読んでいたのは推理小説と時代小説だった。それもあって、このアンソロジーにはどうしても推理小説の短編を入れたかった。

どれにしようか迷いに迷ったが、ひとたび江戸川乱歩の「人間椅子」が思い浮かんでしまうと、もうそれ以外には考えられなくなってしまった。

美しい女流作家のもとに謎の手紙が届く。そこにはひとりの男の変質的で熱狂的な欲望が書き込まれている。それを読み終わると、さらにもう一通の手紙が届く。それによって、一応の決着はつくが、しばらくして考えはじめると、読者は無限の「右か、左か」の連鎖にとらわれていくようになる。どこまでが本当で、どこまでが嘘なのだろうか。手紙の主は、そのとき、どこにいたのだろうかと。

「天使が見たもの」阿部昭

阿部昭の「天使が見たもの」については苦い思い出がある。

私は、この小説が、実際に起きた事件の新聞記事をもとに書かれたものだということを耳にし、その批評を書くに際して事件のあらましを知りたいと思った。小説家は事実をどのようにフィクショナルに変えていくのか。その具体的な工程を検証してみたいと思ったのだ。しかし、小さな事件のため、なかなかその記事を捜し当てられなかった。そこで、阿部昭の親しい編集者を介して、もしよければ教えていただけないかと頼んだ。しかし、答えは「否」だった。それを教えるのは勘弁してほしいと。いまになれば、それは当然の反応だったと思う。私でも答えは同じだったろう。しかも、新たにもういちど丹念に新聞の縮刷版を調べることでその記事を見つけられたのだから、私の非礼は二重だったことになる。

しかし、とにかく、ようやく見つけ出したその記事と阿部昭が書いた「天使が見たもの」を詳細に比較検討した結果、実際の出来事と小説とのあいだに存在する微妙だが決定的な差異を見て取ることができた。そして思った。そうか、小説家はこのようにして創作するのかと。

それにしても。最後の一行の見事さ。見事と言って済ませてしまうのはしのびない哀切さ。これは私にとって完璧な短編と思える一作である。

「レーダーホーゼン」村上春樹

この作品は『回転木馬のデッド・ヒート』に収められているが、その本の「はじめに」という文章の中で、村上春樹はこれらの物語が「原則的に事実に即している」と述べている。実際に人から聞いた話を少しずつ変形して提出しているのだと。確かに、そこにおける物語の構造と細部には、現実に存在したことによる、ある種の堅牢さがあるように感じられる。

この「レーダーホーゼン」もそうだ。たとえば、主人公に向かって話している「妻の同級生」という存在には独特のリアリティーが感じられる。それは、不在の「妻」のリアリティーに支えられているところが大きいのだろうが、「妻」と「妻の同級生」には「ファミリー・アフェア」という短編における「妹」の存在がどこかフィクショナルなものに感じられるというのと対照的なリアリティーがある。もっとも、それも、村上春樹の「ひとりっ子」とか「既婚者」といった

「伝記的事実」を知った上での、後付けの「感じ」にすぎないのかもしれないのだが……。

ところが、村上春樹はのちに、実は『回転木馬のデッド・ヒート』はほとんどが頭の中で作られたものだったと明かすことになる。そう言われればまさにそうで、すべてが村上春樹的な物語と細部だったと思えてきたりもする。

まったく！

だから小説家は油断ならないのだが、いずれにしてもこの「レーダーホーゼン」は、「右か、左か」の物語ではない。選択の問題ではなく、運命的な物語なのだ。「妻の同級生」の母親は、選んだのではなく、自分の内部の深いところにあったものを発見しただけなのだから。

＊

分岐点があり、それを眼の前にして思い迷う。思い迷った末に、どちらかを選ぶ。しかし、長い年月が過ぎてみると、どちらを選んでも結局は同じだったのかもしれないと思い至ったりもする。

「右か、左か」ではなく、「右でも、左でも」あったのかもしれないと。


（10・1）

本を売る

書店という街よ、どこへ？　一九七三年、冬、紀伊國屋梅田店

前記

いまから五十年前、私は日本読書新聞の依頼を受けて、大阪梅田の紀伊國屋書店を取材した。なんとなく自分の仕事ではないような気もしないではなかったが、なにより原稿料が欲しかったのだ。

この原稿を書いたのは、私がユーラシアへの長い旅に出る直前であり、その原稿料はほんの僅かだったが旅費の足しとなった。

もっとも、支払いは数カ月後だというのを、なんとか出発前に出してもらうため拝み倒さなくてはならなかったけれど。

（23・8）

1

昨年の暮。本屋で「丁稚《でっち》奉公《ぼうこう》」の見習いのようなことをした。

本屋とかなり気安く呼んだが、これが東京は城南の池上線沿線の少し耳の遠いオバアサンの店

番する三坪半、などという店とはスケールが違う。

総売場面積九〇〇坪、これがワンフロアーに広がっている。売上一カ月約三億円。入店者一日約四万人。これみな日本一である。

要するに、ひとつの「市」に匹敵する人口が、この九〇〇坪の空間を右往左往して一日につき一千万円以上の金を落していく、というわけだ。

そこで、いや、何がそこでかよくわからないが、日本読書新聞のT氏がこう言ったのだ。ルポしないか？　紀伊國屋梅田店を。

「……でね、梅田店の不思議さというのは、ひとつの店舗でありながら自由に通り抜けられる構造になっているので、通路とか広場とかいう性格も持ってしまったらしいんだ。だから、街なんかと同じような出来事が起る。迷子も出るし、病人も出る。置き引き万引きはもちろん、この間は恐喝まであったという。客同士が店の中でだよ。奇妙な空間だろ？　そんな所らしいんだ」

★

紀伊國屋梅田店は阪急三番街というターミナルビルにある。店のあるフロアーが「本のある街」と名付けられていることで、その占める位置を知ることができる。店長の毛利四郎氏を除くとほとんどが二十代から三十代の店員ばかりで、係長クラスですら二十代前半、と破格に若い。

ともあれ、我が「丁稚奉公」の一日は——

朝。

開店は十時である。それなのに、九時半にもなると、入口の周辺は少しずつ人が増えてくる。何をするでもなく、ボンヤリ扉が開くのを待っている。大部分は若者たちだが、中には買い物袋を下げたオバサン、書類カバンを持った中年の紳士もいる。十時直前には、Aの扉の前が五十人、Bの扉が七十人くらいまで膨れ上がる。

「どうしてだろう」

店員のひとりに訊ねると、

「さあ……でも、いつもああなんです」

という答えが返ってきた。

では、とその客たちがどのような買い方をするか追跡してみた。

二十分くらい外で待っていたオバサン、店の中に入って二、三分して出てきてしまう。手には何も持っていない。何のために待っていたのだろう。

これほど極端ではないが、このオバサンに近い人は何人もいた。

通りすがりでもなく、目的買いでもなく、ただ「待ち」、「眺め」、「帰る」という人々。もし、この店が奇妙な空間だというなら、その理由は、迷子や恐喝が起きるということより、こんな人をも吸引するという点にこそ求められるべきなのかもしれない。


昼。

女子店員のFさんと話をする。勤続四年だという。

「どうして本屋に勤めたの?」

「さあ……本は嫌いじゃなかったけど、別にこれといって……」

彼女は文学関係の、中でも外国文学の棚を任されている。

「でも、好きな本はちっとも売れなくてね」

そういうもんかな、私が言うと、Fさんはこう続けた。

「誰もが知ってるっていう本より、知る人ぞ知るっていう本が、結局はいいんだけどね」

なるほど。知る人ぞ知る本、か。私の本もいつかそんなふうに言われるようなものになれればいいのだけれど。


夕方。

気違いじみた忙しさになる。とりわけ雑誌と新書・文庫のコーナーに文字通り人が群がる。いまさらながら文庫の人気に驚く。大半が学校帰りの中、高校生だ。

「『大予言』読んだ?」

「星新一はいいいね」

「ぐうたら、もうアキタわ」

そんな声が聞こえてくる。

夜。

七時半を過ぎると、突然、潮が引いたように静まりはじめる。九時閉店。

九時少し過ぎ、ざっと四万一人目の客を追い出して、扉が閉められる……。

★

この書店が日本一だという。なぜだろう。確かに、客は殺到し、本は売れる。だが、その理由がどうしてもわからない。

たとえば、大阪のライバル書店、旭屋のT氏はこう言う。

「なんといっても立地です。あんないい場所は東京でもないでしょう、日本で最高のところです。阪急、国鉄、地下鉄を結ぶいい位置で、広さも申し分なし。ウチが専門化の道を歩みはじめたのも、余儀なくであって、それ以外に対抗のしようがなかったんですよ。それに阪急という線はどちらかといえばハイ・ブロウで、より本を買ってくれる層が多いんです」

書店は「立地産業」と呼ばれるらしい。確かに立地があらゆるものに優先する。池上線沿線の三坪半の店は、すでにそこにあるということで、ほとんどが決定されつくしている。商売の仕方いかんで左右される部分は極めて少ないのかもしれない。しかし、ならば紀伊國屋梅田店を、どのように、そして誰がやってもこれほどになったかというと、そこには定かでないものがかなり残る。

本当に、なぜだろう。

2

果物のように、書物にも季節感を伴うものがあるという。

いや、果物がオール・シーズンどんなものでもあり、季節感を喪失してしまった現代では、書物の方がより確かではっきりしているかもしれない。そう言ってアルバイトのD君は笑った。アルバイトとはいえ三年も続け、その給料で近畿大学へ通っている。彼は実用書の一角を任されているのだ。

園芸書が売れはじめると春だなと思い、夏にかけては旅行のガイドブック、秋になると競馬の本が本格的に売れ、年末になると料理本が飛ぶように出る。そして年が明けると育児書が……と言う。

「どうして育児書が？」

「さあ、ぼくにもわからんですが、一、二、三月はそれまでの料理本がパッタリで、その分、育児書を補強するんです」

「一、二、三月が？　なぜだろう」

「たぶん、生まれる赤ちゃんが多いんですよ」

「そんなことあるかな」

冗談だと思って訊き返すと、真顔で反論されてしまった。

「でもね、星占いの本がありますね。あれは月によって違うけど、一、二、三月生まれ用は、すぐ売れちゃうんですよ」
「へえ……」
「それに、春はスピーチの本がよく売れますしね。それを見たって……」
なるほど春に結婚式のスピーチが必要とあれば、その十カ月後はちょうど一、二、三月に当たる。そこで育児書、というわけか。それにしても計算が合いすぎて、なんだか笑いたくなってしまう。やはり日本人は几帳面であるらしい。

★

このD君、アルバイトをするまで紀伊國屋梅田店で本を買うことはおろか、来たことすらなかったという。初めて来た時、道に迷って、困ったそうだ。それまでは大学の生協にない時は旭屋で捜していた。三番街まで来るのが面倒に思えたのだ。しかし、今では、アルバイトをしなくなってもここに吸引されるだろうと思っているという。

梅田店には客用の出入口が計六カ所もある。そのどこからでも入れるのだが、とりわけ吸引力があるのは、扉を入ったすぐの平台に雑誌を置いてあるところだ。夕方近くになると、文字通り人でごった返している。そんなに混み合っているのなら、そこから入るのをやめたくなりそうなものだが、不思議なことに、現実はその逆である。

毛利店長は言う。

「私なんかは静かなところで、静かに本を捜したいですけどね。やはり今の人は好みが違うんでしょうね」

何気ない言葉だったが、そこにはあるかなしかの「勝利の響き」があったことも否めない。

どうしてこの店が日本一なのかわからない、と私は言った。ある人は、広さだと言い、構造だと言い、あるいは金のかかった棚などの設備だとも言う。だが、この雑誌売場の混雑のただ中へ、次から次へと吸い込まれる人々を見ていると、混雑がさらなる混雑を呼び、人が人を吸引するという単純な社会心理学の絵解きを見せられているようにさえ思えてくる。

一度〈混雑〉に向って走り出した車にとっては、広さも構造も設備もすべては、ガソリンになっている。だが、その最初の「ひと押し」、あるいは「ひと蹴り」はいったい何だったのだろう。

「もしかしたら、それは毛利という店長の力だったかもしれない」

ある出版社の関西駐在員が言う。そうであるかもしれないし、そうでないかもしれない。誰にもその正否は判断できない。ただ、この紀伊國屋梅田店の成功が、紀伊國屋をして「新幹線と共に西下する」というチェーン化の道を拓き、さらには、他のいくつかの書店をも含めて巨大化への道を明か明かと灯したことだけは確かと思える。

★

紀伊國屋梅田店は巨大である。群を抜いて巨大である。

巨大であることは即、悪であるという論理は、書店の場合にも妥当するのだろうか。もってまわった言い方はやめよう。要するに書店の巨大化の善悪がわからないのだ。

書店は読み手と本とを出会わせる場所にすぎない。小さかろうが大きかろうが出会いの質に変化はないはずである。しかし、多くの中小書店では時のベストセラーと、ある決まった「常備品」を除いては雑誌しかないということがよくある。弱小出版社の刊行物を受け入れるスペースも度量もない。

しかし、巨大書店は巨大であること、よく売れていることによって、思いもかけない本に、私たちを出会わせてくれる。

梅田店の仕入部に遊びに行っていた時、カバンに雑誌をつめた若者がやってきた。雑誌を置かせてくれというのだ。ウルトラ弱小出版社のその同人誌に毛の生えたような雑誌を、しかし、仕入係は熱心に話を聞き、真剣に検討していた。あとできくと、ＯＫになったという。もちろん、慈善で商売をやっているわけではないだろうが、結果的にはウルトラ弱小出版社が出す雑誌にとっての救い主になっている。商品を遊ばせる空間的な余裕があるからだ。

一方、書店側にとっても、そのような雑誌や書物を置くことは決してマイナスではない。あそこに行けば何でもあるという漠然とした通念を作り出すにはもってこいであるし、多くの場合、弱小出版社の特殊な雑誌や書物を求める層こそ、他に比べて多くの購買欲を持っている人々だからである。

多品種少品目の書物のようなものにとって、可能な限り多くの品数を揃えることは、それ自体、必ずしも悪ではない。

しからば、巨大書店は善であるのか？　そう直線的に反問されると、実のところ困ってしまう。読者の側から一転して、店員の眼で見る時、さほど話は単純でなくなってくるからだ。

3

三日目、私は「丁稚奉公」見習いとして、晴れて売り場に立たせてもらえることになった。

ひとつだけ注意を受け、あとはブッツケ本番だという。その程度で何とかやれるものらしい。

確かに。

客が来る。カバーをつけ、渡す。それだけのことだ。

しかし、何時間もすると、単調さに堪らなくなる。

「いらっしゃいませ」

「……（客、無言で本を差し出す）」

「六百七十円になります」

「……（無言で千円札を出す）」

「千円おあずかりいたします」

「……（無言）」

「サ番、千から、六百七十！（レジに）」

「……（客、レジ、無言）」

「三百三十円のお返しです」

「……（客、無言でツリを受けとる）」

「ありがとうございました」

「……（客、無言で本を受けとる）」

そして、無言で客は去っていく。

まったくアホの一人芝居のようなものだ。

ずっと立ちつづけるのは、魚屋でも八百屋でも一緒だが、こちらは何といっても会話がない。一方的愛想と独白的な台詞を吐くだけで交流というものがない。デパートの売り子と一緒だと思っていたが、大いに違う。売り場にもよるが、大方のデパートの店員は何らかのかたちで客との交渉がある。似合わない服を似合いますす素敵ですわと言ったり、安物のルビーを少々オーバーにディスカウントしたように言うのでも、それなりの楽しさを与えるだろう。達成感を覚えたり、罪悪感を覚えたり。だが、書店では客も店員も互いに無言でいることが当たり前なのである。

何時間も続けていると、疲労とバカバカしさで返事がいい加減になってきてしまう。

「六百七十円」

「……」

「サ、千から六百七十」

「……」

「どうも」

これだって別になくてもかまわない。なるほどと思った。これなら、どこかの取次店が書店の無人化計画なんぞを本気で考えるわけだ。スーパーマーケットのように最低限ひとりのレジ係が出入口にいればよい。

このつまらなさ、単調さはどこからくるのだろう。書店には必須のものなのだろうか。

★

私にとって、まず本屋とは、家の斜め向いにある貸本屋だった。小学校にあがるかどうかの年頃から、毎日漫画を借りていた。恐らく三百六十五日のうち借りない日が十日あったかどうかというくらいであった。過剰に商売熱心な夫婦で、一時間でもオーバーすると、半日分の借り賃が没収されるのである。しかし、ただそればかりではなかった。正月には決まって十円札で三枚、三十円のお年玉をくれた。よく借りてくれたからというのだ。使っている額に比べれば、まさにスズメの涙というばかりのものだったが、ひどく嬉しかったのを覚えている。

そこは貸本だけでなく、古本を売り買いするという商売もしていた。

父親が失職し、家に一文も無くなった時、そして売る本すらなくなった時、父親が仕方ないといって皮製の厚い聖書を手渡してくれた。子供心にこれなら何百円かで引き取ってもらえそうだなと予感した私は、喜び勇んでいつもの貸本屋に行った。オヤジさんは迷惑そうに受け取ると、売れやしないんだよこんなものといって突っ返す。モジモジしていると、仕方ないなと父親と同じ台詞を吐いて金を出した。十円玉ひとつ。その金で多分、私は雑誌の「少年」かその付録をひとまとめにした漫画を借りたはずだ。帰って、いくらになったと父親に訊かれた。十円と答えると、父親はひどく自嘲的な笑い声をあげた。その時、はじめてあのオヤジさんに怒りを覚えたものだ。

しかし、また、やがてそこは新刊の本の販売もするようになっていたが、ある時、その棚の前で欲しい本を買うのに金が足りず、どうしようかと迷っていると、いくら持ってる、まけてやるよ、と古本でも売るかのように言ってくれたこともあった。

本屋とは、私にとって、このように愛憎こもごも、といった存在なのだ。

しかし、今、紀伊國屋書店の書店員の誰が、客に「愛憎」を抱かせることができるであろう。池上線沿線の三坪半の店なら、そのいくらかの可能性がある。だが、巨大書店においては、愛されようにも憎まれようにも、人との交流が絶無といってよいほどなのだ。

4

梅田店に開店当初からいる係長のB氏。彼に訊ねた。顔見知りというかお得意さんというか、そんな人が何人くらいいるか。

「四、五人ですね」

愕然とした、といったら少々大袈裟だろうか。しかし、この答えには、店員にとって巨大な書店に勤めていることの意味が集約的に表現されていた。

四万人の客をさばく店員の数は限られている。最も忙しい午後五時から七時まで、客の顔などロクに見てる暇もない。私が文庫・新書の売り場係になった時も、殺人的な忙しさだった。

「岩波文庫の『オデュッセイアー』が見当らないんですけど」

棚に行ければすぐ見つけてあげられるのだが、忙しくて、忙しくて、そんなことをしている暇がない。

「そこにある目録で調べてくれますか」

私だけではない。ほとんどの店員がそうだった。金を受けとり、包装し、渡す。それだけだ。かつての、しかしさほど遠くない、古きよき日の書店員はこうではなかったはずだ。

「お得意さんの所に中元、歳暮を持っていくと逆に小遣いをくれたりしたし、その子供さんが学校に入ったと聞けば、この本ぐらいは読ませた方がいいとアドバイスし、相手もそれを素直に受け入れてくれる。あるいは、難しい本の知識を客から逆に教えてもらう。確かにそんな時代がありましたね……」

店長の毛利氏の話である。それは、たぶん、新宿の紀伊國屋で、創業者の田辺茂一《もいち》氏の後姿を見ながら働いていた頃のことだろう。

★

私もアルバイトや取材まがいのものを含めればかなりいろいろな仕事を経験した。が、書店員ほど単調なものはかつて経験したことがない。大学生の時代に長期の休みにはデパートの売り場でアルバイトをしたものだが、書店の売り場と比べるとデパートの方が客との掛け引きがあるだけ面白いところがある。他の仕事には発見があり、技術習得の喜びがあり、意外性があった。

もっとも、書店員が金銭授受マシーン、包装マシーンたらざるを得ない理由もわからないではない。多くの場合、店員より客の方がはるかに専門家であり、よけいな口出しは無用といったところがあるからだ。しかし、売り場の仕事が、その書店の大きさに比例して単調になることは確かなようだ。

★

こんな単調でつまらない仕事を書店員はなぜしているのか。

金のため？　訊ねると、多くの店員はこう答える。

「そんなにつまらなくもないんです」

理由はすぐわかった。つまり、こうなのだ。書店員の大きな仕事は二つある。本を売ることと仕入れること。かりに販売業務が単調であっても、仕入れには「なにか」がある。書店員の多くがそう言った。

紀伊國屋梅田店では、ある程度の経験を積んだ店員には、正社員であろうとパートタイマーであろうと、個人の責任になる棚を与える。それが実用書であるか、外国文学になるかは彼らの好みに任されている。棚を与えられた店員は、本の並べ方から仕入れまで、かなりの程度の自由が許される。外国文学担当のOさん。

「何を残し何を棄てるか、何をどれくらい注文するか、何を平台に並べ、どれを棚に差すか、その判断で、本の売れ方も、だから売上げ高もグーンと違ってしまう」

つまり、その部分だけは店員の仕事ではなく、独立自営商の商売になる。才覚の見せどころというわけだ。

最近の梅田店における大失敗は五島勉《ごとうべん》の『ノストラダムスの大予言』であった。店長も、仕入課長も、新刊担当も、みなあなどっていた。著者、出版社の実績からみて、二百冊と踏んだ。

「店に並べた瞬間に、これはえらいことしたと思いましたね。即日なくなったけど、なくなり方がすごかった。追加注文を出しつづけたけど、向うも後手でなかなか届かず、みすみす売れる期間を無駄にしてしまった」

私がカウンターに立っている時も、小学生から老人まで、何十人に訊かれたかしれない。

「『大予言』はまだですか?」

まったく、ひとりくらい私の本のタイトルを訊ねてくれたっていいじゃないかと、思ったものだった。


部落問題のかなりしっかりしたコーナーを作り、しかも充分商業ベースにのせたりしている社会科学書担当のT係長。

「確かに努力は酬《むく》われます。しかし、この店は、とにかく本を置いとけば売れるところなんですわ。口惜しいけど、私らが売るというより売れてしまう。だから、私らがすべきことは、何よりも品数を切らさんこと、というはなはだ消極的なものになってしまう」

たとえば、文学で「幻想と怪奇」というコーナーを作る。よく売れている。だが、これは果してアイデアの勝利なのか、ただ梅田店だからなのか、となると判断が難しい。

「ほっといても売れる、だから、本当は書店としてのさまざまな実験が可能なはずなんですよね。ほっといても売れる分、実験的な売り方ができる。私たちは本の売り方に関しては、どこよりも自由な冒険が許されているはずなのに、私を含めて、どうも冒険できない。どうしてだろう……」

単純なことがひとつわかる。

巨大な書店で行なわれている商品授受は、すでに「商い」ではなく、店員は「商人」でなくなっている。本当に商いをしようとする者は外に出ざるを得ないし、「勤め人」であろうとするなら、そこに充分居つづけられる。

★

深夜。

この地下街は無数の肥えた鼠たちが跳梁するという。朝になり、鼠に替わって「勤め人」たちが現われる頃、どこからともなく、また紀伊國屋梅田店の周りには開店をぼんやり待つ人々が群れはじめる……。

店長の毛利氏がポツリとこんなことを言う。

「大阪の＊＊堂さんみたいに、三十坪くらいの店に好きな文学書を並べて、行きたい時に釣りに行き、そんな本屋稼業をしてみたいけど……」

そしてこう付け加えた。

「もう走ってしまったのだから、最後までやらなくては……」

新幹線「紀伊國屋号」は何処へ行く？


（74・2）

秋に売る

私にとって、本との最初の付き合いは、やはり家の近所にあった小さな貸本屋で始まったように思う。小学生のときに漫画を借りて読むことを覚え、中学生になってからは小説を読むようになった。

それは、高校生になって、公立図書館の書棚に向かうようになるまで続いた。

だから、いずれにしても、本は買うものではなく、借りるものだったということになる。

本を買うようになったのは、アルバイトでいくらか金が自由に使えるようになった大学生の頃からだった。

私が欲しいと思い、アルバイトで稼いだ金で買った最初の本は大江健三郎の『万延元年のフットボール』だった。

だった、と思う。

しかし、いま調べてみると、『万延元年のフットボール』が刊行されたのは、私の大学二年のときである。とすれば、アルバイトは一年のときからやっていたので、『万延元年のフットボール』の前にも、いろいろな本を自分の金で買っていたはずである。

だから、当然のことながら、『万延元年のフットボール』が、自分の稼いだ金で買った「最初の本」というわけにはいかないことになる。

にもかかわらず、それを「最初の本」と記憶するくらい強く印象に残っているのは、そのときまでに私が読んでいた日本人作家の小説は、すべて過去の作品、既刊の本であったのが、ようやくリアルタイムで新作に追いついたからなのだろうと思う。

つまり、『万延元年のフットボール』は、自分の稼いだ金で買った「最初の本」ではなく、同時代の作家の作品を同時代的に読んだ「最初の本」だったのだ。

大学の友人の妹さんに、大手の出版取次会社に勤めている人がいて、彼女を通すと一割だか二割だか安くなるという。新聞で『万延元年のフットボール』刊行を知った私は、友人に、買ってくれるよう妹さんにお願いしてもらえないかと頼んだものだった。

その『万延元年のフットボール』が、友人の手によって私のもとに届くまでのわくわくするような数日の気持は、いまでも思い出せそうな気がする。

それ以後、実に多くの本を買うようになった。その妹さんを介しても何冊か買いはしたが、もちろん、ほとんどは東京や横浜にある新刊の書店や古書店で買うことになった。

私は、大学の授業にほとんど出ず、いくつかのアルバイトをしては本を買い、港に近い公園や喫茶店でそれを読み、暇を見つけては旅をしていた。

それでも、なんとか留年することなく卒業できたが、決まっていた会社を一日で辞め、あとはフリーランスの道を歩みはじめてしまった。

当然のことながら収入は少なく、アパートの電気やガスを止められるというような貧乏暮らしをしていたが、その中でも、本を買う金と酒を飲む金だけはなんとか捻出していた。

この時期は、多くの本をさまざまなところにある古書店で買い求めていたように思う。安く買えるということも大きかったが、それ以上に、古書店で本を眺めている時間が好きだったのだと思う。

しかし、やがて、一気に本が増えはじめた。

それには、ノンフィクションの作品を書くため、その準備の最初期に、神田や早稲田の古書店街に行き、参考資料を集められるだけ集めるという作業をルーティーン化したことが大きかった。

本は溜まる一方だったが、それでも二度ほど大きく減らすことのできる機会が訪れた。

まず一度目は、蔵書のほとんどをブラジルの知人に贈ることで書庫を空っぽに近い状態にすることになった。

フリーランスのライターとしての私が、二十五歳のときに出すことのできた最初の本は、『若き実力者たち』というタイトルのもので、自分の同世代とそれより少し上の世代の、さまざまな世界で活躍している十二人の人物を描いたルポルタージュ集だった。

その中に、連載していた雑誌側の要望を無視して、私がどうしても入れたかったのが元日大全共闘議長の秋田明大《あけひろ》だった。

《日大から去っていくすべての学友へ。屈辱感、挫折感を持って日大から去っていかないでほしい。もし去っていくなら、日大闘争を、ほんの数時間、数日間でも、自己の良心に、人間性に従い闘ったという誇りと勇気を持って去って行ってほしい。そうするなら、君の青春は無駄ではなかったろう。そして、君の第二の人生も、君自身が切り開こうとするなら、必ず君を待っている

であろう》

これは秋田さんが獄中に在ったときに書いた文章だが、当時の私には、自分たちの世代の若者が発した最も美しい言葉だという思いがあったのだ。

しかし、当の秋田さんは、自由の身になったものの、自らの生きて行くべき道を見つけられず右往左往していた。

その秋田さんを描くべく、取材と称して一緒に飲み歩いているとき、新宿の酒場のママで、そのときは下北沢で小さな酒場を開いていた佐々木美智子を紹介された。二人には深い友情と、もしかしたらそれ以上の感情があったのかもしれないが、紹介してくれた秋田さんと同じように紹介された佐々木さんも魅力的だった。

いつも柔らかい笑みを浮かべながら、どんな人の話も静かに聞いてあげている。その姿は、時として、熟達した心理カウンセラー、というより、宗教者、に近い感じを受けたりした。いや、少し大袈裟に聞こえるかもしれないが、菩薩とはこのような姿形をしてこの世に現れるのかもしれないと思ったりもした。

やがて佐々木さんはふたたび新宿に戻って酒場を始めたが、その店は出版界や芸能界などを含めてさまざまな業界の人々が集まるカオスのような店として繁盛した。

ただ、私は、ほんのたまにしか行くことはなかった。そこに集まってくるような人々がいくらか苦手ということもあったからだ。

その佐々木さんから、ある日、突然、手紙が届いた。ブラジルに移住することになった。ついては出発前日に何人かがささやかな送別会を催してくれることになっているが、よかったらいらしていただけないだろうか、というのだ。

私には、どうしてそのような席に誘われたのかよくわからないところがあったが、もしかしたら、何年も前に故郷の広島に去ってしまった秋田さんに、それとなく伝えてほしいことがあるのかもしれないと思い、出掛けることにした。

だが、そのような意図は特になかったらしく、ただいつものようににこにこしている佐々木さんたちと夜を徹して飲み、最後は彼女が泊まっている家に私が送り届けるということになって別れた。

ブラジルに渡った佐々木さんは、アマゾンの奥地のマナウスで、やはり大きなブラジル風の酒場を開くことになる。そこも大繁盛して、日本からアマゾンに行って撮影をするテレビ・クルーや映画関係者、小説家やカメラマンが頼っていくべき店としても有名になった。

私もいつかは行ってみたいと思っていたが、しかしなかなかアマゾン行きが実現しないうちに何年もが過ぎてしまった。

そんなある日、佐々木さんから、近く一時帰国するので会えないかという連絡が入った。

久しぶりに会うと、マナウスでの、西部劇映画に出てくるような荒くれ男たち相手の酒場商売について、実にスリリングな話を聞かせてもらいながら楽しい食事をしたが、佐々木さんの持ってきた用件は一風変わったものだった。

実は、マナウスの酒場を畳んで、これからサンパウロで日系人のためのペンションをやろうと思っている。そこに、日本の書物を置いた図書館を作りたい。ついては、もし不要な本があったら譲ってもらえないだろうか、というのだ。

ちょうどその頃、私の仕事場は本が増え過ぎ、身動きが取れないような状態になっていた。渡りに船と、喜んで応じることにした。

佐々木さんは、他の何人かの方にも五十冊とか百冊とかといった単位で譲り受ける約束を取り付けていたが、そのとき、私が提供するつもりのおよその冊数を口にすると驚いた。

私は、仕事場にある本のほとんどすべて、七、八千冊、もしかしたら一万冊に及ぶかもしれない数の本の提供を申し出たのだ。

だが、実際に私の本がブラジルに運ばれていったのは、それから半年以上先のことだった。なんでもブラジルでは、古書にも関税がかかるとかで、そのまま船積みすると、とんでもない額の税金を要求されてしまうらしい。そこで、ブラジルに移住する人の荷物として運び入れるため、タイミングを見計らっていたのだ。

いよいよ、その人の荷物に紛れ込ませて運ぶことができるようになったという連絡があり、佐々木さんのためならと手助けしてくれている小劇団の若手俳優が三人、トラックに大量の段ボールを積んで私の仕事場にやって来た。

彼らは、引っ越しのアルバイトをしているとかで万事手際がよく、大量の本を素早く段ボールに詰めては、トラックに積み込んだ。

そのとき強く印象に残ったのは、三人のうちのひとりが本好きらしく、箱に詰めている最中に、これをいただいてもいいですかと訊ねてくることがあったことだった。こんな面倒なことを無償でやってくれているのだ。好きなものを好きなだけ持って行ってかまわない。そう伝えると、何冊か箱に詰めず自分のバッグに入れた。印象に残ったのはその本の著者だった。唐十郎の初期の作品集などというのはアンダーグラウンドの芝居をしているのだから簡単に理解できたが、意外だったのは、澁澤龍彦の本を多くバッグに入れたことだった。澁澤さんはこのようなところに熱烈な読者を持っているのかと強く印象に残った。

積み上げられた箱の数は、百を超えてからは数えなくなったが、最終的に二百近かったと思う。三人が帰り、本がほとんど無くなってガランとした仕事場を眺め、私は、寂しいというより、むしろ晴れ晴れとした気持になっていた。

これで、身軽に移動することができる！

ところが、何年かして気がつくと、ふたたび本の数は収拾がつかないほどに増えており、堪らず倉庫に預けることにした。

その倉庫は、あまり名の知られていない茨城県にある会社のものだったが、本を取りに来てくれた上で預かってくれるというのに惹かれて頼むことにした。しかも、段ボールにはっきりわかるように番号を記してあれば、必要なときは宅配便で送ってもくれるという。保管料がかなり安いこともあって、七、八年は預けていただろうか。やがて、その保管料も、毎月の支払いから一年の一括払いでいいということになった。

そこに、三月十一日の東日本大震災が起きた。

倉庫があるのは茨城だったので、すぐには震災と結びつけるようなことは思い浮かばなかったが、一年に一回、三月末に来ることになっている請求書が四月になっても届かないので、もしかしたら、と思った。もしかしたら、なんらかの影響を受けて、事務作業が遅れているのかもしれない、と。

そのまま、忙しさにかまけて忘れてしまったが、いつまで経っても請求書が届かない。これは、来年の分と一緒に請求してくるのかもしれないと、翌年の三月まで待つことにした。

しかし、次の年の三月になっても四月になっても請求書は届かなかった。

そこで倉庫会社に電話をすると、なんと「この電話は現在使われておりません」という声が聞こえてくるではないか。

少し慌てた私は、なんとか連絡を取ろうと手を尽くしたが、どうやらその会社は倒産してしまったらしく、あとかたもなく消えてしまっていた。

結果、私の預けておいた数千冊の本も戻ってこないことになってしまった。

その中には、ちょっとした稀覯本や高価な全集本が含まれていないこともなかったのだが、私は、不思議と残念に思う気持がなかった。

いや、むしろ、気持のどこかで、ほっとしていたかもしれない。

何年も預けたままで済んでいたというのは、本当に必要な本ではなかったのだ。これから先も、恐らく、ふたたび読むことはなかっただろう。その倉庫会社がどうして倒産したのかはわからないが、それは私をふたたび身軽にしてくれようとした神様の思し召しかもしれない。もしかしたら、書物の神様と旅の神様とが話し合いをして、あいつをもう少し移動しやすくしてやろうではないかということになったのかもしれない……。

これは、私の意図したことではまったくなかったが、結果として本を減らすことのできた二度目の機会となった。

一難去ってまた一難。

いや、その言い方は正しくないかもしれない。とにかく、本から解放されてほっとしたのもつかの間、それから何年もしないうちに、書物というのはどうしてこんなに簡単に増えてしまうのだろうと不思議に思えるほど増えに増え、またまた仕事場を占拠するようになってしまった。

実際は、茨城の倉庫に預けているときにも仕事場に本は増えつづけていたのだが、倉庫の本が消えたと知ってからは、理由はわからないながら、増える速度が一段と増してきたような気がするくらいだった。

仕事場をもう少し気持のよい空間にしたい。そう思った私は、そこで、やはり、今度も倉庫に預けることにした。

ただ、前回に懲りて、預けるところとしては、比較的仕事場に近い、名の知れた倉庫会社を選ぶことにした。小さく区切られたスペースを借りて、そこに段ボールに入れた本を置く、というシステムだった。

そこを確保できたことでしばらくのあいだはふたたび安心していられたのだが、数年経つうちに問題が起きてきた。

ひとつは、毎月支払う保管料が負担になってきたということがある。

地価の高いところに建っている倉庫である。月単位ではさほどの額ではないが、一年にするとかなりの金額になる。いくら仕事のための経費とすることができるとは言え、いささかもったいない。

それに加えて、近くにあるにもかかわらず、預けたまま読むために取りに行くということが一度もなかったのは、手元になければないでどうにかなるものでしかないのではないかと思うようになってきた。

そこで、思い切って、本を倉庫から仕事場に戻して大整理することにした。

しかし、早く、早くと思いながら、そして仕事場の空間の半分を占拠されながら、つい先延ばしをしているうちにまた何年かが過ぎてしまった……。


と、それはつい三カ月前のことだったが、ある本を探して段ボールを引っ繰り返している最中に思いもよらないものが出てきた。

ハードカバーの洋書で、表紙を開けた見返しのところに、独特の書体で「J・UEKUSA」のサインが入っている。そう、このウエクサとは、あの『ぼくは散歩と雑学がすき』の著者である植草甚一だ。

それを見た瞬間、ひとつの情景が甦ってきた。

かつて私は、小田急線の経堂駅の近くに仕事場を借りていた。

ある日、昼食をとるため駅前の通りをぶらぶらしていると、大きなマンションのロビーに、本が小山のようにうずたかく積み上げられているのが眼に留まった。

その数、千冊は下らないと思われる。強く眼を引かれたのは、そのすべてが洋書だったということも大きかったかもしれない。見えている背表紙はすべて横文字だった。

その日はそのまま通り過ぎたが、翌日も、そのまた翌日も積み上げられたままの状態なのを見て、管理人室で訊ねてみた。

「あれは、もしかしたら植草甚一さんの本ではありませんか？」

管理人はその通りだと言う。

実は、そのマンションに植草さんが住んでいることは私も知っていた。

管理人によれば、植草さんは一年前に亡くなり、残された本の大部分は遺族や関係者の手で分けたり売ったりすることができていたが、そこに山積みされている本だけは、まったく引き取り手が見つからず、管理人室での処分を頼まれてしまったのだという。しかし、どうしたらいいか、途方に暮れているという。

ざっと見てみると、引き取り手のないのも当然で、ほとんどが大型のハードカバーであるものの、内容はミステリーやホラーといった、ペーパーバックスが出てしまえば、図体が大きいだけの「厄介者」になりかねないものばかりだったのだ。

近いうちに焼却炉にくべることになってしまうかもしれないという管理人の言葉を聞いて、私は思わず「それなら、僕に引き取らせてもらえませんか」と言ってしまった。植草さんの本がこのように山積みにされているのも、そして焼却炉で焼かれてしまうかもしれないのも、なんとなく申し訳ないような気がしたのだ。もちろん、私の責任でもなんでもなかったのだが。

それから、その千冊近い本を自分の仕事場に運ぶのにだいぶ苦労したが、そしてそのほとんどは私に無縁の本だったが、何冊かは読んでみたいと思えるものもあった。

もっとも、このときは一時的に危機を救うことができたが、本質的な救助はできなかった。この植草さんの本も、茨城の倉庫に預けておいたのだが、私の本と一緒に消えてしまったからだ。

倉庫の従業員が廃棄したのか、売ってしまったのか、あるいは大震災でなんらかの被害を受けたのか。いずれにしても、植草さんの本も、あのマンションのロビーから何年かよけいに生き延びられただけだったのだ。

ただ、少なくとも、打ち捨てられ、山積みされ、人目に晒されるという状況から逃れさせることはできた。それだけで、もって瞑《めい》すべきなのかもしれない。

それはそれとして、この三カ月前に、わずかに私の元に残された植草さんの本のうちの一冊を眼にして甦った光景というのは、このときのマンションのロビーに山積みされた植草さんの本たちの哀しげな姿だった。

そして、こう思ったのだ。

あのときの私は本を救助する側だったが、もしかしたら、いつ救助される側になるかわからない。いまは仕事場の段ボールに収まっている私の本たちも、どんなことがあって、植草さんの本と似た運命に遇わないとも限らないのではないか。早いうちに、私の体力があるうちに整理をしておいたほうがいいのではないだろうか……。

私はそこで、意を決して、三度目になる「本減らし」の作業に入ることにした。性根を据えて、仕事場にある本の本格的な整理を開始することにしたのだ。

整理とは言え、基本的には、手放すことである。

だが、どうするか。

もはや、さまざまなところにある図書館に引き取ってもらおうとしても不可能であるということは知っている。どこもかしこも、そのような本を引き取り収容できるスペースがなくなっているのだ。

廃棄するか。

いや、廃棄はいかにも忍びない。焼却炉行きになるのを防いだ植草さんの本と同じことになってしまう。

では、売るか。

これまで、自分で買った大切な本はほとんど売らなくて済んでいた。だが、廃棄しないとすれば、売るしかない。

どこの、誰に売るか。

実は、これまでに一度だけ、「大切な本」とは別種の本を売ったことがある。

読み終わり、これは残しておく必要はないと思えた新刊の本や、寄贈を受けたが、その前に自分で買っており、二冊になってしまったうちの一冊とか、比較的新しいものを主に、知り合いの古書店主に、五、六百冊くらい持って行ってもらったことがあるのだ。

それは、植草さんもよく通っていた、経堂の遠藤書店だった。

先代が亡くなり、息子さんが店を継いでいたが、その二代目に頼んで持って行ってもらった。

ただ、このとき、私は大失敗をし、自分が買った本を出すつもりがうっかり寄贈を受けた本を出してしまったため、それが店頭に出てしまうということが起きた。知人に、その一冊を手に入れた人がその顚末をブログに書いていたぞ、と言われて恥ずかしい思いをした。幸いそうした間違いは一冊だけだったらしくてよかったが、以後、二冊になってしまっても自分の書棚にある本を売ることはしなくなった。

引き取ってもらった五、六百冊は予想外の値をつけてくれたが、その頼みの綱の遠藤書店も、二代目の廃業決意によって数年前に閉店となってしまっていた。

遠藤書店を除くと、価値のない古本といくらかは価値のある古本とを仕分けて、いずれも持って行ってくれるというような親切な古書店は知らない。

かといって、いわゆる新古書店は、基本的には新しいものしか引き取らないという。中には、十年より古いものはいっさい受け付けないというところもあるらしい。

とすると、私の本のほとんどすべてが受け付けてもらえないことになる。

どうするか。

さまざまに探した結果、ようやく一カ所、私の蔵書でもなんとか引き取ってくれそうなところを見つけることができた。

私は、仕事の合間を見つけ、本の整理を開始した。

整理と言っても、残すものと売るものの二つに分けるだけだ。

以前訪ねたことのある、追分《おいわけ》の堀辰雄の旧居にあった書庫には、意外なほど本が少なかった。残すのは、あの堀辰雄の旧居の書庫にあったくらいの数だけ、と決めた。具体的には、私の仕事場のひとつの壁に立て掛けられている三つの本棚に入るだけの本。あとは、心を鬼にして、「売る」の段ボールに入れる。

そうして、いま、このひと夏をかけて、本の整理を終えようと思っている。これが、私の本を減らす三度目の、そして恐らく最後の機会となる。

秋になったら、「売る」の段ボールに入った本を、引き取り先に送る。果たして値段がつくものかどうかはわからないが、引き取ってくれるだけでありがたいと思うことにしよう。
残されるのは三つの本棚に入るだけの本。私は、この先、その最後の本たちと一緒に生きていくことになる。

しかし。
何年かして、また本の整理をしなくてはならないということになっていなければいいのだがと思ったりもする。三度あることは四度ある……なんて言わないか。

（23・8）

あとがき――甘美な記憶

藤田嗣治に、さまざまな職業人に扮した子供たちを描いた「小さな職人たち」というシリーズの作品があるが、それに連なる一枚に、腹ばいになった子供が持ち上げた足をぶらぶらさせながら本を読んでいるところを描いたものがある。タイトルは「ビブリオテック（図書館）」とあるので、もしかしたら図書館員ということなのかもしれない。

私も幼い頃は、よく腹ばいになって本を読んでいた。本というより漫画や雑誌だったと思うが、藤田嗣治の描いた子供と同じように、膝から下の足を持ち上げ、ぶらぶらさせながら読んでいたような記憶がある。

その横には菓子が入っている木の鉢が置いてあり、ときどきそれをつまみながら頁をめくる。これが冬だと、ぶらぶらさせていた膝の下は炬燵に入っており、小鉢の中のものはミカンになっている。

いずれにしても、この幼い頃の読書姿は、私の最も甘美な記憶のひとつということになるかもしれない。

これに匹敵するものとしては、毎日のように原っぱで野球をしたあと、少し離れていた我が家に帰るまで、アスファルトでボールをつきながら歩いていた姿と、知り合いがいたため、無料で出入りができていた映画館の暗がりの席で、毎週のようにひとりスクリーンを眺めていた姿が思い浮かぶだけだ。

この『夢ノ町本通り』は、一編を除けば、すべてここ三十年あまりに各所で書くことになった、書物を巡るエッセイを集めたものである。

以前は、『路上の視野』とか『象が空を』というような「全エッセイ集」に収録していたが、少し期間が開きすぎたため、第三の「全エッセイ集」というべき『銀河を渡る』に収録するには、量が多くなりすぎてしまった。

そこで、書物に関するエッセイだけを独立させて一本とすることになったのだが、その意味では、『夢ノ町本通り』は『銀河を渡る』と対をなす本と言えるかもしれない。

腹ばいになって本を読んでいた幼年時代から、はるかな年月が過ぎた。

しかし、あらためて、いまに至ってもなお、私の「甘美な時間」がほとんど変わっていないことに、あらためて驚かされる。

本を読むこと、スポーツをしたり見たりすること、映画を見ること、そして旅をすること。

最後の「旅をすること」だけは、中学生になってから覚えたが、それ以外の三つは、小学生時代の幼い頃に覚え、いまに至るまでほとんど変わることがないものである。

そして、これから先も、たぶん変わらないだろうと思う。この眼と足が確かなうちは。

沢木耕太郎

装画：レオナール・フジタ（藤田嗣治）『フランスの富（部分）』
パリ市立近代美術館蔵
Bibliothèque (48 richesses de la France), 1960-61
Musée d'art moderne de la Ville de Paris

沢木耕太郎（さわき・こうたろう）
1947年東京生れ。横浜国立大学卒業。ほどなくルポライターとして出発し、鮮烈な感性と斬新な文体で注目を集める。79年『テロルの決算』で大宅壮一ノンフィクション賞、82年『一瞬の夏』で新田次郎文学賞を受賞。その後も『深夜特急』『檀』など今も読み継がれる名作を発表し、2006年『凍』で講談社ノンフィクション賞、13年『キャパの十字架』で司馬遼太郎賞、23年『天路の旅人』で読売文学賞を受賞する。長編小説『波の音が消えるまで』『春に散る』、国内旅エッセイ集『旅のつばくろ』『飛び立つ季節　旅のつばくろ』など著書多数。

夢《ゆめ》ノ町本通《まちほんどお》り　ブック・エッセイ

発　行　2023年9月30日

著　者　沢木耕太郎《さわきこうたろう》

発行者　佐藤隆信
発行所　株式会社新潮社
〒162-8711　東京都新宿区矢来町71
電話　編集部　03-3266-5411
読者係　03-3266-5111
https://www.shinchosha.co.jp

装　幀　新潮社装幀室
組　版　新潮社デジタル編集支援室
印刷所　錦明印刷株式会社
製本所　加藤製本株式会社

ISBN978-4-10-327524-4 C0095

銀河を渡る　全エッセイ　沢木耕太郎

『檀』『血の味』『凍』から『キャパの十字架』まで――。好奇心を全開に、旅をし、人と出会い、別れを重ねた25年。移動する精神の輝きを綴る、エッセイの精髄。

作家との遭遇　全作家論　沢木耕太郎

山本周五郎、高峰秀子、向田邦子、カポーティ、そしてカミュ。心奪われる出会いをしてきた23名の作家たちを鋭く見つめる、著者初の作家論集。あの卒論も初収録！

旅のつばくろ　沢木耕太郎

はじめての旅のように、自由気ままに歩いてみたい。この国を、この土地を、ただ歩きたいから歩く……。そう、つばめのように軽やかに。著者初の国内旅エッセイ。

飛び立つ季節　旅のつばくろ　沢木耕太郎

いつだって旅はある。夢の場所がある限りは。16歳で訪れた男鹿半島、檀一雄の墓に参った福岡、吉永小百合と語り合った伊豆など35編を収録、国内旅エッセイ集。

旅する力　深夜特急ノート　沢木耕太郎

誰もが目指し、憧れた『深夜特急』の旅。第三便から十六年の刻を経て、遂に最終便が走り出す。旅に関する文章の総決算とも言うべき、著者初の長編エッセイ。

天路の旅人　沢木耕太郎

第二次大戦末期、中国大陸の奥深くまで「密偵」として潜入した一人の若者がいた。そんな彼の果てしない旅と驚くべき人生を描く、著者史上最長のノンフィクション。